Alexander von Ungern-Sternberg

Märchen & Sagen vom Meer: Die rote Perle, Der fliehende Holländer, Die Seelen der Ertrunkenen, Scylla, Das Abenteuer mit den drei Fischen, Meerlilie, Klabauterman, Der Wetterbeschwörer...

e-artnow 2018

Heinrich Smidt
Gesammelte Werke: Seegeschichten, Historische Werke, Roman, Sagen & Märchen: Seeschlachten und Abenteuer berühmter Seehelden, Der … Das Leuchten des Meeres, Das Seegespenst…

Robert Kraft
Wir Seezigeuner (Band 1 bis 5): Abenteuer-Klassiker: Erlebnisse des Steuermanns Richard Jansen aus Danzig

Daniel Defoe
Robinson Crusoe (Illustrierte Ausgabe): Abenteuer-Klassiker

Victor Hugo
Die Arbeiter des Meeres

Jules Verne
Meister Antifer's wunderbare Abenteuer

Alexander von Ungern-Sternberg

Märchen & Sagen vom Meer: Die rote Perle, Der fliehende Holländer, Die Seelen der Ertrunkenen, Scylla, Das Abenteuer mit den drei Fischen, Meerlilie, Klabauterman, Der Wetterbeschwörer...

e-artnow, 2018
Kontakt: info@e-artnow.org

ISBN 978-80-273-1147-7

Inhaltsverzeichnis

Der fliehende Holländer

Zur Zeit als die niederländischen Städte sich in ihrem größten Reichtum, Glanze und Ansehen befanden, wie es noch zu schauen ist auf den Gemälden der alten Meister, die uns das fröhliche Gewimmel auf den Hafenplätzen, die Anzahl buntbewimpelter Schiffe, das freundliche Ansehen der Türme und Paläste mit lebendigen Farben vor Augen stellen, lebte in der Stadt Antwerpen ein Mann, der sich unermeßliche Reichtümer erworben hatte. Er war bekannt unter dem Namen des Kapitäns Holofernes, und wenn es gleich nicht seine Weise war, sich viel der Menge zu zeigen, so wußte doch im Umkreis der ganzen Stadt Antwerpen jedes Kind, welches nur einmal den Kapitän gesehen hatte, von ihm zu erzählen. Sein Äußeres war das eines langen, hagern Mannes, im Antlitz trug er, wie es bei Seeleuten gewöhnlich, jene kalte, unerschütterliche Ruhe, einen schroffen, fast wilden Ernst, der durch keinen sanften Zug gemildert wurde. Die Farbe seines Gesichtes glich dem gelblichen Gestein, das lange in wettertrotzendem Mauerwerk von den Wellen bespült worden. Er selbst ging nicht mehr auf Reisen aus, und wie man sagte, hielt er sich seit seiner letzten Seereise, auf der ihm etwas höchst Seltsames sollte begegnet sein, geflissentlich vom Wasser entfernt. Desto öfter stachen seine Geschäftsleute in See, und oft waren die Hafenstädte angefüllt mit Schiffen, die auf Gebot des Kapitäns kamen und gingen und ihm immer neue Reichtümer aus fernen Zonen mitbrachten. Daher wünschten sich viele kein besseres Glück, als unter dem Kapitän zu dienen, weil sie dann gewissermaßen sicher waren, daß Wind und Wellen ihnen kein Unheil brachten. Andere Schiffer jedoch, die ein frommes, gottergebenes Gemüt in ihrem wilden Geschäfte bewahrt hatten, sprachen anders: sie wollten mit dem finstern Manne nichts zu tun haben, sie schrieben sein Glück nicht seiner Klugheit und seinem Mute zu, Eigenschaften, die auch ein christlicher Schiffer haben müsse, sondern eiteln Künsten des Bösen, der ihm zeitliches Gedeihen gebe, um ihn dereinst ewiglich zu verderben. Dieser Glaube tröstete sie dann, wenn sie vernahmen, daß ihr Eigentum an fernen Küsten verunglückt sei, daß die Rippen ihrer Schiffe an Klippen und Untiefen geborsten, indes jene des Kapitäns immer mit neuem Gut beladen in den Hafen von Antwerpen einliefen. So geschah es denn, daß die Reichtümer und Schätze des reichen Seemanns sich dergestalt mehrten, daß seine Vaterstadt ihm endlich den Antrag machte, an dem Bau eines neuen Gotteshauses, welches an Pracht und Herrlichkeit alle frühern übertreffen sollte und das die reichen Bürger von Antwerpen zur Ehre der Stadt und ihres Namens aufführen wollten, tätig Anteil zu nehmen. Der Kapitän, der aus mancherlei Gründen ein solches Begehren nicht zurückweisen konnte, gab den Männern, die an ihn abgeschickt wurden, zur Antwort, daß er bereits schon ein ähnliches Gelübde bei sich getan, welches er jetzt ins Werk richten wolle; er biete sich nämlich an, zum Nutzen und zum Besten der Stadt, statt des Beitrags für den Bau eines Münsters, lediglich aus seiner Kasse allein eine solche Summe herzugeben, daß mit ihr ein weitläufiges, schönes Haus gebaut werden könne zur Beherbergung und Verpflegung zugrunde gerichteter Schiffer und ihrer Familien, welches Werk gewißlich ebenso verdienstlich in den Augen des Himmels sei als der Bau eines Hauses, wo sich täglich eine Stunde müßige Leute zusammenfänden, um entweder Stadtneuigkeiten zu berichten oder fremden Putz zu sehen sowie den ihrigen zu zeigen. Mit dieser nicht sehr ehrerbietigen und frommen Rede mußten sich die Abgesandten begnügen und abziehen, wenigstens durch den Gedanken befriedigt, daß jenes neue Gebäude, wenn es zustande käme, durch den Reichtum seines Erbauers der Stadt ebenfalls zu keiner geringen Zierde dienen werde. Sie hatten sich auch, was diesen Umstand betraf, keineswegs geirrt. Zu gleicher Zeit, als die Bauleute den Grundstein zu der neuen Kirche legten, die nach dem Plan eines trefflichen Meisters ein außerordentlich köstliches Werk werden sollte, legten auch die Arbeiter die ersten behauenen Steine des Holofernesbaues nahe dabei in den Grund, so daß das Gebäude, wenn es dereinst fertig stand, gerade am Eingang der Reede sich erhob, von wo aus es einen herrlichen Anblick den ansegelnden Schiffen gewähren mußte, sowie wiederum aus den Fenster des Baues sich eine reizende und weite Aussicht auf den Hafen, das Meer und den Reichtum der ganzen prachtvollen Stadt Antwerpen eröffnen mußte.

Holofernes selbst zeigte sich öfters auf dem Bauplatz, und man sah seine dürre, lange Gestalt mit echt seemännischer Geübtheit und Sicherheit auf dünnen Balken durch die Lüfte dahinschreiten. Ein übler Umstand war jedoch der, daß bei Legung der ersten Steine es gänzlich unterblieben war, die übliche Haustaufe vorzunehmen, damit das werdende Haus wie ein Mensch aufwachse in der Furcht des Herrn; ja, als sich der kleine Benediktiner aus dem nahen Kloster angeboten, die Formel zu sprechen, hatte ihn der Kapitän mit der Antwort fortgewiesen: »Geh deiner Wege, Mönchlein, und taufe deine eignen Kinder, dieser Bau aber ist mein Kindlein, und ich selbst will ihm das erste Süppchen auf den Kopf gießen«, darauf hatte er mit der hohlen Hand Wasser geschöpft und es über die Steine ausgegossen.

Als der Bischof von Lüttich mit einer großen Anzahl Fremder, die damals die Stadt Antwerpen besuchten, den Grund der neuen Kirche in Augenschein nahm, trat er auch an den Holofernesbau, und von jenen Umständen in Kenntnis gesetzt, soll er den Kopf geschüttelt und leise zu seiner nächsten Umgebung gesagt haben, er zweifle, ob dieses ein verdienstliches Werk sei, denn es gelte das Sprichwort: wo der Herr sein Haus habe, da baue der Teufel eine Kapelle daneben. Holofernes kümmerte sich um dieses Gerede gar wenig, sein Haus stieg lustig in die Höhe, und als man bei dem Münster erst zu den Fenstern gelangt war, stand es schon fertig unter Dach, ein schönes, stolzes Gebäude, dessen zierlicher, schlanker Giebel mit dem saubern, künstlichen Bildwerk sich in den Wellen des Hafens spiegelte, zur Bewunderung und Freude der fremden Seefahrer, die ohne Aufhör die Klugheit, Milde und Menschenfreundlichkeit sowie den Geschmack des reichen Erbauers priesen.

Als man an die Verteilung der Gemächer ging, wollten sich wiederum die Männer der Stadt tätig zeigen und schlugen vor allen Dingen eine Menge hilfsbedürftiger, kranker Leute vor, die man aus den überfüllten Krankenhäusern der Stadt hinüberschaffen sollte. Doch Holofernes sagte auch hier in seiner kurzen, spöttischen Weise, indem sich sein schwarzer, struppiger Bart um Kinn und Wange beim Lächeln verzog: »Bleibt mir nur mit euerm dürftigen Gesindel vom Leibe, das auf dem Felde im Stich der Sonne verkümmert ist und das nur immerhin auf der elenden Scholle vergehen mag, an der es die Zeit seines Lebens über geklebt hat, mein Haus steht da für Seeleute, für kecke, muntere Burschen, die das frische Element als seine verzärtelten Kinder immerdar in luftigen Wiegen geschaukelt hat, die kein anderes Gebot kennen als das ihres Kapitäns und keine Lust als die flüchtige, von Wellen und Wind ihnen gegönnte.« Nach diesem Ausspruch ging er jetzt daran, den Platz zu verteilen, und es fanden sich nun eine Menge Leute, teils wirklich bedürftige alte Schiffer, teils aber auch lockere, umtreibende Gesellen, denen das Meer stets als sichere Freistätte gedient hatte, um dem Arm der Gerechtigkeit zu entfliehen. Eine Anzahl Gemächer, und zwar die stattlichsten, behielt sich der Kapitän vor, wo er denn fremde reiche Leute, die ihn besuchten, auf das trefflichste bewirtete. Die mächtigen Speicher wurden zu Warenlagern bestimmt sowie zu Vorräten für Verpflegung und Kost der Bedürftigen.

So löblich sich diese Einrichtungen auch anfangs auswiesen, so fand sich doch bald hie und da ein Umstand dabei, der zeigte, daß der Zweck des Erbauers kein durchaus frommer und verdienstlicher war. Das erste war schon gleich, daß die Gemächer, die, wie Holofernes vorgab, dazu bestimmt waren, daselbst Zusammenkünfte und Unterredungen über Schiffahrt, Handel sowie Kunde fremder Länder zu halten, von Leuten angefüllt wurden, die in rohen Gelagen ihre Lust fanden und tief in die Nacht hinein jubelten und lärmten, wenn schon längst im Umkreis der frommen Stadt sich die Bürger zur Ruhe begeben hatten.

Zur Zeit als dieses sich begab, lebte nicht weit von Antwerpen ein junger Mann, Adrian van Roos, der in höchst dürftigen Umständen sich befand und dabei eine alte Mutter und fünf unerwachsene Geschwister zu ernähren hatte. Er war früher in Seediensten gewesen und suchte diese von neuem, obgleich sein Mißgeschick ihn lange in die Irre herumgetrieben, ohne ihn eine vorteilhafte Anstellung finden zu lassen. So kam er denn einmal nach manchem Ausflug wieder zurück in die Vaterstadt und wandelte bei eben anbrechender Nacht auf der Reede umher, mit bekümmerter Seele und fast trostlosem Gemüt. Der Platz, den anfangs noch ein unruhiges Leben erfüllt hatte, lag jetzt in tiefer Stille, der Nachtwind, mit stärkerem Fittich dahinziehend, spielte mit den Flaggen und Wimpeln der Schiffe, schüttelte das Tauwerk und kräuselte die finstern Wellen, die, von weitem kommend, mit eintönigem Geräusche an die Seitenwände der ruhenden Kolosse schlugen, deren Mastenwald hinauf in die dunkelnde Bläue ragte.

Adrian heftete seinen Blick auf die Stadt und sein Auge traf jene Fenster, welche von dem späten Kerzenlicht, bei dem die lustigen Brüder schwärmten, hell erglänzten. Er wußte nicht, wem der neue Bau gehörte, so lange war er von seinem Geburtslande abwesend gewesen. Er sah sich um, ob niemand da sei, der ihm darüber Auskunft geben könnte, und gewahrte einen Mann, der dicht neben ihm stand, ohne daß er nur das mindeste von dessen Annäherung vernommen. Adrian blickte ihn an, und jener erwiderte den Gruß, indem er leise an dem großen, breiten, niederhängenden Hut zog, der sein ganzes Gesicht beschattete. »Wenn Ihr ein Bewohner dieser Stadt seid«, hob der Jüngling die Rede an, »so habt die Güte, mir zu sagen, wer in jenem neuen Haus wohnt.« – »Ich will noch mehr tun«, entgegnete der Fremde mit einer tiefen, rauhen Stimme, »ich will Euch an den Besitzer jenes Hauses empfehlen als an denjenigen, dessen Hilfe Ihr eben jetzt eifrig sucht.« Der Jüngling sah seinen Nebenmann befremdet an. »Wie wißt Ihr, daß ich irgendeiner Hilfe bedürftig bin?« – »Laßt das gut sein«, war die Antwort, »es sei Euch genug, daß ich da bin, um Euch einen Dienst zu leisten. Es ist gerade eine Unternehmung im Werke, wo man Eure Hilfe nicht ausschlagen wird. Geht in das Haus dort, das Zimmer, wo die lustigen Gesellen bei Wein und Karte beisammen sind, laßt rechts liegen und steigt eine kleine Treppe hinauf am Ende des Ganges, da kommt Ihr in ein Gemach, darin sitzen zwei Männer, derjenige, der Euch entgegenkommen wird mit der Frage: ›Nun, Berth, wie geht der Wind?‹ mit dem schließt Euer Geschäft ab, denn er ist's, der Euch helfen kann. Zum Überfluß könnt Ihr auch noch sagen, daß Euch der Kapitän Clamfort hingewiesen hat.« Diese Worte waren kaum ausgesprochen, als der wunderbare Mann, nachdem er jenen kurzen Gruß wiederholt hatte, auch wieder verschwunden war, ohne daß Adrian recht begriff, wohin und auf welche Weise. Nur das Tauwerk eines mächtigen Schiffes neben ihm klapperte heftiger im Nachtwind, und es kam ihm vor, als kletterte ein schwarzes, unkenntliches Wesen mit Schnelligkeit den schwankenden Mastbaum hinan. Den Jüngling überlief ein unbehagliches Gefühl; er sah sich wieder einsam auf dem Platze und wußte nicht, ob er dem Rat des Unbekannten folgen solle oder nicht. Endlich entschloß er sich zu dem erstern, indem er mit Anstrengung die beunruhigenden und finstern Betrachtungen niederkämpfte.

Alle Umstände, bis auf die geringsten, fanden sich gerade so vor, wie sie der Fremde beschrieben. Adrian stieg die Wendeltreppe hinauf, und als er die Tür eines kleinen Gemaches öffnete, befiel ihn ein Grausen, denn vor ihm stand ein langer, dürrer Mann, der ihm die Worte zurief: »Nun, Berth, wie geht der Wind?« An einem Tisch saß ein zweiter, dessen Kleidung und Äußeres einen Mann aus höherm Stande bezeichneten. Als der Kapitän merkte, daß er seine Frage an den Unrechten gerichtet, zog er ein finsteres Gesicht und rief barsch: »Wer seid Ihr – was wollt Ihr hier?« Der Jüngling antwortete mit fester Stimme: »Ihr habt eben eine große Unternehmung vor, dazu braucht Ihr die Hilfe eines Menschen, der Euch noch fehlt – nehmt mich dazu.« Jener wich einen Schritt zurück, indem er rief: »Wie wißt Ihr von dem, was wir soeben in tiefem Geheimnis miteinander besprachen?« – »Gleichviel«, sagte Adrian, »ich weiß es, und damit gut.« – »Ich habe einen tüchtigen Steuermann nötig«, rief Holofernes. »Dazu kann ich dienen«, frohlockte der Jüngling, »bis jetzt habe ich keinem andern Geschäft vorgestanden und stelle darin, ohne mich zu rühmen, meinen Mann.« Der Kapitän sah dem Jüngling ins offene, jugendlich schöne Antlitz; die kecken Worte, noch mehr das Zuversichtliche und Seltsame, das in seinem Wesen lag, nahm ihn für einen kräftigen Burschen ein, und er rief: »Nun wohl, bringt mir Eure Papiere, und der Handel soll abgeschlossen sein – damit Ihr seht, gestrenger Herr«, wandte er sich zu seinem Nachbarn am Tische, »wie ich den Befehlen Eurer Herrschaft aufs geschwindeste nachkomme.« Der Mann, welcher bis jetzt einen stummen und, wie es schien, verwunderten Zeugen des ganzen Auftritts abgegeben hatte, erhob sich jetzt und rief, mitten in der Stube stehend: »Nun wohlan! Ihr seht selbst, Herr Kapitän, wie sich alles zu Eurem Willen fügt, laßt denn unsere Sache abgemacht sein: Ihr übernehmt selbst die reiche, kostbare Ladung, und die Schatzkammer wird es an einem tüchtigen Zuschuß nicht fehlen lassen.

Jetzt aber kommt und laß uns unten einen tüchtigen Humpen leeren auf Abschluß der langen Verhandlung. Ihr, Meister Steuermann, mögt nur auch mitkommen.«

Die drei Männer stiegen jetzt hinunter und mischten sich im großen Versammlungssaale unter die Gruppen der fremden und einheimischen Schiffer sowie einiger junger Leute aus der Stadt. Es wurde gespielt, teils mit Würfeln, teils mit der Karte, ein großer Teil saß aber um einen weitgereisten fremden Schiffsherrn herum, der von seinen Abenteuern und Schicksalen erzählte. Adrian suchte ein stilles Plätzchen, wo der Lärm ihn nicht von der Betrachtung über sich und das wunderbare Ereignis der letzten Viertelstunde abhielt. Er wußte nun, daß er es mit dem berüchtigten Kapitän Holofernes zu tun hatte, und so vorteilhaft ihm diese Verbindung, von einer Seite betrachtet, schien, so drängte ihn auf der andern sein Gewissen; besonders fiel es ihm jetzt ein, über die Erscheinung des Mannes auf dem Hafenplatz zu grübeln sowie über die wunderbare Art, wie jener ihm alle Umstände, wie sie sich nachher wirklich begaben, vorhergesagt. Trotz dieser Zweifel war er jedoch herzlich froh, ein so gutes Geschäft gefunden zu haben, und beschloß zuletzt, die Gunst des Glückes zu erfassen, ohne durch zu weitgehende Besorglichkeit und Furcht sich ihrer unwert zu machen. Er erhob sich und trat jetzt auch in den Kreis, der um den Erzähler sich geschlossen hatte. Der fremde Schiffer war eben mit dem Bericht eines Abenteuers fertig geworden, und die Zuhörer wechselten ihre verschiedenen Meinungen über das Erzählte. Jetzt erhob sich einer unter ihnen und nahm das Wort. Er war klein von Wuchs, den feinen Zügen seines Gesichts sah man erst, wenn man sie näher ins Auge faßte, das hohe Alter an. Sie hatten etwas Friedliches, Stilles, und ganz verschieden von den andern rohen, derben Physiognomien, blickten aus der seinigen die Spuren von Kränklichkeit und Leid. »Verehrte Kameraden«, sagte er, »was böse und gute Schicksale auf der See betrifft, da kann ich wohl auch ein Wörtlein mitsprechen; denn so wie ihr mich hier seht, bin ich nun schon sechzig Jahre im Dienste auf dem Schiffe. Sturm und Ungewitter, Sonnenbrand und Frühlingssäuseln sind über mein Haupt dahingegangen, dreimal hat der Blitz den Mast zerschellt, an dem ich hing, sechs Schiffe sind unter mir geborsten, auf Tonne und Brett bin ich dahingeschwommen. Hungersnot und Pest habe ich an Bord gesehen, und die krummen Säbel der Ungläubigen haben zu meinen Füßen gemordet, der große Gott hat mir immer das Leben geschenkt, er hat mich geführt, der Erde uraltes Antlitz zu schauen, dahin, wo noch keine Menschenhand es verstümmelt, ungeheure Wälder, die die Seele mit Grauen und Anbetung erfüllen, rauschten über meinem Haupte zusammen; unter meinem bebenden Fuße klang der Fall heiliger, wunderbarer Ströme, deren Bild nicht im Traume unserm Sinne beikommt. Nun aber weiß ich aus meinem ganzen Leben keinen Anblick und kein Ereignis zu erzählen, dessen Gedächtnis noch jetzt meine ganze Seele mit so eiskaltem Schauder, mit so tiefem Entsetzen erfüllt als ein Abenteuer, welches ich auf einer Fahrt im Nordmeere erlebte.«

»Erzählt, Vater Martin«, riefen mehrere junge Burschen und rückten näher, auch vom Spieltisch standen einige Leute auf und gesellten sich zu dem Kreis. »Hat einer von euch«, sagte Martin, »wohl etwas gehört vom fliehenden Holländer?« – »Freilich«, entgegneten zwei alte Schiffer und bekreuzten ihre Brust, »das ist ja das alte Gespenst, welches tausend Jahre schon herumfährt auf allen Meeren. Wir nennen ihn auch den magern Kapitän, weil an dem ganzen Kerl nicht viel mehr sein soll als ein nackter Schädel und ein Paar dünne Arme und Beine. Wer aber hat ihn gesehen?«

»Ich«, rief Martin, »ich habe den fliehenden Holländer erschaut, liebe Kameraden, doch nicht sowohl ihn als sein Schiff. Es ist keine Fabel, kein Märchen, und ich würde von jener gräßlichen Nacht, die mein Haar plötzlich grau färbte, gar nicht zu sprechen wagen, wären wir nicht auf festem Boden und sonder aller Gefahr. So erfahrt denn, daß ich vor ungefähr zwanzig Jahren eine Fahrt machte von den shetländischen Inseln aus unter einem Kapitän, der ein Irländer und der gottloseste Mensch war, den ich jemals kennengelernt. Er glaubte weder an Gott noch an die Heiligen und hatte schon Schandtaten ausgeübt, vor denen eine christliche Seele im Innersten schaudert. Mit einem solchen Menschen unter einem Dache zu sein ist schon ein bös' Ding, nun aber in einem und demselben Schiffsräume eingeschlossen, auf wildem, finsterem Meer, von aller menschlichen Hilfe weit, weit entfernt, mitten unter Larven und Ungeheuern mit ihm dahinfahren, das, Freunde, ist doch noch übler. Es ist jedem Schiffer bekannt, daß am Tage des heiligen Blasius keiner eine Fahrt unternehmen soll, wir aber lichteten die Anker gerade, als das Meßglöcklein läutete und die Prozessionen ihren Anfang nahmen. An ein frommes Gebet, an Altar und Betstunde war nicht zu denken, dagegen waren Flüche und lose Lieder ein angenehmer Zeitvertreib bei der wilden, jungen Mannschaft. Anfangs ging die Fahrt noch leidlich, als wir aber auf die Höhe des offenen Meeres kamen, da drangen fürchterliche Stürme uns nach. Nun sagt man, daß in der ersten Nacht des gänzlich verfinsterten Mondes die See von Gespenstern wimmle, die in der Finsternis, in der Öde ihr Wesen treiben. Wir sahen auch seltsame weiße Scheine dahinhuschen über die Wellen, ohne daß wir wußten, woher sie kamen, noch wohin sie verschwanden. In einer Nacht, wo es toller als jemals auf dem Schiffe herging – die See lag im trüben Nebel schwarz und dunkel da –, waren wir alle auf dem Verdeck versammelt, und so wie jetzt sprach einer von uns vom fliehenden Holländer. Der Kapitän hörte aufmerksam zu, dann erhob er sich und in seinem trunkenen Mute, wie er war, rief er in die See hinaus, das Gespenst solle erscheinen, er fordere es zum Kampfe heraus. Die Gesellen lachten, mir aber war nicht erbaulich zumut. Wie das Geschrei und Rufen eben am ärgsten war, da – ach, liebe Freunde, mir schaudert noch – da wurde es auf einmal totenstill um uns her, alle sahen sich betroffen an, keiner wußte, was es bedeute; endlich blieb allen der Blick wie erstarrt rückwärts gerichtet: da zog durch die Flut, leise, ohne das mindeste Geräusch, ein großes, ein ungeheures Schiff auf uns zu, das – ein fürchterlicher Anblick – von unten bis oben zur Spitze des großen Mastes ganz weiß durch die Nacht schimmerte. Kein Laut regte sich, indes das Totenschiff immer näher kam. Endlich fiel die ganze Mannschaft auf die Knie und rief mit ungeheurem Geschrei die Hilfe Gottes und der Heiligen an. Was geschah? Ein fürchterlicher Stoß erschütterte unser Schiff, wir stürzten nieder, und als wir wieder aufblickten, war das Gespenst verschwunden, der Kapitän aber mit, und nie haben wir wieder etwas von ihm erfahren.«

»Wohlverdiente Strafe«, rief der alte Schiffer, welcher früher seine Begebenheiten erzählt hatte. »Und das war das ganze Abenteuer, welches Ihr bestanden?« fragte ein junger Mann, »ich dachte, Ihr wäret mit den wunderbaren Leuten auf jenem Schiffe handgemein geworden.« – »Dafür hätte ich gedankt«, erwiderte Martin, »ich will nicht wissen, was es für Gesellen waren, die auf dem Schiffe saßen.« – »Man sagt«, nahm ein anderer Zuhörer das Wort, »daß der magere Kapitän manchmal Boote aussetzen, in denen sich Leute befinden von ganz sonderbarem Ansehen und wunderlicher Tracht, und diese sollen dann allerlei Briefe abgeben wollen, an Personen gerichtet, die vor undenklichen Jahren schon gestorben sind.« – »Das kann sein«, rief Martin, »ich erzähle nur, was ich mit eigenen Augen gesehen.«

Eine Stille trat ein, dann sagte ein junger Matrose: »Mein Großvater hat mir auch von dem Gespenst erzählt, der aber meinte, es sei dahinter niemand anders verborgen als der, vor dem Gott unsre Seelen bewahre. Auf dem Zauberschiffe seien jedoch alle Unglücklichen versammelt, die sich ihm ergeben haben und die er nun viele Jahrhunderte lang mit sich herumführe, um sie dann, wenn ihre Zahl voll sei, allesamt in die ewige Verdammnis zu stoßen. Der alte Mann sagte noch ferner, daß der Böse nur den Schiffen erscheine, deren Kapitän oder Steuermann mit ihm einen Pakt geschlossen; dann segle oft mehrere Nächte lang das tote Schiff dem andern nach. Gleichwohl könne der Kapitän sich und die Mannschaft aus den Klauen des Feindes retten, wenn er nur streng darauf halte, daß, während das Gespenst hinterher ist, kein Fluch, auch nicht der leiseste, ausgestoßen werde auf dem ganzen Schiffe. Sowie aber dergleichen geschieht, sind Schiff und Mann verloren und in der Gewalt des Bösen auf immerdar!« – »Sehr wunderbar!« rief Martin, »dieser Umstand ist mir doch noch nicht bekannt gewesen, allein es mag damit wohl seine Richtigkeit haben.« Der alte Schiffer nahm wieder das Wort und sagte: »Andre erzählen, der fliehende Holländer sei bei seinen Lebzeiten ein Schiffshauptmann gewesen und habe vor langen Jahren sein Wesen getrieben auf dem Meere. Unter allen Greueltaten, die er begangen, ist aber eine so unerhörte Freveltat, daß er zur Abbüßung derselben nun bis an den jüngsten Tag in die Irre fahren muß.« – »Und was ist dies für eine Tat?« fragten Martin und noch einige andere. »Er soll«, entgegnete der Erzähler, »zur Zeit eines ungeheuren Sturmes und da ihn kein Mittel mehr vom Tode hatte retten wollen, die heilige Hostie genommen und ins Meer geschleudert haben.«

Diese Worte setzten alle Zuhörer in Erstaunen und Entsetzen, nur der Kapitän Holofernes beantwortete sie mit einem spöttischen Gelächter. »Wie mögt ihr doch, Freunde«, rief er, »solche Toren sein und an dergleichen Märchen mit festem Glauben halten!« – »Keine Märchen!« rief der alte Martin, »nur der Gottlose kann über solche Dinge spotten.« Er sprach dieses mit einer ernsten, tiefen Stimme, indem er einen strafenden Blick auf den Kapitän warf. »Ich sage euch aber«, rief dieser, »ihr mögt mich nun für gottlos halten oder nicht, es sind leere, taube Märchen, erfunden, um Kinder und schwache Greise zu erschrecken. Kein mutiger Schiffsmann, der sein Geschäft versteht, wird sich um derlei bekümmern. Hab ich denn nicht auch weite Reisen gemacht, und doch weiß ich kein Wörtlein von all dem Spuk.« – »Wißt Ihr auch jetzt nichts, so könntet Ihr doch einmal später etwas der Art erleben, nehmt Euch in acht!« rief Martin, »denkt an mich und diese Stunde! Ihr meint meiner zu spotten und glaubt, daß ich nicht weiß, wie es um Euch steht; doch seid nur ruhig, Kamerad, folget meinem Rat und sucht die See nicht auf, hier auf festem Boden hat er keine Macht über Euch!« – »Unerhörte Frechheit!« rief der Kapitän, »was wollt Ihr mit diesen verrückten Reden sagen, Alter? Seid Ihr kindisch geworden, oder soll man Euch ins Tollhaus sperren?« – »Ins Tollhaus?« wiederholte der Alte mit einer leisen, aber furchtbaren Stimme, »warum nicht? Mit einem guten Gewissen schläft sich's überall wohl. Wer aber, wie Ihr, Gäste bekommt, die durch keine Tür und durch keine Gitterstäbe abzuhalten sind, der ist nie vor unangenehmem Zuspruch sicher.« Die Männer traten herbei, um den Streit, der sich jetzt auf eine ernste Weise entspinnen zu wollen schien, durch ihre Vermittlung zu hemmen. Es gelang ihnen auch nach einiger Mühe, den alten Martin zum Schweigen zu bringen, und so löste sich die ganze Versammlung auf, indem jeder bemerkte, daß es schon spät und Zeit sei, die Ruhe zu suchen.

Die Anstalten zu der Reise wurden jetzt getroffen, es sollte hoch hinauf nach Island gehen, und obgleich mancherlei Umstände eintraten, die da zeigten, daß die Fahrt um diese Jahreszeit nicht ohne große Gefahr sein würde, so blieb der Kapitän doch fest bei seinem gegebenen Wort und verlachte den guten Rat und die Bedenklichkeiten, welche seine Freunde ihm wiederholt äußerten. Nicht so dachte der junge Adrian, ihn gereute im Herzen der ganze Handel, den er leichtsinnig eingegangen, und hätte ihn nicht sein eigner frommer Sinn vom Kapitän ferngehalten, so wären, dieses zu tun, die vielen abenteuerlichen und seltsamen Gerüchte imstande gewesen, welche über diesen furchtbaren Menschen ihm zu Ohren kamen. Lebendig stand ihm das letzte Gespräch in der Schenke vor der Seele, und er sah nun ein, wie Martins Rat der beste sei, nämlich sich von der ganzen Unternehmung loszusagen. Doch diesen Entschluß zu fassen war das bekümmerte Gemüt des Jünglings nicht fähig. Erstlich schien es ihm im höchsten Grade widerrechtlich, dem Kapitän sein Wort zu brechen, zumal da er von diesem schon eine bedeutende Summe in Händen hatte, und dann war noch ein Grund da, den er kaum sich selbst gestehen mochte, wenn er in Stunden der Einsamkeit durch die Straßen von Antwerpen wanderte und ihn der Geist trieb, beim Hause des Kapitäns stillezustehen, um hinaufzusehen in das erleuchtete Fensterlein, wo die schöne Margarethe wohnte. Der strenge, finstere Mann hatte sich nach langem Bitten bewegen lassen, das zarte Mädchen mit einer alten Muhme ins Haus zu nehmen, und jetzt war es beschlossen, daß beide Frauen die Reise mitmachen sollten, um im nördlichen Norwegen, wo einige Verwandten lebten, abgesetzt zu werden. Diesen Umstand hatte Adrian erfahren, und nun schien es ihm angemessen, ja sogar notwendig, das junge, schöne, unerfahrene und zaghafte Mädchen zu begleiten, ihr seinen Schutz zu gewähren, wenn sie dessen, wie es vorauszusehen war, in der Mitte von rohen, schonungslosen Matrosen oder selbst an der Seite ihres finstern, verdächtigen Beschützers bedurfte. Margarethens einziger Trost war diese Zusage Adrians, und wie ein drohendes Mißgeschick oft wieder zwei entfremdete Seelen zusammenzuführen imstande ist, so schließt es um so fester das Band der Zuneigung und Zärtlichkeit zwischen Geliebten. Diese Gedanken beschäftigten die Seele des Jünglings, als er eines Morgens aus der Messe heimkehrte. Ruhe und seliger Friede hatten in seinem Gemüt alle trüben Bekümmernisse beschwichtigt, und indem er sich im Gebet den Fügungen des Himmels völlig unterworfen, dachte er mit freudigem Sinn an die Reise und die Aussicht, mit dem geliebten Mädchen unausgesetzt zusammen zu sein. Als er am Hause des Kapitäns vorübergehen wollte, stand dieser plötzlich vor ihm und maß ihn mit finstern Blicken. »Was ich von Euch erwartet«, hub er nach einer Weile an, »hat sich nicht erfüllt, es ist besser, mein Freund, daß wir wieder voneinander scheiden.« – »Was wollt Ihr damit sagen!« rief Adrian erstaunt, »hab' ich etwas gegen Euer Geheiß getan?« – »Das habt Ihr!« war die Antwort, »wo seid Ihr jetzt gewesen? Anstatt beim Schiffe zu sein, lauft Ihr ins Bethaus zu den alten Weibern, um die Zeit zu töten! Laßt mich das nicht wieder sehen, wenn wir Freunde bleiben sollen.« Der Jüngling errötete vor Zorn, mit unwilliger Stimme rief er: »Herr Kapitän, Ihr werdet selbst wissen, daß Eure Macht nicht so weit geht, mir das Gotteshaus zu verschließen!« – »Wie!« schrie der finstere Mann drohend, »noch Vorwürfe! Wohlan, wir sind geschiedene Leute, in einer Stunde sollt Ihr Eure Papiere wiederhaben. Andächtige Memmen dulde ich nicht auf meinem Schiff! Geht!« Er machte Miene, dem Jüngling den Rücken zu wenden, aber diesem fiel zum Glück der Name des Mannes ein, der ihn an Holofernes gewiesen. »Ich gehe«, rief er, »doch der Kapitän Clamfort, der mich an Euch empfohlen, soll erfahren, wie Ihr Euer gegebenes Wort brecht.« Kaum war dieser Name über die Lippen des jungen Steuermanns, als Holofernes sichtlich erbleichte und in der Verwirrung nicht sogleich ein Wort herausbringen konnte. Endlich stammelte er: »Clamfort? Wo habt Ihr ihn gesprochen?« Adrian beschrieb das Ereignis jenes Abends mit allen damit zusammenhängenden Umständen ruhig und kalt, der Kapitän verlor kein Wort seiner Erzählung und wandte sich manchmal um, als fürchte er jemanden, der da lausche, und so sehr er vor dem Jünglinge die Zeichen seiner innern Bewegung zu verbergen trachtete, so glaubte doch dieser, den gefährlichen Mann, mit dem er es zu tun hatte, jetzt ganz zu durchschauen. Nach dieser Unterredung nahm der Kapitän seine frühern Äußerungen zurück, überhaupt schien er sein Betragen jetzt auffallend gegen den jungen Steuermann zu ändern, er behandelte ihn freundlich, ja sogar mit einer Art von Ehrerbietung, und Adrian war in seinem Herzen froh, daß er jetzt die Reise mitmachen durfte, vor der er sich anfangs so sehr gescheut hatte. So rückte denn unter mancherlei Zurüstungen der Tag der Abfahrt heran, und die Reede wimmelte von Zuschauern, welche das Schiff und die Mannschaft mit neugierigen Blickten musterten.

Eine geraume Zeit war vergangen, das Jahr schritt seinem Ende entgegen, und es kam die Periode, wo die in den nordischen Meeren die furchtbaren Äquinoctialstürme zu wüten beginnen. Keine Beschreibung und kein Bild vermag dem Bewohner des Mittellandes den Anblick zu vergegenwärtigen, den das Meer um diese Zeit bietet: eine finstere, gräßliche Welleneinöde, umschlossen von einer schweren, lastenden Wolkendecke, durchtobt von streitenden Orkanen, welche in heulenden Tönen dahinbrausen, ähnlich denen, die das Tier der Wüste in seinem nagenden Hunger ausstößt. Ohnmächtig ihrem Wüten dahingegeben, schleudern die kolossalen Wassermassen spielend das unglückliche Schiff sich zu, gleichsam wie in höhnender, grausamer Mordgier, ehe sie es vernichten. Zitternd klammert sich der beherzte Matrose am Mastbaum fest, der Blick des Steuermanns erblindet im tobenden Gischt, den das Meer ihm entgegenspeist, das Auge der Sehnsucht irrt am ganzen nächtlichen Umkreis des Horizontes herum, ob nicht ein Stern auftauche, das ferne Lämpchen eines Leuchtturmes sich zeige, welches verkündet, daß ein wirtlicher Hafen sich öffnet – umsonst! Nacht des Todes verschleiert die Welt, und nur die Welle, die unter den Füßen den schwarzen gähnenden Abgrund aushöhlt, hebt ihr drohendes Haupt sichtbar über den schwankenden Kiel.

Eine solche Nacht war es, als sich auf der Höhe von Bergen das Schiff des Kapitän Holofernes befand. Fünf Tage schon hatte der Sturm ununterbrochen angehalten, das Schiffsvolk, unermüdet in kluger Tätigkeit, drohte zu erlahmen, und schon lag, durch übermäßige Anstrengungen niedergeworfen, ein Teil der kräftigsten Matrosen wie tot in der Kajüte. Nur Adrian, den die Kraft der Jugend und Liebe beseelte, stand felsenfest an seinem Platze, das Auge starr auf die zitternde Seele des Schiffes, auf die Magnetnadel gerichtet. Da – es mochte gegen Mitternacht sein – krachte ein Teil des obern Mastes, und das frei gewordene Holz stürzte aufs Verdeck, mit wilder Gewalt den Jüngling treffend und niederschleudernd. Ein Blutstrom drang über sein

Antlitz, er wurde in die Kajüte gebracht, und alsbald war allgemeine Wehklage und Verzweiflung unter der Mannschaft. Das Gerücht, unser Steuermann ist tot, flog wie ein Lauffeuer von einem Ende des Schiffes zum andern, niemand wollte mehr Hand anlegen, und jedermann glaubte sich verloren. Adrian lag sterbend im untern Schiffsraum, der Schiffsarzt, selbst verzweifelnd und aufs Leben verzichtend, war ohnmächtig hingesunken, und der Pater war eben im Begriff, dem Sterbenden das letzte Sakrament zu reichen, als der Kapitän wütend an das Bett stürzte und, dem Geistlichen das heilige Gefäß entreißend, zu den Umstehenden sprach: »Memmen, die ihr seid, ist's jetzt Zeit zu solchen Possen? Fort, hinauf! Auf euern Platz, ans Tauwerk!« Er hatte kaum diese Worte geendet, als sich der alte Martin, der sich auf Adrians Bitten mit zur Reise entschlossen, ihm entgegenstürzte und mit aller Kraft seines greisen Körpers mit ihm zu ringen begann. »Nur Gott kann uns helfen«, schrie er, »alle menschliche Hilfe ist umsonst! Wage es nicht, Elender, die heiligen Gefäße mit deiner Betastung zu besudeln, oder wir sind alle verloren!«

Der Kapitän schlug ein helles Hohngelächter auf, das durch die brüllenden Stöße des Sturmwinds gellend hindurchdrang, er packte mit riesiger Gewalt den schwachen Greis und schleuderte ihn zu Boden, dann rief er mit fürchterlicher Stimme, indem er sich hoch aufgerichtet an einen Pfeiler lehnte: »Des Todes ist, wer meinem Befehle nicht gehorcht! Fort, an eure Plätze!« – »So gebt mir den Kelch!« rief der Priester, »ein Sterbender verlangt nach dem letzten Troste!« – »Er fahre zur Hölle!« donnerte der Wütende, und in den Moment flog das blitzende Gefäß in die schäumenden Wogen, die dumpf und wie im zischenden Hohngelächter auftobten. Allgemeines Entsetzen ergriff die Menge, aller Augen starrten auf die Öffnung, durch die der heilige Becher verschwunden war. Der Priester lag zitternd auf seinen Knien. »Allmächtiger dort oben!« rief er wie im Wahnsinn, »er hat dich gelästert, der Fluch des Himmels komme auf sein Haupt!« Eine Pause entstand, niemand wagte emporzublicken. Der Sturm draußen schien plötzlich zu verstummen, und es war, als stände das Schiff festgewurzelt über der Tiefe. »Heiliger Gott!« rief Martin, sich winselnd am Boden krümmend, »was ist das?« Er hatte es kaum ausgesprochen, als ein wilder Angstruf auf dem Verdeck hörbar wurde. »Hört!« rief Martin, »der Rächer kommt!« Alle eilten jetzt hinauf, da erstarrten sie beim Anblick des Entsetzlichen. Jenes Totenschiff, von dem Martin früher erzählt, ragte dicht an dem ihrigen empor. Den Himmel hatte ein mattes, graues Licht umzogen, eine drückende Gewitterschwüle lag auf dem erstarrten Meere und gelbe zuckende Blitze zerrissen die schwere, stille Luft. Klagetöne, die aus dem Innersten des Meeres zu kommen schienen, füllten mit Grausen das Ohr und mischten sich mit einem gellenden, pfeifenden Laut, der von dem Gespensterschiffe herüberklang. Dieses selbst lag ruhig da, und Mast, Verdeck und Kiel schimmerten, wie von weißen Totengebeinen zusammengesetzt, durch die Nacht; kein menschliches Wesen zeigte sich auf dem Verdeck – tiefe Grabesstille schien an dem furchtbaren, geheimnisvollen Orte zu herrschen. Alle Matrosen, selbst die wildesten, waren aufs Knie gesunken und schienen mit bebendem Herzen den Augenblick ihres Todes zu erwarten, doch er erfolgte nicht. Nach einigen qualvoll hingebrachten Stunden rötete sich der östliche Himmel, ein frischer Wind begann zu wehen, und beim Aufgang des neuen Tages verschwand wie ein dünner Nebel das furchtbare Gebilde der Nacht. Doch nur auf kurze Zeit war es den Unglücklichen vergönnt, frei aufzuatmen. Sowie die Finsternis das Meer wieder umhüllte, sowie sich die Stunde der Mitternacht näherte, da zeigte sich wieder der furchtbare Begleiter, und sein Anblick wurde von Nacht zu Nacht grausenerregender. Es schien, als käme er immer näher heran, ja der Blick konnte endlich auf dem Verdeck Gestalten unterscheiden, die, in Gruppen verteilt, unbeweglich und starr auf den Brettern dalagen. Nichts regte sich an diesem entsetzlichen Orte, und dennoch folgte das Schiff einer geheimnisvollen Lenkung, von der niemand wußte, wo sie ihren Sitz hatte.

So vergingen vierzehn Tage, das Totenschiff wich nicht und schien unausgesetzt auf seine Beute zu lauern. Die ganze Schiffsmannschaft hütete sich aufs strengste, auch nur die kleinste Verwünschung oder den leisesten Fluch auszustoßen; gleichwohl brachte ihr der jammervolle Zustand oft einen solchen auf die Lippen. Bei Tage mußten die Trostlosen unermüdet gegen die Wellen kämpfen und nachts immer wieder die schauerliche Nähe des sichtbaren Todes empfinden. Ihre Wut brach endlich alle Bande, sie fielen über den Kapitän her, und trotz der Vorstellungen und Bitten Martins ward er gefesselt und in einen Kerker geschleudert im untersten Schiffsraume. Allein, auch durch diese Tat ward ihnen keine Erlösung, im Gegenteil lieferte sie die Unglücklichen ihrem Verderben hin. Der Kapitän, als er sich verloren sah, sprach aus Rache jenen entsetzlichen Fluch aus, dessen Wirkung ihm nur zu wohl bekannt war. In dem Moment drang ein furchtbarer Stoß des Orkans aufs Schiff ein, es schwankte, oben auf dem Verdecke ertönte ein Schrei des Entsetzens. Adrian, der durch die zärtliche Pflege seiner Margarethe beinahe schon genesen war, sank ohnmächtig, das Bild des Gekreuzigten in seine Arme schließend, zurück. Margarethe und Martin klammerten sich fest ans Lager des Kranken, dann verschleierte auch ihr Auge eine undurchdringliche Nacht.

Lange nach Beendigung des Dreißigjährigen Krieges in Deutschland geschah es, daß die frommen Bürger der Stadt Antwerpen das Fronleichnamsfest in aller geziemenden Pracht und Feierlichkeit begingen. Als der Zug in die Gegend des Klosters des heiligen Bernhard kam, ereignete sich ein Umstand, der ebenso seltsam als unbegreiflich war. Man sah nämlich die Straße herauf eine Menge Leute kommen, die in ihrer Mitte vier Personen führten, welche mit Recht die allgemeine Aufmerksamkeit auf sich zogen. Es waren zwei alte Männer, ein Jüngling und ein Mädchen, alle vier in einer Tracht, wie sie vor fünfzig Jahren Mode gewesen. Von den beiden Greisen hatte der eine die damalige Kleidung der Schiffer an, den andern jedoch konnte man füglich für einen Geistlichen halten. Am meisten aber setzte das junge Mädchen in Verwunderung, denn in ihrem bildschönen, ausdrucksvollen Gesichte zeigte sich das höchste Erstaunen, mit Furcht gemischt. Sie blickte mit ihren großen blauen Augen fragend alle Gegenstände um sich an und teilte einmal über das andere ihre Bemerkungen den Begleitern mit, die ihrerseits nicht minder erstaunt und geängstigt schienen über das, was sie sahen. Der fromme Zug hielt auf seinem Wege inne, und war der Zulauf früher schon stark gewesen, so wuchs er jetzt schnell um das Doppelte. Indem jetzt alle stumm um die Gruppe der wunderbaren Fremden standen, trat der Prior des Klosters hervor, und sich an das Mädchen und ihre Begleiter wendend, fragte er, woher sie seien und was sie bewege, in dieser Kleidung zu erscheinen. Auf diese Fragen stürzten der junge Mann und das Mädchen auf ihre Knie nieder und antworteten: »Heiliger Vater, wir sind vor vier Wochen aus der Stadt dort herausgesegelt, und jetzt, da wir durch Gottes wundervolle Rettung wieder die geliebte Erde betreten, jetzt finden wir alle Dinge auf eine wunderbare Weise um uns verändert, wahrlich so, daß wir nicht wissen, wie uns geschieht.« Der Prior sah die Sprechenden mit fragenden Blicken an. »Vor vier Wochen habt Ihr diese Stadt verlassen? Wer seid Ihr und wie heißt Ihr?« Alle vier nannten ihre Namen, doch keiner von den Umstehenden wollte diese gehört haben. »Ehrwürdiger Vater!« rief endlich der Greis in Schiffertracht, »so ist denn Eure gute Stadt seit wenigen Wochen verwandelt worden! Führt mich doch hinein, laßt sehen, ob nicht jedes Kind mir das Haus des Kapitäns Holofernes zeigt, das große schöne Haus an der Reede.« – »Holofernes!« wiederholte der Prior, sich zu der Umgebung wendend, »kennt jemand einen Mann dieses Namens?« Alle schwiegen und warfen mitleidige Blicke auf die seltsamen Ankömmlinge, welche sie jetzt für Geisteskranke hielten. Da endlich drängte sich mühsam durch die Menge die Gestalt eines alten Mannes, und eine stammelnde Stimme rief: »Ich habe ihn gekannt, jenen Kapitän, ich kenne auch diese Leute, die dort stehen! Der Name Gottes sei gepriesen! Ihr Männer dieser Stadt, höret: Diese da sind vor fünfzig und mehr Jahren ausgefahren in die See. Ein junger Bursche war ich und weiß mich der Gesichter gar wohl zu erinnern. Wunder über Wunder! Die Ratschlüsse Gottes sind dunkel und heilig!« Er warf sich mit diesen Worten zu den Füßen der vier fremden Gestalten und brach in laute Tränen aus. Jetzt fanden sich immer mehr Leute, die jene Aussagen bestätigten, die vom Kapitän und seiner Schiffahrt gehört hatten. Adrian und Margarethe hielten sich fest umschlossen, sie wußten nicht, wie ihnen geschehen war. Zu ihren Füßen lag noch immer Anton, der Schiffer, der damals in der Schenke als ein Knabe die Geschichte von seinem Großvater erzählt hatte. Die Welt schien gänzlich verändert, und es wurde ihnen klar, daß sie auf dem Totenschiffe in einen wunderbaren Schlaf verfallen waren, aus welchem erst jetzt eine Geisterhand sie geweckt und an das heimatliche Gestade gebracht hatte. Trotz dieser schrecklichen Gewißheit füllte doch eine beseligende Überzeugung ihren Busen, nämlich, daß sie die einzigen seien, die, aus der Gemeinschaft verlorner Seelen gewählt, bestimmt wurden, wieder ans heitere Licht zu treten. Auf die Fragen, die man an sie tat, antworteten sie immer nur, daß das, was sie erschaut und erlebt, von so fürchterlicher Art sei, daß ein umständlicher Bericht davon ihnen unmöglich werde. Nur dieses stehe fest in ihren Herzen geschrieben, daß der Himmel entsetzliche Strafen verhänge über solche, die seine Gebote verlachten.

Später, als sie nach dem Hause des Holofernes sich erkundigten, zeigte man ihnen einen wüsten Platz, auf dem noch einzelne Mauern standen, dem scheuen Geflügel der Nacht Zufluchtsort. Ein anderer Teil des Platzes war aber zur Kirche gezogen und in eine Sakristei verwandelt worden. Zur Nachtzeit, wenn die See ganz besonders stürme, behaupteten viele Leute, spuke es im verfallenen Gemäuer und es lassen sich öfters zwei Männer drinnen sehen, die die Tracht reicher Seeleute trügen aus älterer Zeit. Die Sage vom fliehenden Holländer blieb aber von der Zeit im Munde des Volks so wie die Geschichte des Kapitäns und der aus fünfzigjährigem Schlafe so wunderbar Erweckten. Martin und der fromme Pater starben bald nach diesen Ereignissen eines ruhigen Todes. Margarethe aber nahm den Schleier, um dem Himmel ein Leben zu weihen, das er auf so wunderbare Weise gerettet hatte. Adrian zog wieder hinaus in die See, um als frommer Schiffer, wozu er erzogen worden war, sein Leben zu schließen. Von dem Kapitän und den Seinigen wurde aber keine Kunde mehr vernommen.

Der arme Thoms oder die versunkene Stadt

Am Gestade des nördlichen Meeres lebte vor langer Zeit ein Fischer, den die Leute im Dorfe nur den armen Thoms nannten. Er selbst wollte indes nicht eingestehen, daß er arm sei, denn er war zufrieden mit einer baufälligen Hütte, die er sein Eigentum nannte, und die notdürftigste Nahrung wurde ihm, ohne daß er darum zu sorgen brauchte, aus dem Dorfe täglich gebracht. Besondere Bedürfnisse hatte er nicht, und wenn diese auch da gewesen wären, so hätte er sie lieber unterdrückt, als daß sie ihn gezwungen, seine Hütte und den Platz dicht am Meere zu verlassen, so leidenschaftlich liebte der Alte die Nähe und den Anblick des freien Elements. Dessenungeachtet sah man ihn doch selten mit seinem kleinen Fischerkahn sich hinauswagen, aber öfters fand man ihn am Ufer sitzend, besonders an ruhigen Abenden, wo denn sein Blick sehnsüchtig auf die in Farbe und Bewegung stets wechselnde Weite gerichtet war. So einsam hatte er jedoch nicht immer gelebt, seine Jugend sowie auch sein spätes Mannesalter waren unter mannigfaltigen, zum Teil gefährlichen Reisen und Unternehmungen hingegangen. Hiervon hatte er sich manches seinem Gedächtnis besonders eingeprägt und pflegte es sonntags, wo die Fischer mit ihren Weibern sich öfters zu ihm gesellten, in vertraulicher Mitteilung zu erzählen. Die muntere Jugend im Fischerdorf fand Mittel, auch an anderen Wochentagen Thomsens Erzählungen anzuhören, wogegen die Altern und Erfahrneren zürnten, und zwar, weil sie wohl sahen, daß der seltsame Greis öfters Geschichten vorbrachte, die die Phantasie der Jünglinge schwärmen machten, so daß die tüchtigsten Burschen das alltägliche Werk versäumten, indem sie über ein Mittel grübelten, die wundersamen Schätze aus den Märchen des armen Thoms zu erbeuten. Eine der liebsten Geschichten des armen Fischers war aber die von der versunkenen Stadt.

Ziemlich weit in die offene See hinein konnte man nämlich bei hellem Wetter auf dem Meeresgrunde Gegenstände deutlich gewahr werden, die, seltsam geformt, schon seit Menschengedenken für die Trümmer einer alten versunkenen Stadt gegolten hatten. Der einsame Fischer, der heimkehrend diese Stelle des Meeres zu befahren hatte, konnte sich des Grauens nicht erwehren, dachte er an die dunklen Sagen von den Spukgestalten der Meerstadt, die hin und wieder waren gesehen worden. Dazu kam der Umstand, daß das Wasser hier selten ruhig war und nicht weit entfernt ein finsteres Felsenriff hervorstarrte, an dem schon manches unkundige Fahrzeug gestrandet war. Früher hatte ein reiches Dorf am Strande gestanden, allein, es war verlassen, und einsame Trümmer zeigten noch seine Stelle; des armen Thoms Hütte schien die einzig übriggebliebene.

Es war eines Abends, als die Arbeit früher als gewöhnlich ruhte und das Vorgefühl des morgenden Festtags zahlreichere Gruppen um die Hütte Thomsens gelockt hatte. Der Erzähler saß heiter im Kreise seiner Zuhörer. Ein paar fremde Fischer brachten den Alten auf seine frühere Tätigkeit und befragten ihn, ob er sich nicht jetzt noch aus der behaglichen Ruhe manchmal hinaussehne. Thoms schüttelte das Haupt. »Nein, meine Freunde«, entgegnete er, »die Welt ist für mich beschlossen und geendet; ich habe schauen dürfen, was nicht jedem blöden sterblichen Auge zu schauen vergönnt ist, ich bin zufrieden. Glaubt mir, wenn ich so vor meiner Hütte sitze und die Natur rings um mich stille ist, der Mond über dem Gewässer schwebt und die Nachtkühle so recht innig durch meine Brust zieht, da keimen in mir unendlich süße Schauer, selige Träume, ich bedarf der äußeren tätigen Welt nicht. Das alte Land der Wunder tut sich auf, die graue Meeresfläche vor mir wird ein bunter Teppich, im Nu mit den köstlichen Gestalten der Fabelwelt gestickt. Ich sehe Magelonen vorbeischiffen, wie ein grauses Geschick sie fern von den Geliebten treibt, das reiche Zauberschiff Argo mit seinen tausend und aber tausend Kriegern und Sängern rauscht in die Nacht dahin, Gesänge und Farben tauchen auf und nieder, zwischendurch lauschen aus der alten Wiege des Ungestüms die Meerwunder herauf, ich höre ihr jedem andern unverständliches Gespräch, wie sie von den Schätzen der Tiefe erzählen, von dem, was unten begraben liegt und Ewigkeiten hindurch verborgen ausdauert. Mitten unter diesen Gebilden und Herrlichkeiten sinkt dann wieder eine so selige Befriedigung und Stille in meine Seele, ich weiß und fühle, daß alles nur Traum ist, daß der sterbliche Mensch nur in

Frieden und Beschränkung Ruhe findet, und mein Plätzchen am Meeresstrande ist mir dann lieber als ein Ehrensitz in der kostbaren Argo unter Zauberern und Sängern.«

»Ja, wohl seid Ihr ein Träumer, Thoms«, nahm einer der fremden Schiffer das Wort, »von den Herrlichkeiten, die Ihr eben geschildert habt, ist uns nie das mindeste in Sinn und Gedanken gekommen.«

»Ei, ei«, rief ein anderer, »unser alter Gevatter könnte, wenn er wollte, uns noch viel wunderbarere Dinge erzählen. Ist es doch genugsam bekannt im Dorfe, daß einst die Seegespenster ihn hinuntergeführt haben in die alte Meerstadt und daß er von dort ein kostbar Kleinod mitgebracht hat.«

Der Kreis rückte bei diesen Worten näher heran. Ein sanfter frischer Abendwind kam vom Meer her und hob die weißen Locken am Haupte des Greises, der still und sinnend vor sich hinsah, als überdenke er längst vergangene Zeiten; indes ward er mit Fragen und Bitten bestürmt, sein Abenteuer zu erzählen. Endlich erwiderte er unmutig: »Ihr fragt alle doch aus eitler Neugier, und wie wollt ihr da, daß ich ein stilles, wundersames Ereignis euren Blicken entschleiern soll? – Ach, es wird mir doppelt schwer, denn ich muß des teuren Jugendgenossen gedenken, der auf eine rätselhafte und grausenvolle Weise mir entrissen wurde!«

Andreas, ein junger Fischer, der dem Greise zu Seite saß, rief: »Erzählt, Vater, und tut ihr es nicht der Menge zu Gefallen, so geschehe es uns zur Freude; Ihr wißt wohl, diese Bitte dürft Ihr uns nicht abschlagen.«

»So mag's denn geschehen«, entgegnete Thoms, »doch soll keiner mir das Ereignis auf seine Weise deuten und verkümmern wollen.«

»Seht, ich war ein Bursche von zwölf Jahren, als ich mit meinem Vater hierher in die Gegend zog. Er bestimmte mich zu seinem Gewerbe, und ich, indem ich frühzeitig in der Nähe des Meeres und der gewohnten Verrichtungen aufwuchs, lernte mich bald tätig und tüchtig erweisen. Was ich bin, habe ich dem heiligen Element zu danken, das wir dort vor uns sehen. Im Innenlande verkümmert der Mensch, am Meeresstrande bleibt er jedoch immerdar frisch und tätig. Mein Vater, der mein Treiben mit Lust ansah, ließ mir Freiheit, und oft zog ich mit seinem besten Kahne weit, weit hinaus, so daß ich das Ufer kaum mehr sehen konnte. War ich dort draußen, von keinem menschlichen Laut mehr erreicht, so zog ich die Ruder ins Boot, mich selbst legte ich an den Boden zurück, und indem das Fahrzeug so mit mir ins Grenzenlose wogte, langte mein Auge oben beim Zuge der Wolken an, wie sie in ganzen Scharen wunderbar eilig und geschäftig ihren Weg dahinflogen. War ich dieses Spiels müde, so bog ich mich über den Rand des Kahns und suchte nun wieder die Tiefe zu durchdringen, indem ich hoffte, Zauberpaläste und Kristallschlösser, von denen ich gehört hatte, zu entdecken. Wie wurde mir nun, meine Freunde, als ich eines Tages, dort über jener berüchtigten Stelle schwebend und hinunterschauend, wirklich den Giebel eines Hauses tief unter mir erblickte! Ich rieb mir die Augen, weil ich glaubte, das anhaltende Schauen habe sie geschwächt, doch das Bild blieb da, ja es trat jetzt eine ganze Straße hervor.

Ich konnte auf einen einsamen, stillen Marktplatz schauen, in ein wundersames, träumerisches Gäßchen, wo die dunkeln Häuser nah aneinanderstanden und wo niemand sich zeigte, der hindurchging. Es war, als gäbe es einen Sonntagmorgen unten und alles säße still zu Hause beim Predigtbuch. Meine ganze Seele war durchdrungen und erschüttert – ich sah und sah – und wollte immer mehr sehen, da trübte sich plötzlich der Meeresboden, ein dünner Schleier flog über das Wunder und deckte es zu.

Es war spät, als ich nach Hause kehrte. Mein Vater, dem ich das Erlebte erzählte, schalt mich heftig über meine Kühnheit, so allein mich hinauszuwagen, er verbot mir ernstlich, jemals wieder ohne seine Erlaubnis einen Kahn zu lenken, von der wundersamen Stadt wollte er vollends nichts wissen, und ich mußte meine Bilder und Träume, die mich beglückten und aufregten, in meine Brust verschließen. Ich vermochte dieses nur auf kurze Zeit, bald vertraute ich mich einem jungen Burschen meines Alters, mit dem ich immer gute Kameradschaft hielt und der auch nicht wenig erstaunt und begeistert war. Wir machten den Plan aus, sobald es sich irgend tun ließe, uns eines Kahns zu bemächtigen und hinauszuschiffen.

Als wir eines Abends hierüber sprachen und an dem großen Steine saßen, den ihr dort sehen könnt – er ist jetzt durch die Zeit tiefer in den Boden gesunken –, da ereignete sich, was ich euch jetzt beschreiben will. Es war bereits Nacht geworden, das Meer ging hoch und warf schäumende Wellen mit Geräusch aus, ein Nebel schwamm auf den Gewässern, und wir verbargen uns unter einem der großen Boote, die auf dem Strande lagen. Hier nun, im sichern Versteck, erzählte ich von der geheimnisvollen Stadt und ihren Wundern. Mein Kamerad war ganz entzückt. ›Ach‹, rief er, ›wenn wir nur einmal in diese Stadt kommen und dort durch die wundersamen, einsamen Straßen wandeln dürften oder gar in die Häuser eindringen, wo seit Jahrhunderten die hübschen Mädchen verlassen schlummern müssen. Wie wollte ich sie aus dem Schlafe wecken, daß sie, ihre goldnen Locken schüttelnd, mich verwundert und süß lächelnd anblicken sollten, nicht wissend und begreifend, wo ich hergekommen sei. Als dann würden sie mir herrliche Schätze in Menge geben, und ich wäre der reichste Mann der Welt.‹ – ›Hanny!‹ rief ich dagegen, ›das sind gotteslästerliche Reden, weiß du denn nicht, daß, wie der lahme Christian im Dorfe sagt, jene dort unten zur Strafe verbannt sind in die Tiefe?‹ – ›Geh mir!‹ entgegnete er, ›ein echter Seemann soll keine Furcht im Herzen kennen, sonst ist er nicht mehr wert, als daß die Haifische sich mit ihm den Rachen füllen.‹

Indem wir so sprachen, war der Mond aufgegangen und schien trüb durch die Nebel auf das helle Sandufer vor uns. ›Thoms, sieh doch!‹ rief Hanny eilig und verstört, ›wer sind jene Leute, die noch so spät dort am Ufer herumspazieren?‹ Ich erhob mich, doch konnte ich keinen Schritt vorwärts machen, so seltsam wurde mir zumute, als ich den Blick hinausrichtete und er die Gestalten traf, die nicht weit von uns langsam dahinwandelten. Es war ein Mann und eine Frau, beide in eine Tracht gehüllt, die wir nicht kannten. Er trug ein schwarzes Kleid mit einem hohen spitzigen Hut, und ihr flossen lange, schleppende Gewänder, die wie Silber schimmerten, um den Körper. Sie gingen still nebeneinander, und als sie sich nun umkehrten, schienen ihre bleichen Gesichter seltsam durch den Nebel; langsam hoben sie ihre Arme und winkten uns heran. Wir hielten einander umschlungen, keiner wollte dem Winke folgen.

›Hanny,‹ lispelte ich leise, ›gewiß sind diese Leute aus der versunkenen Stadt.‹ Mein Kamerad winkte mir zu, wir blieben still, den Blick auf die Erscheinung gerichtet. Bald darauf sahen wir sie im Nebel verschwinden, und es war, als nähme das Meer sie auf. Ich glaubte noch lange den spitzigen Hut des Mannes aus den Wellen hervorragen zu sehen.

Zu jener Zeit traf in unserem Dorf ein fremder Spielmann ein, der die Aufmerksamkeit der Leute auf sich zog. Er kam aus Böhmen, seine Kleidung, seine Rede waren fremd, und uns Knaben erschien der lange Mann mit dem wilden schwarzen Barte im bleichen Gesichte abschreckend und unheimlich. Er verweilte in unserm Dorf einige Zeit und hatte, da gerade ein ländliches Fest viele Gäste herbeilockte, einen bedeutenden Erwerb, indem er zum Tanz aufspielte, und es war wohl auffallend, daß, sowie die Pfeife des langen Böhmen erklang, sich jung und alt wie von einer unaufhaltsamen Tanzlust befallen zeigte. Es entstand Scherz und Gelächter, wenn sich schwere, unbeholfene Leute leidenschaftlich in den Reihen mischten und nicht eher aufhören mochten, als bis sie atemlos hinsanken, dagegen wurde andere, auch die sanfteren Naturen, zu einer widerlichen Zanksucht aufgeregt, so daß es ausgemacht schien, eine lustige Gesellschaft, wo der lange Böhme aufspiele, könne sich nur mit Zank und Schlägen endigen. Dies erregte Aufsehen, der böhmische Spielmann wurde verrufen als einer, der mit bösen Geistern im Bunde stehe, und seine Pfeife als ein solches Zauberinstrument angegeben, auf dessen Ruf sich die Geister sammelten. Wir jungen Burschen, bei denen man eben keine Zauberei vonnöten hatte, um sie zu Scherz und Mutwillen, gelegentlich auch zu Händeln aufzuregen, hörten dergleichen Beschuldigungen geduldig an und schlossen uns wohl gar, als wir uns mit des Böhmen Gestalt mehr versöhnt hatten, ihm näher an, indem wir mit ihm ins Land hinein durch Wies' und Wald zogen.

Eines Abends kamen wir mit ihm in eine Schenke, wo er sich, wie gewöhnlich, bereit finden ließ, zum Tanz aufzuspielen. Kaum hatte jedoch der Tanz einige Zeit gedauert, als er plötzlich die Spielweise änderte und einige traurige, durchdringende Töne angab. Die tanzenden Gruppen wußten nicht, wie ihnen geschah, sie hörten auf, sich rasch zu bewegen, und jeder sah sich mit verstörten Blicken im Zimmer um. Dazu ließ sich draußen plötzlich ein ungewöhnliches Rauschen und Bewegen vernehmen, ein nächtlicher Sturm wühlte im Laub der Bäume, und hie und da erblickte man mit Entsetzen bleiche fremde Gesichter, die sich von außen an die Scheiben der Fenster anlegten. Wir alle wollten fliehen, doch hielt uns eine unsichtbare Macht zurück, wir standen erstarrt da, und erst dann kehrte wieder Lebensmut in uns zurück, als der Spielmann, in die frühere Weise eingehend, heitere, lockende Töne erschallen ließ. Ihr könnt euch denken, Freunde, wie dieses Seltsame auf uns wirkte, unablässig drangen wir jetzt in den Böhmen, uns in seine Künste einzuweihen, was er uns jedoch immer zürnend abschlug. Aber Hanny, der noch leidenschaftlicher betroffen wurde, ließ durchaus nicht nach, und wir machten nun zusammen einen Plan, wie wir die geheimnisvolle Kraft des Spielmanns mit der versunkenen Stadt in Verbindung setzen wollten; denn es war nur zu gewiß, daß des Böhmen Pfeife die Kraft besaß, die Geister heranzulocken und die Fesseln eines magischen Lebens zu sprengen.

Die Zeit, wo wir unser Vorhaben ausführen wollten, verschoben wir nicht lange. An einem besonders klaren, ruhigen Morgen ruderten wir beide den Spielmann hinaus in die See und hielten wie zufällig auf jener berüchtigten Stelle. Hier erzählten wir ihm nun umständlich, was wir erlebt und geschaut, und da er ungläubig lächelte, wiesen wir hinab auf den Boden des Meeres. Doch wie ärgerlich und beschämend für uns mußte es sein, daß gerade heute, trotz der Stille und Klarheit des Gewässers, sich die Tiefe verschleiert hielt. Es zeigte sich unsern Blicken nichts als dunkle Massen, denen man keine Form abgewinnen konnte. Der Spielmann saß schweigend da und sah uns abwechselnd mit seinen dunklen gespenstischen Augen an. ›Liebster Herr!‹ rief ich, indem ich im finstern Unmute nahe daran war, Tränen zu vergießen, ›ist die Kraft, die Euch gegeben, wirklich so wundervoll und bedeutend, so zeigt es uns hier: nehmt Eure Flöte und lockt die Geister längst vergangener Tage, die hier unten schlummern, sichtbar ans Tageslicht.‹ Mit diesen Worten gab ich ihm das Instrument, das neben ihm lehnte. Er sah uns noch finsterer und drohender an. ›Tolle, törichte Knaben!‹ rief er, ›ich täte wohl gut, euch den Kitzel auf immer zu vertreiben. Meint ihr, es komme hier nur auf ein Kunststückchen an, euch zu belustigen? Es kann euch wohl das Leben kosten.‹ Ich wurde mit Angst erfüllt, Hanny aber drang mutvoll in den Zürnenden, bis er endlich mit einem raschen Griff die Flöte nahm und sie an den Mund brachte.

Klagende, langgehaltende Töne zogen jetzt leise und dann immer lauter über die Wasserfläche dahin; wir beide wagten kaum Atem zu holen und starrten in die Tiefe. Was geschah da vor unsern Augen! Wie es jemand zumut sein mag, der von einem hohen Gebirge in ein nächtliches Tal sieht, das nach und nach mit Licht sich zu füllen anfängt, wo dann anfangs die Gipfel hoher Bäume, dann das niedrige Gebüsch, endlich mit überwindender Klarheit Blumen und Kräuter des Bodens hervortreten, so tauchte auch die Meerstadt hervor. Wir erblickten die Giebel der Häuser, die dunklen Mauern, dann die Treppen und Gänge in den Höfen, und zuletzt mochten wir wohl gar die Steine der Straße zählen können. Ein Grauen überschlich mich und dann wieder ein Entzücken, als jetzt aus der Tiefe leise Glockentöne hallten. Zugleich öffnete sich das Tor eines prächtigen Hauses unten, und ein Zug Männer und Frauen glitt über die Schwelle. Die leiseste Bewegung unseres Kahnes schien ein Schwanken unten zu verursachen, wie an den Schattenbildern einer Zauberlaterne. Hanny und ich gaben uns verstohlen Zeichen, keiner mochte sprechen, aber auf einmal brachen wir in einen Laut des Staunens aus, als unter den Männern und Frauen des Zuges jetzt eine wundersüße Mädchengestalt hervortrat, gekleidet in helle Gewänder, das goldgelbe Haar mit einer Krone geziert. Sie sah herauf, und ihr Blick traf uns, wir fühlten unsere Herzen heftig schlagen. Mein Gefährte brach gleich darauf in lautes Weinen aus. Zugleich verstummten die Töne des Spielmanns, es flossen wieder die trüben Schleier über das Bild, die Glockentöne verhallten, und wir mußten uns entschließen, den Rückzug anzutreten, da ein starker Sturm sich erhob und das Meer hohe Wellen schlug. Ich hatte bei den Rudern alle meine Kräfte anzuspornen, denn Hanny saß träumend und teilnahmslos da, sein dunkles Auge blieb auf das Spiel der Wogen geheftet, es suchte ängstlich die Geliebte und fand sie nicht. Der Spielmann richtete boshafte und höhnende Blicke auf den armen Knaben, als hätte er deutlich vorher gewußt, was später sich ereignete.«

Thoms unterbrach hier seine Erzählung, er wandte das Antlitz dem Meere zu, dem Schauplatze jener Ereignisse, die er eben schilderte. Die Sonne, im Versinken begriffen, kleidete Meer und Gestade in das blendendste Kolorit, des Greises Silberhaupt wurde von ihr gerötet, und die Jugend jener frühen Tage schien auf seine Wange zurückgekehrt. Jedoch der ernste Blick des Erzählers verkündete die düstere Betrachtung, zu der ihn der Verlauf seiner Geschichte aufforderte. »Meine Freunde,« begann er wieder, »unselig ist wohl der zu nennen, den es gelüstet, hinter den Schleier zu lauschen, mit dem wohltätig sich das Antlitz mancher Erscheinung verhüllt. In Tätigkeit, Arbeit und Mühe ist uns eine ehrenvolle Bahn angewiesen, um auf ihr wirkend fortzustreben. Gehen wir über die Grenze hinaus, so ist auf der einen Seite unheilbare Torheit, auf der andern Verderben unser Los. Hiervon sollte nun auch des armen Hanny Schicksal den Beweis geben.

Nach dem Ereignisse, welches ich euch soeben beschrieben, waren einige Monate vergangen; der Sommer verschwand, der Herbst trat ein, und die stürmischen Nächte, die um diese Jahreszeit gewöhnlich sind, zeigten sich mit allen ihren Schrecken. Um diese Zeit sind, wie ihr wißt, Freunde, unsere Küsten gefahrvoller als andere Gegenden. Der böhmische Spielmann hatte schon längst die Gegend wieder verlassen, mir waren die Bilder jener Tage fast wieder aus dem Sinn gekommen, den armen Hanny aber verfolgte eine unheilbare Schwermut. Ich, der ihn zu trösten suchte, mußte ihn oft lange suchen und fand ihn gewöhnlich dann irgendwo am Strande verborgen, seinen seltsamen Träumereien hingegeben. Einst, als wir uns zusammen besprachen, erblickten wir wiederum jenes geheimnisvolle trauernde Paar, am Ufer hinwandelnd. Doch wie sie näher kamen, sahen wir, daß sie nicht allein waren. Wer beschreibt das Entzücken Hannys, als er das schöne Mädchen mit der goldnen Krone zwischen den beiden Alten wandeln sah: gesenkten Hauptes, wie damals die herrlichen Haare aufgelöst im Winde flatternd. In ihrem bleichen Gesicht, das wir jetzt näher unterscheiden konnten, lag unendlicher Schmerz, gepaart mit einem wunderbaren fremden Liebreiz. Auch sie hob den Arm und schien uns zu winken. Ich schloß mich mit aller Kraft an meinen armen Kameraden, um zu verhindern, daß er dem verlockenden Trugbilde nicht augenblicklich folgte. Bald waren jene verschwunden. Wir eilten auf die Stelle am Ufer hin, und Hanny, der etwas mit bleichem Schimmer im Sande blinken sah, hob einen altertümlich geformten, goldenen Fingerreif auf, den er mir freudig zeigte. Ein heller, wasserblauer Stein war in das Gold gefaßt. Wie wir beratschlagten, was wir mit dem Funde beginnen sollten, erklärte Hanny leidenschaftlich, der Ring gehöre sein, er sei ein Geschenk der Geliebten, und er werde ihn fortan im Leben und Tode nicht von sich lassen. Sogleich knüpfte er auch ein rotes Band von seinem Hut los, befestigte den Ring daran und hing ihn an den Hals, indem er ihn sorgsam unter sein Kleid verbarg.

Seit dieser Zeit nun war der arme Jüngling völlig wie umgewandelt: am Tage sah man ihn gleich einem Träumenden herumwandeln, und die Abende brachte er bis spät in die Nacht hinein am Meeresstrande einsam zu, denn nicht einmal meine Gesellschaft mochte er mehr leiden. Die Mädchen im Dorfe gewahrten zuerst Hannys seltsame Krankheit. So manche war ihm gewogen, denn er war zum schönsten Burschen in der Umgegend aufgewachsen, sein Körper war schlank und biegsam, in seinen Zügen lag kecker Mut, mit zärtlicher Weichheit gepaart. Das schönste der Mädchen schrieb Hannys Herzensverwundung sich zu, und da sie nicht geneigt war, die Grausame zu spielen, so wählte sie mich zum Vertrauten, um den Trostlosen ihr zuzuführen. Als ich mit dieser Botschaft zu meinem Freunde kam, sah ich ihn zum ersten Male zornig gegen mich aufflammen. ›Wie?‹ rief er mir zu, indem er den Ring aus dem Busen zog, ›du mein Genosse und Vertrauter, bist schändlich genug, mich der schwärzesten Untreue fähig zu halten? Bin ich ihr nicht anverlobt, der süßen Geliebten? Harret sie nicht meiner dort unten in schauerlicher Einsamkeit, daß ich kommen soll, sie zu trösten, ihr herbes, unendliches Leid zu mildern?‹ Ich blickte ihm erstaunt in die Augen und schloß ihn mit Rührung in meine Arme. ›Du bist recht krank‹, rief ich, ›das einsame Grübeln taugt nicht, vergiß das seltsame Traumbild!‹

Er wandte sich von mir ab, seine Tränen flossen, ruhig ließ er mich meine Besorgnisse und Tröstungen aussprechen, dann wandte er sich zu mir, zog mich sanft zu sich auf den Uferstein und begann mit leiser Stimme: ›Thoms, dir ahnet nicht, wie mir gestern nacht geschehen. Ich saß, wie schon lange, hier einsam am Ufer, die Dunkelheit überraschte mich, und ich sank in Schlaf. Da war es mir, als erwache ich in einer Stadt, die ich zuvor nie geschaut: auf einen öden Marktplatz sah ich mich hinversetzt, rings um mich blickten altersgraue Steinbilder, die Häupter mit grünlichem Moose bedeckt, zu mir nieder. Sie trugen alle Kronen und schienen die frühern Beherrscher der Stadt zu sein. Voll Ehrfurcht und Staunen wandelte ich an ihnen vorüber, und wie ich eine enge Gasse betrete, wird mir beim Anblick eines hohen Giebelhauses plötzlich zu Sinne, als kenne ich diesen Ort, ja, als müsse ich hier recht eigentlich zu Hause sein. Jetzt wurde mir deutlich, daß ich mich unten in der Meerstadt befinde. Eine entsetzliche Angst befällt mich, weit, weit von allem Lebendigen entfernt, sehe ich mich eingeschlossen in der Stadt der Toten. Eilige Flucht schien mir das einzige Mittel, mich zu retten. Allein, wohin fliehen? Indem sehe ich das Tor des großen prächtigen Hauses offen, unwillkürlich treibt es mich, hineinzutreten. Durch leere finstere Gänge und Kammern schreite ich vorwärts und gelange in einen Saal, wo auf schwarzem Gerüste, wie es scheint, eine Leiche ausgestellt liegt; rund umher auf reichen Sesseln liegen im tiefen Schlummer prachtvoll gekleidete Gestalten, Männer und Frauen. Unter diesen fand ich auch das geheimnisvolle Paar, das wir hier haben wandeln sehen. Mich treibt es, die Gestalt auf dem Gerüste zu betrachten. Ach, es war meine Erwählte! Sie lag hier starr und kalt, das Krönlein schimmerte in ihrem Haar. Ohne zu wissen, was ich unternahm, warf ich mich, in Tränen ausbrechend, über das süße Bild und bedeckte den bleichen Mund mit glühenden Küssen. Sie erwachte, öffnete die holdseligen Augen, lebendige Röte goß sich über das schöne Antlitz aus. ›So bist du gekommen!‹ rief sie mir zu, ›dem Winke meiner Liebe hast du nicht widerstehen können! Wohl mir, du bist mein, ich bin gerettet!‹ Sie erhob sich von ihrem Lager, und indem sie, anmutig auf meine Schulter gestützt, herabschwebte, fühlte ich mich den Glückseligsten aller Sterblichen. Wir gingen jetzt im Kreis herum, und von ihrer Hand leise berührt, erwachten die Gestalten umher, und indem sie sich vor mir und meiner schönen Gebieterin beugten, ordneten sie sich zum Zuge, und wir schritten nun zum Tore hinaus. Auf dem Platze angelangt, wo die ernsten Königsbilder standen, nahm meine Geliebte eine Krone und rief, indem sie sich mit einem Kusse zu mir beugte: ›Nimm dieses, du bist jetzt der Unsrige, darum herrsche wie jene dort.‹ Sie ließ die Krone auf meine Locken sinken, und da durchfuhr ein jäher Schmerz mein Gehirn, zugleich neigten die steinernen Bilder die steinernen Antlitze, und ich hörte aus weiter Ferne eine bekannte Stimme, die mich ängstlich beim Namen rief; es war die deinige. Mein Auge suchte dich, ich blickte in die Höhe und sah oben einen Nachen schweben, in demselben dich, und in dem Momente, wie du deine Arme schmerzlich nach mir ausbreitetest, erwachte ich.‹«

»Diese Erzählung«, fuhr Thoms nach einer Pause fort, »die der arme Hanny mir vertraute, machte mich zwar nachdenklich, allein, bald suchte ich durch Scherz und Spott die seltsamen Gebilde zu verhöhnen und zu verscheuchen. ›In der Tat!‹ rief ich, ›es wäre nicht so übel, wenn du auf so leichtem Wege zu einer hübschen Frau und einem guten Hause kämest! Greife zu, teurer Freund, ehe dir beides wieder verschwindet. Du weißt, es ist nun bald der Andreastag, wo die Hochzeiten im Dorfe gefeiert zu werden pflegen, da bring uns dann auch deine Nixe, an unserer guten Aufnahme soll es nicht fehlen.‹ Der sonderbare Bursche sah mich ernst und traurig an und schwieg, wir haben nie wieder hierüber gesprochen.«

Thoms schwieg hier ebenfalls und sah fast zürnend vor sich hin, eine Pause trat ein, die den neugierigen Zuhörern höchst peinlich war. Unterdessen hatte sich der Himmel finster bewölkt, ein Wetter schien im Anzuge, und manche der Fischer, den Heimweg bedenkend, winkten ihren jungen Gefährten. Doch diese wollten von keinem Aufbruche wissen, ehe sie das Ende von Thomsens Geschichte erfahren. »Nun, Vater!« riefen sie diesem zu, »Ihr vergeßt gänzlich, uns zu sagen, weshalb ihr beide nicht mehr von dem seltsamen Abenteuer und dem noch seltsamern Traum spracht.« – »Weil«, entgegnete der Greis, »den andern Morgen der arme Hanny sich ins

Wasser stürzte und seitdem nicht mehr gesehen wurde. Seht, Freunde, das ist das Ende des guten Burschen und zugleich meiner Geschichte.«

Die Zuhörer sahen befremdet einander an. Andreas und die jungen Fischer saßen nachdenklich da, die beiden Fremden aber riefen: »Wie, Vater Thoms, Ihr träumt wohl? Ihr meint also, der törichte Bube sitze jetzt unten bei seiner kalten Geliebten?« – »Was ich meine und sinne«, entgegnete der Alte, »behalte ich für mich. Habe ich's nicht gesagt, daß ihr mich zum Dank für meine Geschichte noch einen Toren schelten würdet? Doch kümmert's mich wenig. Heute vor fünfzig Jahren war der Tag, an dem mein guter Kamerad verschwand, und ich denke, er soll heute wiederkommen.« – Diese letzten Worte wurden von den Umstehenden nicht gehört, denn einer derselben rief: »Seht doch, seht! Dort kämpft ja ein Boot mit den Wellen! Es dunkelt freilich, doch mein Auge trägt weit und ist trefflich geübt, der kecke Schiffer ist gerade an der gefährlichen Stelle, von der uns der Alte eben seine wunderliche Mär erzählt hat.« – »Wir sehen«, setzten andere hinzu, »laßt uns ans Ufer eilen!« – »Er kommt näher«, riefen andere. Thoms erhob sich zitternd von seiner Bank. »Laßt mich!« rief er mit lauter Stimme, »es ist mein Hanny! Er kommt, mich abzuholen! Er ist's Gott sei Dank, die finstern Mächte haben ihn nicht auf ewig erfaßt, er ist gerettet und kommt, den alten Thoms abzuholen!«

Mit dieser Rede drängte sich der Greis hastig vorwärts, dem immer wachsenden Sturme kühn entgegen. Sein Gewand und seine Silberlocken flogen. Indem hallten einzelne Donnerschläge, immer heftiger brauste das Meer und drang mächtig vor, helle Wetterscheine beleuchteten das schroffe nahe Vorgebirge. Thoms suchte den großen Uferstein zu erreichen, an den er sich lehnte. Indessen hatte der kecke Schiffer sich durchgearbeitet und landete, empfangen vom Beifall und den Glückwünschen der Kameraden, am Ufer. Es ergab sich, daß es ein kühner Bursche aus dem Dorfe war, der sich an das Vorgebirge hinausgewagt und sich dort verspätet hatte. Thoms wollte es nicht glauben, daß der Jüngling nicht sein Hanny sei. Endlich, da alle ihn seiner Torheit wegen schalten, rief er, indem Tränen seine Augen befeuchteten: »Ja, ihr habt recht, Freunde, Hanny ist dahin und kommt nicht wieder; ich Verblendeter, daß ich eitler Hoffnung Raum gab? Wen die Geister der Tiefe einmal erfaßt haben, der sieht das Licht des Tages nie wieder.«

Thoms überlebte diesen Tag nicht lange. Am Andreastage, wo manche Festlichkeit im Dorfe vor sich ging, brachte man des armen alten Fischers Leiche getragen. Die einsame Hütte am Strande verfiel nun vollends in Trümmer, und diese wurden endlich von den immer weiter rückenden Meereswogen begraben.

Die rote Perle

In einer sehr unruhigen Zeit lebte ein sehr ruhiger Mann. Wer in jener Periode, kurz vor dem Friedensschlusse des siebenjährigen Kriegs, wo die Welt noch von hartnäckigen Händeln träumte, wo die Gerüchte von Siegen und Niederlagen unruhig umherschwärmten, wer damals in Hamburg auf dem Platze des bekannten Jungfernstieges sich befand, dem fiel es auf, dort einen Mann von mittlerer Größe, in einen kaffeebraunen Oberrock gekleidet, mit einer anständig gekräuselten Stutzerperücke versehen, den Stock in der Hand, so ruhig auf und ab schreiten zu sehen, als sei der tiefste Friede im Lande. Dieser ruhige Mann war mein Großoheim, in seinem Hause lebte ich, er hatte mich lieb und zog mich in seine stille Weise hinein, so daß auch ich zuzeiten nachdenklich und doch an nichts denkend auf und ab schritt, gleichfalls mit dem Stock in der Hand und mit einem kaffeebraunen Rock bekleidet, so wie er. Aber das bedeutsame, kluge, blasse Antlitz, das stille, unergründliche Lächeln, das öfters über die Züge des Großoheims glitt, das, so bekannt und vertraut es mir auch war, konnte ich nicht nachahmen, und doch war es gerade dieses, was ich mir so gerne angeeignet hätte; denn in ihm bestand die wundersame Liebenswürdigkeit des Alten, womit er die Herzen seiner Umgebung bezauberte und die von uns Knaben die »Märchenmiene« des Oheims genannt wurde. In der Tat kam sie auch nur zum Vorschein, wenn ein Märchen erzählt werden sollte. Die guten Hamburger, die in der Welt, in den Kriegshändeln und in den Bilanzen der Börse lebten, fanden den »guten Braunen«, wie sie ihn nannten, herzlich langweilig. Sie wußten von ihm zu erzählen, daß er einmal eine unglückliche Fahrt gemacht, dabei Schiffbruch gelitten, sein Vermögen größtenteils eingebüßt habe und darauf ein untätiger Träumer geworden sei. Sie hätten auch noch hinzusetzen können, daß er einmal Bräutigam gewesen, seine Braut ihn aber verlassen habe. Mochten sie doch berichten, was sie wollten, der gute Oheim war auch kein historischer Charakter, einer von jenen, die sich praktisch breit und weit ausgebildet haben, die der Wind gehärtet, die Sonne gebräunt, die Wellen herumgestoßen und die unendliche Erbärmlichkeit der Menschen klug gemacht haben. Er lebte vielmehr in einer innern schüchternen Weichlichkeit, in einer Unerfahrenheit, trotz aller Erfahrungen, er war ein innerlicher Poet, es wußte aber niemand darum, er selbst nicht, denn nie war es ihm in den Sinn gekommen, nach außenhin in Wort oder Schrift sich als einen solchen zu zeigen. Doch unbewußt blühte die geheimnisvolle Welt in seinem Innern und trennte ihn bei zunehmendem Alter immer mehr von der äußeren ab.

In dieser Welt des Großoheims mochte es nun aber wunderlich genug aussehen, bisweilen, wenn die Türe angelehnt blieb, tat ich einen Blick hinein und sah dann wohl, wie sich gleichsam im hellen Schimmer köstliche Gestalten bewegten, mit fremden Mienen umschauend. Merkte der Alte, daß ich ihm etwas der Art abgelauscht hatte, so war er am Tage darauf desto trockener und stiller, schaute so alltäglich und mit so mattem Blicke um sich, der braune Rock nahm ein altkluges, spießbürgerliches Wesen an, die Tabakdose schnalzte besonders abgeschmackt, und das stille, geheimnisvolle Lächeln blieb auf lange aus dem Gesichte verbannt.

In solchen Zeiten drang er dann eifrig darauf, daß ich die Handlung erlerne, sprach unermüdlich von Gewichten und Zahlen, schlug mit mir Karten und Bücher auf und schnarrte mit rauher Stimme unzählige Namen her von Meeren, Ländern und Städten. Ich lernte dann aus Verzweiflung in der Tat tüchtig und eifrig und belud mein Gedächtnis recht schwer mit dem gelehrten Gepäcke, damit nur das Wesen bald ein Ende habe. Zu meinem Troste hielt es auch der Oheim selbst nicht lange aus, sein Herz brach gleichsam unter dem Gewichte der Ballen chinesischen Tees, ostindischer Gewürze, und er sagte dann plötzlich in seinem gewohnten Tone: »Dort aber, Wilhelm, in dem südlichen Meere liegt eine Insel, Palmen wehen im Hauch der Lüfte um ihren Scheitel. Dort war es, wo wir, vom Schiffbruch gerettet, landeten, dort – doch ich erzähle dir wohl nächstens mehr hiervon.« Auf diese Weise pflegte der Oheim immer kurz abzubrechen, er erzählte nie, was ihm denn eigentlich auf jener Insel im südlichen Meere unter den Palmen begegnet sei. Gewiß war es eine Geschichte, und wir hätten sie so gerne gehört.

Indessen gingen die Jahre dahin, ich trat aus dem Knabenalter heraus und machte gewaltige Schritte ins Leben hinein, während der gute Oheim stiller und blasser wurde und deutlich

Miene machte, sich leise aus dem Leben hinauszustehlen. Keiner konnte es bei sich verbergen, daß nun bald geschieden sein müsse. Ich machte schon kleine Reisen, blieb aber nach wie vor in dem Hause des Alten, ich war sein Bibliothekar, sein Vorleser, sein Haushofmeister, ja sein Küchenjunge, denn eines der Ämter, das ich, und nur ich allein, zu versehen hatte, war, wenn der Oheim eine Schüssel mit Austern erhielt, die Schalen zu öffnen und sie ihm dann zu bringen. Er genoß gern Austern, liebte auch dazu ein besonders gutes Glas Wein; doch auch diesen Genuß wußte er mit einer besonderen Poesie zu umkleiden. Wem ist ein breitmauliger, schnalzender, aus feister Kehle ächzender Austernesser nicht ein widriger Anblick? Man sieht in ihm nur die mühsam käuende Maschine, die auf- und zuklappend ihr ekelhaftes Wesen treibt und keine Ahnung hat von dem geheimnisvollen Etwas, das in der Zusammenstellung einer Schüssel mit Austern und einem Glase echten Rheinweins verborgen liegt. Wie ganz anders war es mit meinem Oheim beschaffen! Er war ein Austernesser, gleichwie auf niederländischen Gemälden man Leute findet, die in zierlicher Sonntagstracht, das in hellen Lichtern spielende Glas Wein mit zwei Fingern der in einer Spitzenkrause steckenden Hand anfassend, auf einem silbernen, altmodischen reichen Teller die geöffneten Schalen vor sich habend, erst den Duft des Weines in sich saugen, dann den frischen Meereshauch der prächtigen, aus ihren glänzenden Perlenmutterschalen hervorquellenden Seefrüchte einziehen, abwechselnd die ganze Süßigkeit der Erdgeister im Weine, der Meergeister aus der Auster in sich aufnehmen und auf diese Weise das Bild eines Genusses geben, wo jede Taste des feineren Geschmacksinns angeschlagen wird und im melodischen Nachhall das ganze Innere durchströmt. Ein solcher Austernesser wie mein Oheim einer war, kann auch von zarter Gestalt, von den zartesten Gefühlen sein. Doch auch hier, wie bei allem, was der Alte tat, herrschte etwas Seltsames vor, und dieses tat sich in der Frage kund, die er nie versäumte, an mich zu richten, wenn ich ihm die Schüssel mit den geöffneten Austern brachte: »Hast du nichts gefunden, Wilhelm?« Er begleitete diese Worte mit einem forschenden, ängstlichen Blicke, er wartete gespannt auf meine Antwort, und erst als diese mit der Versicherung »ich habe nichts gefunden, lieber Oheim«, erfolgte, ging er zu seiner frühern unbefangenen Laune über.

Einst, besinne ich mich, wo sich der Oheim bedenklich krank fühlte, wiederholte er ein paarmal die obige Frage besonders angelegentlich. Auf meine Verneinung rief er: »Du hast doch die Schalen selbst geöffnet, mein Sohn?« – »Gewiß«, entgegnete ich, »es ist mein Geschäft, das ich mir von niemandem werde nehmen lassen.« Er sah mich an, sein Auge glänzte, er fuhr ein paarmal liebkosend an meiner Wange hin und sagte dann: »Nun, es ist ja gut, die Krankheit wird mich verlassen müssen, wir werden vielleicht noch lange beisammen sein. Lasse die Schalen nur von keiner fremden Hand öffnen.« Ich wollte hier fragen, doch sein freundlicher, aber ernster Blick legte mir Stillschweigen auf. Seltsam! dachte ich bei mir selbst, man kann in der Liebhaberei zum Wichtigtun doch auch zu weit gehen, offenbar hat ein Gericht Austern sehr wenig zu schaffen mit den Geheimnissen eines alten Mannes. Man sieht, ich war in die Jahre getreten, wo es für unsre Eitelkeit kränkend ist, wenn man unserm Geiste noch zu wenig Fassungskraft zutraut, um gewisse Dinge in ihrem Zusammenhang zu erfahren und zu durchschauen. Es sind die Jahre, in denen uns dasselbe unschuldige, geheimnisvolle Märchen herzlich zuwider ist, das kurze Zeit vorher uns hinriß und entzückte. Das wirkliche, das tüchtige Leben nahm mich in Anspruch, und da tat es mir in der Seele weh, daß der stille, gute Oheim so weit hinter mir zurückblieb, daß er meine großartigen Pläne nicht fassen konnte oder wollte. Er erschien mir öfters im Traum, welk, hinfällig, in dem braunen Röcklein, auf der Insel im Südmeer zusammengesunken, schlummernd, über seinem Haupte wehten die Palmen, Blumen sproßten um ihn her und küßten dem alten Mann wie fromme Kinder die Hände, die silbernen Wellen klangen wie ferne Wiegenlieder um das einsame Ufer, aber alles erschien vergelbt, ängstlich in Duft gehüllt, so weit vom frischen Leben entfernt, daß der Blick nur mit Trauer auf dem Bilde weilen mochte. Das einzige Band, was zwischen mir und dem Oheim so fest blieb, als es stets gewesen war, bestand in der Pflicht, ihm die Austernschalen zu öffnen, denn von diesem Geschäfte, das hatte ich ihm gelobt, sollte mich nur sein oder mein Tod freisprechen. Ich sollte bald freigesprochen werden.

Der Großoheim war heiterer als gewöhnlich, er hatte Pläne entworfen, wieder einmal nach langer Zeit aus dem Bezirk der Stadt, ja sogar des Landes sich hinauszubegeben. Es sollte eine kleine Reise zur See unternommen werden. In der Tat, ein kühner Gedanke für den alten, stillen Mann. Gewiß trieb ihn hierzu kein Eigennutz, auch nicht Veränderungssucht, sondern lediglich Teilnahme, herzliches Wohlwollen für mich Undankbaren, der ich mich schon so weit über den lieben Alten erhaben dünkte. Er wollte mich auf meiner ersten Ausflucht in die Welt begleiten, mit dem Schatze seiner Erfahrung mir zu Hilfe kommen. In dieser Aussicht fühlte er sich wohl und frisch. Nicht so ich, es quälte mich dieser seltsame Lebensmut, mich ängstigte diese träumerische Geschäftigkeit. Doch die Freunde, denen wir uns anschlossen, drangen heiter und tätig in den Alten, auf meine Gegenvorstellung wurde nicht geachtet, es sollte der Tag der Abreise bestimmt werden. Dazu war jedoch der Oheim nicht zu bewegen, er zögerte und zagte. Unterdessen wurden Anstalten zu einem kleinen Festmahl getroffen, die schönsten frischesten Austern waren angelangt, ich brachte die Schüssel nach alter Sitte herein, sie vor den Oheim setzend. Er ergriff meine Hand, mit ängstlich bewegter Stimme, was er den Gästen zu verbergen strebte, tat er die gewohnte Frage. Ich gab ihm, wie immer, die gewünschte Versicherung, da erhob er mit schneller freudiger Bewegung sein Glas, indem er rief: »Nun Freunde! Wenn denn alles schon fertig und gerüstet ist, so laßt uns morgen mit Gott unsere Reise antreten.« Die Genossen freuten sich nicht wenig, als sie diese Worte vernahmen, sie schlugen herzhaft in die dargebotene Rechte des Oheims, und Frohsinn und gute Laune wurden allgemein.

Nur ich konnte in die laute Heiterkeit nicht einstimmen, mein Gewissen war beladen, ich hatte zum erstenmal den guten Oheim belogen. Doch freilich, wer konnte wohl dem geringfügigen Umstande ein besonderes Gewicht zuschreiben? Bei Öffnung der verdammten Austern, die noch einmal in dieser Geschichte eine wichtige Rolle spielen, hatte ich allerdings etwas entdeckt, was nicht dahin zu gehören schien; nämlich in einer der Schalen fand ich statt der Auster eine glänzende dunkelrote Perle, die ich als guten Fund zu mir steckte und weiter nicht viel mehr daran dachte. Jetzt, da ich mich allein fand und mein Gewissen, wie gesagt, mir Vorwürfe machte, holte ich sie wieder hervor, und der Himmel weiß weshalb, sie erschien mir jetzt bedeutungsvoll und äußerst wichtig. Die Röte war mir besonders auffallend, ich hatte wohl von gefärbten Perlen gehört, doch von keiner, die eine so dunkle und entschiedene Farbe zeigte. Es mußte wohl gar ein kostbares Stück sein, und wer konnte mir über ihren Wert bessere Auskunft geben als der Oheim? Mit der geheimnisvollen Muschel in der Hand wollte ich wieder in das Zimmer treten, doch hielt mich ein unerklärliches Gefühl zurück, es waren die fröhlichen Blicke meines Oheims, sein lautes und heiteres Gespräch, was mich zurückbannte, und doch wußte ich nicht weshalb.

Der Abend ging dahin, es war schon ziemlich tief in die Nacht hinein, als ich nach ängstlichem Suchen endlich den Moment fand, meine Entdeckung mitzuteilen, und ich tat es mit den plötzlich ausgestoßenen Worten: »Oheim, ich habe in der Tat etwas gefunden, was nicht zu den Austern gehörte.« Er sah mich an, sichtlich erbleichten seine Züge, langsam und zitternd legte er die Dose auf den Tisch. »Was, mein Sohn, was hast du gefunden?« Ich zeigte, noch in der Schale befindlich, die geheimnisvolle Perle. Er wandte sein Antlitz schnell ab, seltsam zuckte es um die hohe Stirn, ein Streiflicht fiel auf Wange und Mund, sie waren krampfhaft verzogen, mit beiden Händen bedeckte er sein Haupt, und ich hörte ihn tief und aus voller Brust seufzen. Nach einer Pause winkte er mir, das Zimmer zu verlassen.

Am Morgen wußten es schon die Freunde, daß der Oheim nicht reisen werde, daß er krank geworden sein. Als er mich zu sich bescheiden ließ, fand ich ihn, wie ich gestern abend verlassen hatte, die Nacht war ihm schlaflos dahingegangen, vor ihm auf dem Tische lag noch die Muschel. Er winkte mich zu sich auf einen Stuhl und blickte, ehe er ein Wort sprach, mich lange an, seine Miene war, obwohl kummervoll und leidend, doch nicht abschreckend wie gestern: »Du wirst wohl wissen wollen, Wilhelm«, hob er endlich an, »weshalb ich meinen Willen hinsichtlich der Abreise so plötzlich geändert habe, denn mein Unwohlsein leiht für jetzt noch keinen hinreichenden Grund, doch wird es bald mit mir schlimmer werden. Ja, mein liebster Sohn, erschrick nicht, wenn du erfährst, daß wir uns bald auf immer trennen werden. Eine

Stimme, die nicht täuschen kann, spricht zu mir durch diese Perle, sie verkündet mir meinen nahen Tod, und ich habe mich in Ergebung zu fassen gesucht, obgleich mich anfangs die Botschaft der fernen Freundin, da du mir sie gestern so unerwartet brachtest, nicht wenig außer Fassung brachte. Du warst der Zeuge meiner Schwäche, sei es jetzt meines Mutes und meiner Entschlossenheit, mit der ich dem Unvermeidlichen entgegengehe.«

Mit diesen Worten bat er mich, ein Buch, das er mir genau bezeichnete, aus der Bibliothek herüberzubringen. Es befand sich in einem für gewöhnlich sorgfältig verschlossenen Schränkchen und enthielt, da der Alte es öffnete, den Titel. »Der Wassergeister und Undinen Wesen und unterschiedliche Art sowie über deren Wohnung, Zusammenkünfte und besondere Hantierung, soweit solche zur Kenntnis gelangt.« Daß der seltsame Großoheim dergleichen seltsame Bücher haben mußte, war ganz in der Ordnung, ich verwunderte mich auch hierüber durchaus nicht, nur begriff ich nicht, welche Beziehung die Schrift zu der jetzigen Stunde, zu der vereitelten Abreise und endlich zu der Muschel mit der roten Perle haben könne. Während diese Gedanken sich bunt durcheinander in meinem Kopfe jagten, blätterte er in der alten Schrift, und ein wehmütiges Lächeln zuckte um seine Lippen, indem er die hie und da zerstreuten seltsamen Abbildungen aufschlug, wo Gestalten, halb Fisch-, halb Menschenleib, zwischendurch wunderbare Mädchenkörper, gehüllt in den goldenen Schleier ihrer märchenhaft üppigen Locken, sich im Gemisch von fabelhaften Meerblumen und Seekräutern zeigten. Der alte Autor, der das Werk mit undenklichem Fleiße zusammengestellt, war auf dem Titelblatte im Bilde zu schauen, und zwar in der Stellung, wie er auf einem einsamen Klippenriff kniend, umgeben von den überall auftauchenden Ungeheuern des Meeres, seine Hände im Gebet zu einer in den Wolken schwebenden heiligen Jungfrau emporhob.

»Wie haben sich doch unsere Väter«, begann der Oheim, »zwecklos abgemüht, jedwedes liebliches Wunder der Natur zu erklären, es in Form und Regeln zu bringen, und zwar in solche, die ihnen für ihre gewöhnlichen Lebensverhältnisse passend und geläufig waren. Täppisch zugreifend, zerbrachen sie dann die feinen Spiele, die zarten Dichtungen, mit denen sich alles Lebendige schmückt, wie der Schmetterling mit dem duftigen Farbenstaub, wie die reife Frucht mit dem zarten Schimmer. Hier ist nun in klägliche Fächer eingeteilt das freieste Geschlecht, das vielleicht aus den Händen der Schöpfung hervorging; unförmliche, abenteuerliche Gestalten sollen klar vors Auge bringen, was nur den entzückten und schwärmenden Sinnen in dem flüchtigsten Abbild erscheint, allein dann auch stets über alle Vorstellung hinaus seltsam und überraschend. Dennoch ist mir der alte Autor in seiner naiven Derbheit lieber als die kalte lieb- und glaubenlose Weise der neuern. Mein eigenes Leben, teurer Sohn, ist dir ein Zeugnis, wie wir trotz unserer Weisheit in bösen Krieg geraten können mit dem Reiche des Wunders und wie es uns öfters überwältigt und wir im Kampfe untergehen. Die Alten räumten in ihrer Kindlichkeit freundlich dem Märchen einen Platz ein neben ihren gewohnten Gebräuchen und Verrichtungen. Sie wußten wohl, sie konnten es nicht entbehren, dafür bewies sich ihnen nun das belebte Element nach seiner Weise erkenntlich, es liebkoste sie, und im Wasser sah ein Chor mutwilliger Zaubermädchen, aus den Wäldern kecke Faune dem einsamen Wandler entgegen. Bei uns ist es um vieles übler, wir können uns nicht so frei und unbefangen dem lieblichen Wunder ergeben. Wie seltsam muß einer sich heutzutage gebärden, der ins Wunderbare überzugehen sich entschlossen hat! Mit einer wohlgekräuselten Perücke, in einem nach neuen Mustern gemachten Rocke, mit Stock und Degen geht er seiner neuen Bestimmung entgegen, sein Herz klopft fieberhaft, er atmet ängstlich, denn in ihm lebt die ganze süße Schönheit seine Göttin. Dann aber fällt sein Blick auf Hut und Degen, auf Tabakdose und begleitendes Möpschen, und er erschrickt heftig, daß er in diesem Anzuge erscheinen müsse. Es wird laut in seiner Seele und die zwei Naturen geraten in Streit, der wohlangesehene Bürger der freien Reichsstadt, der nur an das glaubt, was Staat und Kirche verlangt, disputiert mit dem wunderlichen, kindlichen Märchenmenschen, der an alles glaubt, wovon Staat und Kirche sich nicht träumen lassen. Muß nicht der Arme, in diesem Zwiespalte begriffen, notwendig eine wunderliche Figur machen? Wie die grotesken Tänzer des Theaters auf der Rückseite ebenfalls eine zweite Vorseite zeigen, doch eine mit jugendlichem Antlitz in rosenfarbenem Kleide und süßer Miene, und abwechselnd dann in plötzlichen Sprüngen bald den alten steifen, bald den jungen beweglichen Mann zeigen, so gebärdet sich derjenige, welcher heutzutage dem Wunder anheimfällt. Doch genug des Vorworts, höre nun meine Geschichte selbst.

Erlasse mir die Beschreibung unseres Schiffbruchs, es ging so elend und entsetzlich her, wie du es bei der Aufzählung von ein Dutzend andern Schiffbrüchen schon zur Genüge wirst gelesen haben. Ein Teil der Mannschaft rettete sich kümmerlich auf Brettern, ein anderer ging mit dem überfüllten Boote unter, mich nahm ein mitleidiger Kamerad, ein tüchtiger Schwimmer, auf den Rücken, und es gelang uns, den Strand einer kleinen Insel zu erreichen, die in ziemlicher Entfernung uns entgegenwinkte. Sie schien unbewohnt, doch hatte sie ein freundliches, heiteres Ansehen. Wir gingen bald ans Geschäft, Früchte zu sammeln, verzehrten diese in gemeinschaftlicher Mahlzeit und wählten uns dann ein Lager aus, das, so gut die wenigen Mittel, die uns zu Gebot standen, es zuließen, unter Bäumen am Ufer aufgeschlagen ward. Ein armer Schiffbrüchiger, der sich in sein Schicksal ergeben hat, der dem Himmel für das nackte Leben dankt, das die Wellen ihm gelassen, braucht sich nicht vergebens nach Schlaf zu sehnen, wir schlummerten bald in das Land glücklicher Träume hinüber. Es mochte in der Mitte der Nacht sein, als ich plötzlich erwachte, in dem Bewußtsein, als riefe mich jemand. Sogleich richtete ich mich auf, mein Blick suchte den Gegenstand, den ich dicht vor meinem Lager wähnte, doch ich sah kein lebendes Wesen. Alles um mich her war still und im herrlichsten Mondglanze leuchtend. Nie hatte ich noch eine so wundersam herrliche Nacht erlebt. Ein weißer Schimmer lag über dem Meere, das in seiner klaren Stille sich endlos vor mir ausbreitete, vom Silberglanz überschüttet, standen die Blumen des Ufers, und leise wankten ihre Kelche zu der flüsternden Musik der nahen Wellen. Über meinem Haupte standen die breiten Fächer der Palmen unbeweglich still, nur hin und wieder schwankten sie, und die dunkeln Blätter glänzten im Monde.

Wie ich so saß und um mich schaute, überfiel mich eine unendliche Wehmut; Gefühle, wie ich sie noch nie gekannt, zogen durch mein Inneres, Furcht und Hoffnung, irdisches Verlangen und sterblicher Reiz verschwanden aus meinem Herzen, und ein so seliger Friede nahm darin Platz, daß ich, auf meine Hand gestützt, weinen mußte, so innig weinen, wie ich in meinen Kindertagen geweint hatte. Als ich mein Haupt wieder aufrichtete, befremdete es mich nicht, eine Frauengestalt nicht weit von mir auf einem Ufersteine sitzen und den Blick ihrer dunkeln Augen auf mich richten zu sehen. Als sie merkte, daß ich ihre Gestalt und ihr Wesen aufmerksamer betrachtete, begann sie mit süßer Stimme zu singen und löste so herrliche Klänge aus bewegter Brust, daß meine Wehmut und mein Entzücken stieg, und ich in einen Zustand geriet, wo ich mein ganzes früheres Leben, ja die Welt um mich her vergaß und wo es mir dünkte, als zöge ich mit weichem, vollem Flügelschlage über das Meer dahin und mein Auge erschaute in Höhe und Tiefe alle lieblichen Wunder, die in der Welt verborgen waren. Dazu klangen immer die hellen Töne, die bezaubernden Weisen meiner Gefährtin. Als ich von dem träumerischen Zuge heimkehrte, ruhte mein Haupt am Busen des schönen Weibes, ihr Auge senkte sich in das meine, wie ein helles Silbergewölk flog ihr Schleier und hüllte uns ein, so daß der Mond nur verstohlen unsere Wangen küßte. Um uns dufteten die Blumen, und die Palmenblätter wehten. Ach! Ich fühlte tief, ich war von allem Leid genesen.«

Der Oheim hielt inne und fügte dann mit leiser Stimme hinzu: »Diese war nun eine Meerfee, eine Undine, wie sie der weitläufige und gelehrte Autor hier nennt, und ich hielt diese Meerfee umarmt, ich trank aus ihren Mondscheinaugen das Gift einer träumerischen Liebe, die die Welt nicht begreift und achtet.« Ich sah den Oheim verwundert an; er erwiderte diesen Blick mit einem wehmütigen Lächeln. »Gestehe es offen«, rief er, »du findest, daß ich krank und verwirrt spreche, du siehst einen alten Mann vor dir, der mit gebrochenem Auge und stammelnder Zunge von einer wunderlichen Liebschaft seiner Jugend berichtet. Wer möchte sie ihm glauben? Und dennoch, mein Sohn, war es so; doch denke dir, daß damals unter den Palmen am Strande der einsamen Insel ein blühender Jüngling lag, nicht ein alter schwacher Greis, daß in dem Herzen dieses Jünglings heißes Blut pulsierte und in seinem Kopfe alle Träume einer überirdischen Liebe schwärmten. Ist denn nun in diesem Alter, wo uns das Wunder nahesteht, eine Liebschaft, wie die meine war, so unbegreiflich? – O gewiß nicht! Denke dir eine schöne

Fürstin, die einen blonden Schäferknaben liebt, die seine süße Jugend zu sich auf die Höhe des Throns zieht. Ist hier nicht auch unbegreifliches Wunder? Und dennoch ist es geschehen, wie uns die Geschichten der alten Welt beweisen.«

Ich senkte den Blick zu Boden, ich erwiderte den warmen Druck der Hand des Oheims, und dieser fuhr fort: »Meine holde Liebschaft erzählte mir, während mehrerer Nächte, in welchen sie zu mir kam und wir am Strande beim Mondglanze beisammensaßen, vieles und mancherlei von dem wunderbaren Reiche, das sie bewohnte. Ich verstand, was sie sprach, obgleich es nicht die gewohnten Worte waren, die wir miteinander zu wechseln pflegen, ja, ich verstand sogar die geheimnisvollen Gesetze und Einrichtungen in dem Reiche meiner Geliebten, und ich fand sie ganz zureichend und zweckmäßig. Damals, mein Sohn, wußte ich besser Bescheid in dem Wasserstaate der Undinen als bei den Wechseltischen der Börse. Ja, mir erschien öfters das gewöhnliche, schale Alltagsleben märchenhaft und wunderbar, so sehr hatte meine stille, süße Geliebte mich schon eingeweiht in die Angelegenheiten ihrer Erblande. ›Ich sah dich schon lange kommen‹, setzte sie ihr zärtliches Geplauder fort, ›du standst am Bord des mächtigen Schiffes, das nun dort zertrümmert liegt. Mein Auge, dir unsichtbar unter der Wasserfläche, suchte ängstlich das deinige. Wie gerne hätte ich diese sorglose Miene von deinem Antlitz verwischt, denn ich wußte, daß die Gefahr dir unabwendbar und nahe war. Um deine Genossen bekümmerte ich mich nicht viel, sie waren mir gleichgültig, deine Gestalt, dein Blick hatten aber einen tiefen Eindruck auf meine sonst so bewegliche und kühle Wasserseele gemacht. Fürchtend und zagend schwamm ich euch nach und sah endlich die Klippe deutlich vor mir aus dem Grunde ragen, an der euer Schiff bersten sollte. Um die schwarze Felsenwand herum lagerten die neidischen Vettern und Muhmen, die mit boshaften Mienen den Todesstoß abwarteten. Ich konnte nicht in ihre kalten, höhnenden Gesichter sehen, noch weniger wollte ich dabeisein, wenn das unglückliche Schiff strandete. Ängstlich floh ich daher und barg mich, in meinen Schleier gehüllt, in einer einsamen Bucht dieser Insel. Das schreckbare Ereignis ging vor sich, und bald darauf sah ich dich, Geliebter, mit deinem Gefährten an meine Insel heranschwimmen. Wer fühlte sich jetzt wohl glücklicher als ich! Kaum erlaubte mir meine Ungeduld, die Stunde des Mondaufganges zu erwarten, um dich auf meiner Insel willkommen zu heißen. Du wirst nun wissen wollen, weshalb meine Verwandten zu eurem Untergange mit beitrugen, du wirst sie darum boshaft und tückisch schelten, und vielleicht fällt ein Teil dieser Mißbilligung auch wohl auf mich, und das könnte mich bitter schmerzen, da ich sie nicht verdiente. Auch die Verwandten verdienen sie nicht, weil sie nichts Schlimmeres taten, als ihr Haus und Hof schützen, was ihr auch getan haben würdet, wenn übermächtige Feinde beides zu vernichten drohten.

Eine meiner Muhmen besitzt nicht weit von dieser Insel eine äußerst kostbare Perlenbank, die sie wie den Apfel ihres Auges hütet. Diese kostbare Bank ward nun gefährdet durch euer Schiff, das gerade seinen Lauf auf sie zu nahm. Die Muhme eilte in der äußersten Bestürzung zu mehreren Vettern und Basen, es gelang ihr, die Verwandtschaft in Aufruhr zu bringen, und nun zog der ganze Schwarm eurem Schiffe entgegen, um es unvermerkt von der Perlenbank abzulenken. Doch es gelang nicht, euer Steuermann war zu gewiß seiner Sache und seinem Amte vollkommen gewachsen, unverwandt blickte er auf die Magnetnadel, steuerte immer geradezu, und so schwamm das Schiff immer näher und näher an die Perlenbank heran. Die Muhme befand sich in äußerster Gefahr, sie besann sich nicht lange und griff schnell zu einem verzweifelten Mittel. Schon seit geraumer Zeit hatte ihr ein mächtiger, aber tückischer und äußerst übelgestalteter Nix den Hof gemacht. Er war der Fürst eines ungeheuern Austernfelsens und trachtete nach dem Besitz der Muhme wohl nur aus eigennützigen Absichten, um ihr Vermögen an sich zu reißen und die Perlenbank mit seinem Austernfelsen zu vereinigen. Wenngleich diese Absichten ziemlich klar am Tage lagen, so war doch jetzt keine Zeit, darüber viel nachzudenken. Zur Genüge war bekannt, wie mächtig der Austernfürst war. Sich ihm vertrauen, seine Hilfe anrufen war also das einzige Mittel, die drohende Gefahr abzuwenden. Auf den leisen Ruf meiner Muhme kam er auch sogleich aus der Tiefe heraufgebraust, ein Heer häßlicher, schwarzer Dämonen folgte ihm, sie legten alle Hand ans Werk, und alsbald war das Schiff aus seiner Bahn gebracht und lief nun gegen die Klippe an, wie es der tückische Wille des Nixen veranstaltet hatte.‹

›Siehst du, mein Geliebter!‹ fuhr meine Freundin fort, ›hat euch ein Unglück betroffen, seid ihr um Hab und Gut gekommen, so sind andere Leute eben auch nicht glücklich gewesen. Rechne vor allen Dingen dahin das Schicksal meiner armen Muhme, die sich jetzt dem Austernfürsten vermählt hat und in der Gefangenschaft dieses Rohen schmachtet. Welche Freude kann ihr wohl in dieser Ehe blühen? Und dennoch, soweit ich sie kenne, segnet sie ihr Geschick, weil es ihr doch nun gelungen ist, ihre kostbaren Perlen vor Untergang und Zertrümmerung zu retten. Freilich muß sie sich jetzt stellen, als empfinde sie Anteil und Freude an den Beschäftigungen ihres Mannes, notgedrungen muß sie sich bekanntmachen mit dem Leben, Gedeihen und den Einrichtungen des Austernstaates, obgleich ihr diese harten, schmutzigen, widrigen Schalen mit ihrem noch widrigeren Inhalt von jeher gehässig gewesen sind. Und in der Tat, ich begreife auch durchaus nicht, welch ein seltsames Gelüste euch Menschen immer und immer wieder nach dem Besitz dieser Geschöpfe treibt. Sie ermangeln so völlig aller Schönheit, und die Ähnlichkeit, die sie sich äußerlich mit der herrlichen Perlenmuschel anzulegen wissen, macht sie doppelt unleidlich. Im Grunde fühlt ihr auch den Mangel, ohne es euch eingestehen zu wollen, denn sucht ihr nicht, bevor ihr es genießt, dem elenden Wesen auf alle Weise nachzuhelfen, bald durch Zitronensäure, bald durch besonders würzigen Wein? Es muß also wohl mit der gerühmten Herrlichkeit doch nicht so weit her sein.‹

›Doch gleichviel‹, fuhr meine Freundin fort, ›uns, die wir ganz andere, geistigere Dinge zu unserer Nahrung wählen, steht kein Urteil über diese Dinge zu, ja, es könnte leicht sein, daß wir gerade diesen gehässigen Schalen eine besondere Verpflichtung schuldig würden; denn die fortwährende Pflege und Hütung, deren sie bedürfen, könnte leicht den Austernfürsten dergestalt in Tätigkeit halten, daß er weder meiner Muhme noch der Verwandtschaft viel zur Last fällt. Ich habe ein halbes Jahr ganz in der Nähe des Treibens gewohnt und weiß daher ziemlich umständlich, wie es dabei zugeht. Unaufhörlich sind eine Menge Diener und Gesellen beschäftigt, Tag und Nacht hindurch schwimmen sie um den Felsen, und die überallhin verteilten Aufseher sind unermüdlich, Ordnung und Tätigkeit stets wach zu erhalten. Eine ganze Abteilung der Arbeiter hat das Geschäft, die Zellen in den Felsen zu höhlen, andere pappen und leimen unaufhörlich, um die Anzahl von Schalen zustande zu bringen, wieder andere bringen die jungen Austern nachts an den Strahl des Mondes, daß sie Kräfte sammeln und gedeihen mögen, eine ganze Schar kleiner Geister kriecht auf dem Boden des Meeres herum, um die zartesten Meertierchen aufzulesen zur Speise für ihre Pflegebefohlen. Unterdessen nehmen andere fürchterliche Ungestalten an, um die gefräßigen Raubfische vom Felsen wegzuscheuchen. Die gutwilligsten und erfahrensten Geister sind jedoch dazu bestimmt, mit den jungen Austern Reisen zu unternehmen, daß auch die Kraft und Fülle fremder Meere in ihr Wesen übergehen und es bilden. In der Tat, sollte man wohl meinen, daß so viele Anstalten zur Bildung und Erziehung von Geschöpfen nötig wären, die doch nur eine höchst niedrige Staffel auf der Leiter der Kreaturen einnehmen? Ich muß gestehen, daß meine Muhme und ihre Dienerinnen auf die Pflege der Perlen kaum so viel Sorgfalt und Bemühungen anwenden, und dennoch, welch ein Unterschied zwischen dem leuchtenden, holdseligen Perlenauge, das in dem Diadem einer schönen Fürstentochter glänzt, und der dumpfen Auster, deren ganze Bestimmung ist, einen augenblicklichen Kitzel auf den Gaumen verächtlicher Leckermäuler auszuüben!‹«

Der Oheim hatte diese Worte mit dem ihm eigentümlichen gutmütigen Lächeln gesprochen. »Ich führe sie dir an«, sagte er nach einer kleinen Pause, »zum Beweise wie ich mit meiner schönen, geheimnisvollen Freundin nicht nur wundersame Liebesgespräche, bunte und phantastische Traumreden hielt, sondern wie ihr lieblicher Mund auch nach menschlicher Weise mit mir zu scherzen pflegte und wie es ihr gefiel, die Wunder ihres herrlichen Reiches in die mir schon geläufigen Bilder und Vergleiche zu kleiden. Indessen leuchtet schon, ohne daß ich es anzudeuten brauche, der Irrtum hervor, in welchem meine zarte Geliebte in Hinsicht der Eigenschaften der Auster sich befand. Sie teilte ihn mit mehreren vornehmen und weichlichen Damen unserer Gesellschaft, die auch nichts von diesem köstlichen Juwel einer gutbesetzten Tafel wissen wollen, sondern in schnöder Übertreibung es zum Geschlechte der Spinnen, Käfer und sonstigem widrigen Geschmeiße zählen und hiermit mit Abscheu verwerfen. Unser Streit über diesen Gegenstand war so kurzweilig und anmutig und erwuchs zu einer so lieblichen Wichtigkeit, wie jede Kleinigkeit anzunehmen pflegt, die unter zwei Liebenden zur Sprache kommt. Doch ich vergesse, daß während ich hier im Lande des Märchens lebte, die Zeit darum in der Außenwelt nicht stille stand.

Es wurde mir und meinem Gefährten bange ums Herz, da ein Tag nach dem andern, eine Woche nach der andern verging und sich immer kein Retter an dem Strande unserer einsamen Insel zeigen wollte. Zwar fehlte uns nichts als die Freiheit, doch diese ist ein unentbehrlicher Schatz. Mein Gefährte, dem keine so holde Trösterin wie mir allnächtlich erschien, fühlte sich besonders unglücklich. Endlich gelang es der Wachsamkeit meiner Freundin, mir eine erfreuliche Botschaft zu bringen. Sie hatte in weiter Ferne ein Schiff entdeckt und berichtete, daß es seinen Lauf auf unsere Insel nehme. Als sie mein freudiges Erstaunen bei dieser Nachricht sah, verhüllte sie ihr Antlitz und vergoß häufige Tränen. Ach, ich hatte nicht bedacht, daß unsere Trennungsstunde jetzt notwendig schlagen müsse. Der Gedanke, sowie er plötzlich sich meiner bemächtigte, drückte alle Freude nieder, mir erschien jetzt nichts wünschenswerter, als mein ganzes Leben hindurch allein mit der Geliebten die schöne Insel zu bewohnen, dereinst unter den Palmen mein Grab zu finden und dergestalt nie Europa und die meiner dort wartenden, engherzigen und beschränkten Freunde wiederzusehen. Dann, dachte ich bei mir selbst, endigt sich dein Leben vollkommen wunderbar und heilig, es kommt kein possenhafter Schluß darauf, der alles vernichtet. Du hast nicht nötig, deine Seele zu zwingen, daß sie vergesse, wie es ihr einst vergönnt gewesen, aus dem lautern Quell der schönsten Dichtung zu schlürfen. Diese und ähnliche Gefühle bestürmten mein Inneres in der Nacht vor meinem Scheiden, ich verbarg mich in das Dickicht der Gebüsche, ich wollte das rettende Schiff nicht sehen, das immer näher an die Insel herankam, mein Auge schwamm in Tränen, mein Busen war aufs heftigste bewegt. Doch war die Lenkung der Umstände nicht mehr in meine Macht gegeben, mein Gefährte hatte bereits sein möglichstes getan, die fremden Schiffer anzulocken. Es war ihm gelungen, ein Boot kam heran, man forschte nach mir, und ich mußte nun aus meinem in der Verzweiflung gewählten Versteck hervortreten. Damals, geliebter Sohn, in dem Schmerz der Trennung drohte meine Herz zu brechen, drei Tage hindurch kam keine Nahrung über meine Lippen, unaufhörlich starrte ich, über den Bord gelehnt, in die klaren Wellen, so daß die Schiffsleute mich für geisteskrank hielten. Allein, ich konnte nicht anders, denn nur mir sichtbar zeigte sich unter der Kristalldecke das Antlitz der Geliebten. Sie wollte mich nicht verlassen, und dennoch mußte sie zurückbleiben, als das Schiff immer höher nach Norden steuerte.«

Bis hierher war der Oheim in seiner Erzählung gelangt, und ich hatte noch immer keine Auskunft wegen der Perle erhalten, wußte noch immer nicht, weshalb die Abreise hatte aufgegeben werden müssen. Der gute Alte, versenkt in so seltsame, liebliche Jugenderinnerungen, schien jede Forderung der Außenwelt vergessen zu haben. Endlich sah er meinen fragenden Blicken das Unbefriedigende seiner Erzählung an, er nahm daher wieder das Wort, indem er mit einer wehmütigen Miene sagte: »So gehörst du denn auch, lieber Sohn, zu den mir oft recht unbequemen Leuten, die auf Erklärungen und Nachweisungen dringen und die nicht eher sich zufrieden geben, als bis sie zu einer sogenannten handgreiflichen Gewißheit gelangt sind! Siehe, ich meinte, du hättest schon mit mir Platz und Stimme im Reiche des Wunders genommen, so daß es dich durchaus nicht befremdet, wenn ich nun das Allerseltsamste folgen ließe oder wohl gar die Türe sich öffnete und sie selbst, die fremdartig schöne Geliebte meiner Jugend, gehüllt in ihren wasserblauen Schleier, hereingerauscht käme. Allein, ich sehe, du wirst nicht in meine Fußstapfen treten, und das ist denn auch wohlgetan von dir. Werde mit Leib und Seele ein tüchtiger Kaufmann, mache Dir, soviel du vermagst, die Erde untertan, daß sie dir ihr verborgenes Gold und ihre Gewürze ausliefern muß. Weiter jedoch bekümmere Dich nicht um ihr nächtliches Schaffen und Treiben, denke, wenn du ein schmackhaftes Gericht Austern verzehrst, weder an den hochmütigen Austernfürsten, noch an die Muhme mit der Perlenbank, sondern iß und trink und grüble nicht, so wirst du lange leben und dich wohl befinden auf Erden. Die Austern erinnern mich jedoch an den Schluß meiner Geschichte.

Als ich auf der Insel im Südmeer von meiner Geliebten Abschied nahm, hatte ich sie vergeblich zu bewegen gesucht, in mein Vaterland zu kommen. ›Fordere nicht von mir‹, erwiderte sie mit sanfter Stimme, ›daß ich meine Heimat verlasse. Es würde dir und mir nur Schmerz und Kummer bringen. Es ist uns zwar nicht verboten, die nordischen Meere aufzusuchen, doch bebt unser Herz zurück vor einer so langen Reise, und unsere zarte Natur entsetzt sich, wenn sie an die eisigen Stürme denkt, die dort die Oberfläche des freundlichen Elements furchen und es wenig geschickt zu einem behaglichen Aufenthalte machen. Die Schwestern, die dort wohnen, sind härterer Natur. Dennoch wird nicht jedes Band zwischen uns gelöst sein. Der Gemahl meiner Muhme schickt, wie ich gewiß weiß, jährlich eine große Anzahl seiner Diener gen Norden, um sich mit seinen dortigen Genossen in steter Verbindung zu erhalten. Einem dieser Gesellen, der noch dazu ein Verwandter und von gutmütiger Gesinnung ist, will ich mich vertrauen und ihm dann Aufträge mitgeben, die dir mein Andenken und meine Liebe verbürgen sollen. Er hat, wie seine Brüder, die Gabe, verschiedene Gestalten anzunehmen, und da er überdies schlau und erfahren ist, so wird es ihm ohne Zweifel gelingen, seine Aufträge sicher an den Mann zu bringen.‹ Ich nahm diese Versprechungen für wenig mehr als leere Tröstung, doch hat die Gute Wort gehalten; in meiner Nachlassenschaft wirst du, lieber Sohn, eine Anzahl Perlen und Korallen von seltener Schönheit finden, die ich auf einem geheimnisvollen Wege erhalten habe. So ist auch ihr letztes Geschenk, die so gefürchtete rote Perle, nicht ausgeblieben. Durch dieses Zeichen versprach sie mir kundzutun, wenn der Augenblick meines Todes nahe sei, ihrem Auge war er nicht verborgen. Wohl mir, ich darf diese bange Stunde mit Ruhe erwarten, mein Leben ist nicht belastet mit finstern Taten, ich habe immerdar zu den unschuldigen Wesen gehört, die nur verstehen, sich selbst wehe zu tun. Schmerzen der Art habe ich reichlich zu dulden gehabt, nie aber habe ich andern welche bereitet, noch sie in den beschlossenen Schrein meines Busens schauen lassen. Dir allein, mein Sohn, sind Blicke gestattet worden, und ich wünsche, daß du sie nicht mißbrauchen mögest. Da ich einmal in meinem Leben so über alle Maßen herrlich und wundersam geliebt habe, so ist mir später das Gefühl, das wir Liebe und Schwärmerei nennen, nur kalt und dürftig erschienen, ich habe nie meine Hand einem irdischen Mädchen reichen mögen, da ich unmöglich ihre Hoffnungen und Wünsche hätte befriedigen können. Auch wäre mir ein solcher Bund als eine schwere Untreue gegen meine schöne Inselkönigin erschienen. Dieses, mein Sohn, ist nun die Geschichte der roten Perle und meines Lebens.«

Hiermit schloß der gute Großoheim die Erzählung der abenteuerlichen Epoche seiner Biographie. Wir saßen nebeneinander, und eine lange Pause folgte. Es war wohl natürlich, daß ich dem ehrwürdigen Alten den Glauben an die üble Prophezeiung der roten Perle auszureden suchte, doch all meine Mühe war vergeblich. Er blieb dabei, daß er jetzt notwendig sterben müsse, und er starb auch wirklich. Keinem seiner Freunde erschien sein Tod besonders unerwartet, ein stiller Mann war nur noch stiller geworden, weiter wußte man bei diesem Vorfalle nichts zu sagen. Mir jedoch, der mehr als die andern wußte, mir ging die Geschichte mit der Insel im Südmeer, mit den Palmbäumen und der Meerfee lange Zeit im Kopf umher, und noch länger blieb mir das Antlitz des Großoheims erinnerlich, wie er im Tode dalag, und nun deutlicher als jemals »die Märchenmiene« aus den blassen Zügen hervorleuchtete. Was übrigens mich und mein Schicksal betrifft, so hatte der Alte es richtig vorhergesagt. Sooft ich auch Fahrten in ferne Meere getan, auf diesen manche schöne Insel mit Palmbäumen erschaut, so hat sich mir doch keine Meerfee gezeigt, kein Elementargeist, weder aus Feuer, Luft noch Wasser ist mir nahegekommen; dagegen aber hat sich mir ein schöner irdischer Mädchenengel zu eigen gegeben, in dessen süßer Zuneigung ich auch die Bekanntschaft jener nicht vermißt habe. In unsern Gesprächen geht aber oft wie ein fernes Geistergrüßen die Sage von der roten Perle vorüber, und dann tritt der gute Großoheim als Jüngling vor uns, an seiner Hand eine Gestalt, die wir nicht zart, duftig und schön genug ausmalen können. Wohl dem, dessen Bild seines Nachkommen stets an der Hand einer holden Dichtung erscheint!

Meerlilie

Am Bord eines holländischen Schiffs befand sich ein Knabe, den das Schiffsvolk nur Dick, den Träumer, nannte. Er war ein schlanker, hochaufgewachsener Bursche mit großen dunkeln, träumerischen Augen und wildhängenden blonden Locken, frische Jugend auf den Wangen und der vollen Lippe, selten ordentlich und geregelt in der Kleidung und in seinen Pflichten als Schiffsjunge oft nachlässig. Dafür war Dick ein Sonntagskind, in der gefährlichen Stunde geboren zwischen Predigt und Mittagsbrot, wo die bösen Geister Macht erlangen über den armen Menschen, daß er vor den Begierden des Magens die Anforderungen des unsterblichen Geistes vernachlässigt. Kinder, in solcher Stunde geboren, sind nie treu und zuverlässig im täglichen Geschäfte, sie sind leicht zu betören und zu verführen, da die Mutter nur die halbe Predigt angehört hat, und weil sie vom Mittagsmahle nichts versäumen wollte, kann der Böse nun den armen Knaben durch eine gutbesetzte Tafel oder durch ein schönes Weib zu allem bringen. In Dicks Leben sollten die Beweise hierzu nicht fehlen, die Geister der obern und untern Welt schienen ihn recht zu ihrer Freude geschaffen zu haben; er war schön, so träumerisch und töricht, so verliebt, so träge und so unverdorben, daß sie sich offenbar kein besseres Spielzeug wünschen konnten.

In den Stunden, in denen der tätige Schiffsmeister den armen Dick nicht zur Arbeit vor sich hertrieb, lag er gewöhnlich am Vordermaste und sah in die Meerestiefe hinab. Er dachte sich dabei vielerlei. Wie ein Wanderer wohl in das liebe Haus seiner Eltern hineinschaut und besonders in ein verhängtes Stübchen, wo er die Geliebte schlummern weiß, so schaute Dick in die Woge hinab, als wäre sie sein Vaterhaus, so suchte sein Auge die stillen Kammern des alten Märchenreichs, in dem er recht heimatlich bekannt war.

Es gibt Stellen in den Gewässern des südlichen Ozeans, wo die Meeresfläche gleich dem schönsten flüssigen Kristalle wird, so daß das Auge, mit tiefem Wunderschauer niederblickend, auf dem hellen Sandboden jede träumerische Blume ihr Haupt neigen sieht. Das sind die Oasen in der toten Meereswüste, das ist das Meeresparadies, in dem die ersten Eltern, nachdem sie oben den Himmelsgarten eingebüßt hatten, gebannt wohnen müssen. So erzählt es die Schiffersage. In eine dieser wunderbaren Gegenden gelangte nun auch das holländische Schiff.

An einem Morgen, als sich die Mannschaft aus den dumpfen Kajüten hervormachte, schrien sie plötzlich wie mit einer Stimme: »Hilf Himmel, das Schiff schwebt in der Luft, wir sind verloren!« Der Schiffskapitän und einige alte verständige Matrosen traten jedoch lächelnd an den Bord und schauten mit altklugen, prüfenden Augen in die Tiefe, und der Kapitän sagte: »Laßt euch das nicht anfechten, Kinder, es ist eine ganz bekannte Erscheinung, die ich wohl schon zu dutzendmalen erlebt habe, und heißt die Meeresklarheit.«

Von diesen weisen Worten vernahm Dick an seinem Schiffsende nichts; er hätte sich auch nicht so leicht bei ihnen beruhigt, denn weil er eben ein Sonntagskind war, so drang sein Auge tiefer und sein Gehör weiter als bei dem vielgereisten Kapitän und seinen klugen Matrosen. Als diese schon, der neuen Erscheinung überdrüssig, unten in der Kajüte beim Punschnapf zusammensaßen, starrte er daher noch immer, mit weit offenen Augen, übergelehnt in die Tiefe, und Tränen der Sehnsucht liefen über seine Knabenwange, als er unten die heimlichen, stillen Gärten sah und darüber hin durch das lufthelle Wasser die Wanderzüge fröhlicher Fische, die mit spitzigen Mäulern und rudernden Seitenflossen in den Korallenbaumgängen auf und nieder glitten und gleichsam wie hoffärtige, geputzte Bürgersleute mit Weib und Kind spazierengingen. Und je weiter das Schiff glitt, desto stolzere Gewächse, desto schönere, überraschendere Gärten kamen zum Vorschein. Bald war es, als zögen sich Gänge, von Menschenhand geebnet, deutlich durch die Baumgruppen hindurch, bald ging wieder jede Spur von Ordnung und Regelmäßigkeit in einer phantastischen Pflanzenwildnis unter. Die Blätter und Stauden hatten allesamt etwas Fremdes, so bekannt sie auch auf den ersten Blick schienen, auch die Blumen, wenn man ihnen recht tief ins Auge sah, zeigten ein völlig fremdes Antlitz. Auch war es seltsam und unheimlich, daß statt der bunten, hellen Schmetterlinge und geschwätzigen Vögel immerdar stumme Fische auftauchten und die Blumenhäupter umkreisten und vertraut mit ihnen scherzten. Goldene und purpurne Schlangen glitten auf den Kieseln des Bodens pfeilschnell dahin, und plötzlich lagen sternartige Figuren da, die sich langsam regten und endlich schwerfällig fortwanderten.

Dick konnte seine Erwartung nicht zähmen, er hoffte bestimmt, daß gegen Abend nun bald unten eine herrliche Stadt hervorkommen werde oder ein schöner Königspalast unter den Gärten, allein, es blieb bei den stillen Hainen, die sich immer mehr in Schatten hüllten, so daß nur hie und da eine hochaufschießende rote Blume wie eine Flamme aus dem Dunkeln sichtbar ward. Endlich war alles in Nacht versunken, Dick hätte weinen mögen, wenn er daran dachte, daß das Schiff jetzt so gefühllos über so viel geheimnisvolle Schönheit der Tiefe dahinglitt, ohne daß das Auge auch nur das mindeste davon erfassen könne. »Gewiß«, rief er bei sich, »kommen jetzt die Paläste des Meerkönigs, und wir reisen an ihnen in Nacht und Dunkelheit vorüber, ohne daß einer von dem andern weiß.« In diesen Gedanken lehnte er sich noch einmal weit hinüber, und seine Augen drangen mit den sehnsüchtigsten Strahlen in die verschlossene Tiefe. Doch siehe da, sie blieb nicht verschlossen. Dick hatte nicht lange hinabgeschaut, als tief unten eine feuchte, hellglühende, grüne Kugel erglomm, und, wie es schien, langsam auf dem Meeresboden dahinrollte. Das funkelnde, milde, dunkle Grün ward immer klarer und warf immer hellere Scheine um sich. Zuletzt sah der Knabe, daß das, was er für eine fortlaufende Kugel gehalten, nur der Schein eines durch die grünen Bogengänge dahinschreitenden Lichtes war. Bald trat nun ein Männlein hervor, das tief unten auf dem Meeresboden mit einer Laterne herumwandelte, wie einer, der zu später Nachtzeit von dem Besuche bei Freunden nach Hause geht. Dick war so freudig erschrocken, daß der Atem in seiner Brust stockte, er hätte gerne sogleich den stillen Wanderer beim Namen gerufen, aber wußte er wohl, wie er hieß? Er begnügte sich daher, seinen Gang zu verfolgen, und bemerkte, wie der seltsame Mann oft mit seiner Laterne in die Kelche der schlafenden Blumen am Wege hineinleuchtete und wie es dann die herrlichsten roten, blauen oder violetten Scheine gab. Einer dieser Scheine leuchtete in Dicks Antlitz, und plötzlich sah er, wie der Mann unten eines der hochstaudigen Gewächse erfaßte, rasch an den Blättersprossen hinanklimmte und bald die schwankende Krone erreicht hatte, von der er mit einem blassen menschlichen Antlitze bittend herübersah, indes unten auf dem Meeresboden die zurückgelassene Laterne leuchtete. Dick warf ihm geschwind ein loses Seil zu, er ergriff es geschickt und behende, und ehe der Knabe es sich versah, saß der unheimliche Gast neben ihm auf dem nächtlichen Verdeck.

Das Männlein hatte ein dunkles Kleidchen an, um das blasse, welke Greisesantlitz legten sich schlichte, lange, grüne Haare, die erloschenen Augen blickten wehmütig vor sich hin, indes er mit sanfter Stimme sprach: »Schöner Knabe, die Unterirdischen haben es erfahren, daß die flüchtige Welle in dir ein geheimnisvolles Glückskind trägt, das zu unsrem Wohl, zu unserer Freude geboren worden. Ich muß mich kurz fassen, damit das Schiff nicht entgleitet und ich meine Laterne noch wiederfinde. Vernimm also, daß Meerlilie mich sendet und läßt anfragen, ob du, holder Freund, ihr Retter sein willst aus schmählicher Gefangenschaft.«

Dick sah staunend in die wasserhellen Augen des kleines Greises und fragte: »Sage mir nur, Gevatter Wassermann, wer ist die schöne Meerlilie, und auf welche Weise kann ich ihr Befreier werden?«

»Das erstere«, entgegnete der Greis, »erfährst du wohl zu seiner Zeit umständlicher, das zweite kann ich dir jetzt gleich sagen.« Er warf einen Blick auf seine Laterne, und da sie schon entfernter schimmerte, setzte er eiliger hinzu: »Meerlilie ist eine süße, wunderschöne Jungfrau, die von dem übermütigen Korallenfürsten, weil sie seine Liebe nicht erwidern wollte, samt ihren Freunden und Angehörigen in den Grund des Meeres verzaubert worden ist, wo sie in einem jener Zaubergärten, die du unten gesehen hast, so lange hingebannt schlummern muß, bis ein schöner, unschuldiger Knabe, den die Geister liebhaben, den Zauber überwindend, sie befreit. Willst du nun die schöne Meerlilie sehen, und geht dir ihr herbes Leid zu Herzen, so entschließe dich, mit mir in die Tiefe herabzusteigen, ich will dich schnell und sicher zu ihr führen. Vorher aber prüfe dich, ob du Stärke genug besitzest, die Probe zu bestehen; drei Nächte nämlich hintereinander mußt du neben der schönen Lilie wachen, ohne dich von den Zaubertönen, die um ihr Blumenlager erklingen werden, in Schlummer wiegen zu lassen. Gelingt dir dieses, so ist das Schwerste überstanden, und die andern Bedingungen, die sie dir selbst aufgeben wird, sind leicht zu erfüllen.«

Dick hörte diese Rede mit freudefunkelnden Augen. »Gevatter Wassermann!« rief er, »wenn du mit scharfem Geistesblick mich ausersehen hast, so sollst du sehen, daß ich gerade der Mann bin, den du suchst. Komm, zeige mir die Wege zu der schönen Lilie, das andere laß mich machen.« Der kleine schüttelte, als er diese Worte hörte, mißvergnügt das Haupt. »Wie schnell und unbesonnen!« rief er, »als gälte es nur, einen Apfel vom Baum zu brechen! Die Angelegenheit ist zu wichtig, ich geb dir drei Nächte Bedenkzeit, dann komme ich, dich abzuholen. Wisse, daß, wenn der Schlaf dich unten übermannt, du auf ewige Zeiten dort eingeschlossen bleibst, nie das Auge der Deinigen wiedersiehst, noch jemals die grünen Wiesen und Fluren der Oberwelt betrittst. Bestehst du aber die Probe, so sind große Schätze und die Liebe der schönen Meerfee dein. Nun weißt du, was du wissen sollst. Gib wohl acht, am Abend des dritten Tags wird das Schiff an den Kelch einer ungeheuren, prächtigen Meerlilie heranschwimmen; das soll dir ein Zeichen sein, daß deine unbekannte Geliebte dich erwartet. Jetzt lebe wohl, ich muß hinunter, meine Haare fangen an trocken zu werden, und nur noch wie ein fernes Pünktchen schimmert die Laterne.« Er ergriff bei diesen Worten eiligst das Seil, löste es so lang wie möglich und schwang sich ins Meer hinab. Dick sah ihn in den schwarzen Wellen untertauchen und spurlos verschwinden. Es ward ihm weh ums Herz, denn er hatte in diesen wenigen Minuten den alten Wassermann ordentlich liebgewonnen. Jetzt saß er wieder einsam da, und wie ein Traum war die ganze seltsame Erscheinung in die Wellen hinabgeglitten, das Meer tot und stille.

Die Sonne stand schon hoch am Himmel, als Dick erwachte, heftig geschüttelt vom Arme des zornigen Schiffsmeisters. Verstört blickte er in die Höhe und rief: »Aber so sagt doch nur, warum kann die schöne Lilie nicht den Korallenfürsten lieben?« – »O du Kröte!« schrie der Schiffsmeister und gab ihm einen derben Schlag, »wer spricht davon? Hinunter sollst du in den Raum, die Kajüten auskehren, das Geräte zusammenstellen! Seht doch den trägen Meerwurm!« Er packte in die blonden Locken des Knaben, zerrte ihn in die Höhe und stieß ihn vor sich die kleine Stiege zur Kajüte hinab.

Es ist eine schlimme Zeit, wenn die Sonntagskinder arbeiten müssen, der Kehrbesen ward wie Blei in Dicks Händen, der leichte Staubwedel kam nicht von der Stelle, und die wenige Arbeit wurde und wurde nicht fertig. Es regnete nun wieder Schläge und Scheltworte, Dick nahm sie geduldig hin, indem er bei sich dachte: Sie können mir doch nicht die Liebe der Meerfee rauben und die Schätze, die ich gewinnen werde. Fand er einen Augenblick müßige Zeit, so lag er auf seinem Plätzchen an Bord und blickte hinab und erstaunte im süßen Schrecken, wie alles unten um vieles prächtiger und schöner wurde. Das helle Wasser schien noch durchsichtiger und kristallreiner, üppiger und seltsamer waren Gewächse und Gesteine, bunter durcheinander spielten die herrlichen Fische. Am zweiten Tage fing Dick an, schon nach dem Kelch der Meerlilie auszuschauen. Doch so weit er sein suchendes Auge schickte, war nichts als Wasser und Himmel, aber am Morgen des dritten Tages tauchte am Horizont etwas Weißes auf, das hell in der Sonne flimmerte und das die Schiffsleute für die äußerste Spitze eines Kreidefelsen hielten. Zu gleicher Zeit wurden alle inne, daß ein süßer, unendlich lieblicher Duft sich um das Schiff her zu verbreiten anfing. Einige, die ihre Augen mit Gläsern bewaffnet hatten, sahen nun, daß das, was ihnen als ein Kreidefelsen erschienen, der Kelch einer ungeheuern weißen Blume war, die ruhig auf dem glatten Spiegel schwamm und die himmlischen Düfte ausstreute. Darüber verwunderten sich alle nicht wenig, und selbst der Kapitän wußte nicht gleich, wie er diese neue Seltsamkeit gehörig verständlich erklären solle. Dick allein trug das ganze Verständnis im Herzen. Er schlich an den einsamsten Platz, um sein Entzücken und die bangen Schauer, die seine Brust durchbebten, nicht vor den Leuten sehen zu lassen, verstohlen blickte er von hier aus auf die Blume, die näher und näher heranschwamm. Die Abendsonne füllte den silbernen Kelch mit Purpurstaub, und widerspiegelnd schwebten die glänzendsten roten und weißen Scheine im Wasser. Endlich war das Schiff der Blume ganze nahe, es war Nacht geworden, und weithin auf der schwarzen Fläche breiteten sich die riesigen Blätter im Monde wie ein Schneefeld glänzend aus. Zugleich füllte ein durchdringender Duft die ganze Atmosphäre, so daß eine Betäubung sich der ganzen Mannschaft bemächtigte und sie in Schlummer sank, trotz den Befehlen und Drohungen des Kapitäns. Dicks Sinne blieben allein völlig wach, er hatte sich auf seinen gewohnten Platz begeben, und niederschauend in die Wellen erwartete er den geheimnisvollen Boten, der ihn hinabgeleiten sollte.

Nicht lange, so erglomm tief unten wieder der lichte grüne Schein, wurde schnell größer, und zugleich rankte sich eine schwarze Staude mit ihren krausen Blättern aus dem Wasser heraus, indem sie sich an die Seite des Schiffs, gleich einer Leiter, anlegte. Das kleine, häßliche Gesicht des Greises tauchte empor und nickte dem armen Knaben, dem jetzt weh und unheimlich zumute war, mit freundlichem Grinsen zu. »Nun, welchen Entschluß hast du gefaßt, Söhnchen?«

»Gevatter Wassermann, wenn es sein kann, so wollen wir die ganze Unternehmung bleibenlassen.«

»Elender Knabe«, zürnte der Geist, »bist du so kleinmütig und unzuverlässig? – Wenn dich die reichen Schätze nicht locken, so sollte dich der Schmerz der schönen Meerlilie rühren, die sich durch deine Torheit jetzt um ihre Hoffnung betrogen sieht. Geh, einfältiger Bursche, du warst deines Glückes nicht wert!«

Mit diesen Worten machte sich der Kleine bereit, wieder niederzusteigen, als Dick sich rasch ermannte, allen kecken Mut zusammennahm und rief: »Nun, nicht so eilig, ich folge dir nach! Aber«, setzte er hinzu, »werden die Gefährten nicht unterdessen fortsegeln, mich verlassen?«

»Sei ohne Furcht«, war die Antwort, »der magische Duft der Lilie hält sie und ihr Schiff während dieser drei Tage und Nächte, da du unten weilest, fest gezaubert an diese Stelle; wir finden sie noch schlummernd, wie wir sie jetzt verlassen.«

Jetzt stiegen der Wassergeist und Dick auf den Boden des Meeres hinab. Unten sah alles seltsam und traumhaft aus, in der Dunkelheit ragten die riesigen Gewächse und Blumen wie mit drohenden Armen weit in die stillen Gewässer hinein, die Laterne des Alten warf wunderbare Schimmer, und wie er sie ergriffen und die beiden Wanderer jetzt still nebeneinander auf dem Meeresboden hinwandelten, da wurde Dick mit Entsetzen inne, wie er so gar nichts kenne in dieser ihn umgebenden Welt, kein Gestein und keine Blüte, wie alles ihn mit fremden, unheimlichen Augen ansehe. Zahllose Fische schwammen ihnen entgegen und bogen scheu vor dem Lichte der Laterne aus. Endlich gelangten sie zum Ruhebette der schönen Meerlilie. Sie lag auf einem weichen Lager von Wassergras, die Augen waren geschlossen, und durch ihre dunkeln aufgelösten Locken war ein Kranz weißer Lilien geflochten, deren eine gerade über die Stirn hinaufrankte bis auf die Oberfläche der Wasser und dort aus ihrem Riesenkelche jene zauberhaften Düfte spendete. Hoch über das Lager wölbten sich schimmernde Korallenzweige dicht durcheinander und bildeten, von einzelnen weißen Lilien durchflochten, einen köstlichen Thronhimmel.

Dicks Knie beugten sich unwillkürlich vor dem Lager der Schlummernden, er hatte nie eine so herrliche Mädchengestalt gesehen, und sein trunkenes Auge sog gierig nie gesehene Reize ein. Wie glücklich pries er sich jetzt, daß er dem Alten gefolgt war, mit welcher stolzen Zuversicht sah er sich schon als Befreier der reizenden Geliebten an! – Jener kam und setzte seine Laterne neben den Jüngling. »Ich verlasse dich jetzt«, rief er, und seine Worte tönten schauerlich durch die tiefe Stille umher, »vergiß nicht, wo du bist und welches Wagestück du unternommen. Deine Wacht nimmt jetzt ihren Anfang. Sieh dich vor, daß das Licht der Laterne nicht erlischt, denn der darin eingeschlossene Geist ist ein guter und wird dir mit seinen Kräften beistehen.«

Dick dankte, und der Alte entfernte sich, indem er in eines der Gebüsche einlenkte. Jetzt war der Arme in der tiefen Einsamkeit völlig verlassen. Kein Laut regte sich um ihn, er saß auf dem hellen Sandboden, die Laterne neben ihm. Die ersten Stunden der Nacht vergingen, indem er fast unverwandten Blicks die schöne Lilie betrachtet, dann aber fühlte er, daß ihr schlummerndes bleiches Antlitz wie betäubend auf ihn wirkte, so daß auch seine Sinne der Schlaf anwandelte. Erschreckt wandte er sich ab und lauschte ängstlich in die Nacht hinaus nach einem Geräusch, das ihn zerstreuen und wach erhalten könne, allein, es blieb still, es zog kein Frühlingswind durch die Blätter, kein Vogel erhob sich singend aus den Zweigen, kein Käfer summte im Grase. Wie glücklich und froh begrüßte er die ersten Strahlen des Lichtes, die in die Meerestiefe hinableuchteten, mit ihnen zugleich erschien der Alte und löste ihn von seinem Posten ab. Er führte ihn hinaus zum Schiffe, und nachdem Dick hier unter seinen schlummernden Kameraden den Tag hingebracht hatte, kam die zweite Nacht heran, wo der Alte sich noch ängstlicher und vorsorgender zeigte und die größte Sorge für die Laterne empfahl.

Kaum war er fort, als der Knabe seine Warnung fast vergaß über dem wunderbar herrlichen Schauspiel, das sich ihm kundtat. Der Mond zog leise herauf, und indem er von der dunkeln Himmelskuppel niederleuchtete, goß er seine lieblichsten Strahlen unten in die Meereseinsamkeit. Alsbald wölbte sich ein farbiger Bogen über Dicks Haupte, der, wie von flüssigen Edelsteinen gebaut, in dem hellen Kristall flimmerte und die holdesten Töne von sich gab. Die Einsamkeit, vom Mondesglanz erfüllt, übte einen magischen Zauber aus, und ein unendlicher, süßer, himmlischer Friede glitt auf die stillen Wege und Gebüsche nieder. So süß hatte noch nie eine lebende Seele im holden Märchenreiche geatmet. Wie in Entzückung eingewiegt, fuhr der Knabe plötzlich empor, indem es ihm schien, als griffe ein in lange Gewänder gehüllter Arm nach seiner Brust. Seine erste Bewegung war, die Laterne zu erfassen, die, seitwärts im Gebüsche versteckt, nur noch einen spärlichen, verlöschenden Schimmer von sich gab. Als er die Flamme gereinigt hatte und sie mit erneutem Glanze leuchtete, kam wieder Mut in seine Seele; sichtlich erbleichte der magische Mondenglanz und der schimmernde Kristallbogen.

Als der Alte am Morgen erschien, zeigte er sich besonders erfreut und sprach seine Zuversicht für das endliche Gelingen aus. Er hatte sich auch nicht geirrt, Dick bestand auch die Probe der dritten Nacht, obgleich hier noch süßer der Mondenglanz schimmerte, der helle Bogen sich über seinem Haupte noch betäubender wiegte und Einsamkeit und Stille noch lockender zum Schlummer einluden. Bei den ersten Strahlen der Morgensonne richtete sich die schöne Lilie von ihrem Lager empor, und zum ersten Mal sah der glückliche Jüngling, der zu ihren Füßen kniete, in die dunkeln Liebesaugen der Meerfrau. »Ich danke dir, Sterblicher«, begann sie mit holder Stimme, »du hast vollbracht, wonach viele vergeblich rangen; dein Mut und dein Glück sind mir Bürge, daß du hierbei nicht stehenbleiben, sondern nun auch die noch übrigen beschimpfenden Bande, die meine Freiheit fesseln, lösen wirst. Versprich mir dieses, und ich will dir einen Teil meiner beklagenswerten Schicksale erzählen.« Dick, als er die schöne Lilie so sprechen hörte, als ihr bittendes Auge in dem seinigen ruhte und ihre reizende Gestalt halb an seiner Schulter lehnte, versprach mit den kräftigsten Beteuerungen, alles zu vollbringen, was sie nur von ihm fordern würde. Seine Bereitwilligkeit rührte die Schöne, und sie nahm mit einem wehmütig klagenden Tone das Wort.

»Einen Teil meines Elends«, fuhr die Lilie fort, »wirst du selbst ermessen können, wenn du erfährst, daß ich als eine Prinzessin geboren worden bin, die in Glanz, Fülle und Herrlichkeit lebte und die jetzt auf das grausamste vom Hofe und von ihren liebsten Vertrauten getrennt worden. Von dem Könige, meinem Vater, der der Beherrscher einer der reichsten Inseln dieses Meeres war, wurde ich einem liebenswürdigen jungen Prinzen zur Gemahlin bestimmt, und du kannst dir denken, wie nahe ich schon dem Ziel meiner Wünsche war, wenn du erfährst, daß wir schon unsere gegenseitigen Porträts gewechselt hatten und ich den Kammerherrn erwartete, mit dem ich der Form nach mich vermählen sollte. Da erschien eines Tages, ach, ich sehe ihn noch vor mir! der abenteuerliche Korallenfürst an unserem Hofe. Er sah mich, verliebte sich in mich und machte Anstalten, sich mit mir zu verbinden, obgleich man ihn wiederholt versicherte, daß ich bereits die Verlobte eines schönen und liebenswürdigen Prinzen sei, ja daß sogar schon der Kammerherr sich eingefunden habe, um mich in Besitz zu nehmen. Er erklärte dagegen mit einer unverschämten Leichtfertigkeit, daß ihn dieses alles wenig kümmere. Meines Vaters Stolz wurde jetzt rege; um meine Person vor jedem räuberischen Anfall zu schützen, ließ er mich in einen festen Turm bringen, wo ich bleiben sollte, bis mein stürmischer und ungelegener Freier sich von der Insel würde entfernt haben. Der Tückische, als er sah, daß mit offener Gewalt nichts zu tun sei, nahm seine Zuflucht zur List, und leider fanden sich unter meiner nächsten Umgebung verräterische Diener, die ihm mit Rat und Tat zur Hand gingen, um sich später durch die Dankbarkeit jenes Elenden in den Besitz großer Schätze zu setzen. Dem Himmel sei Dank, die Abscheulichen haben ihren Lohn dahin!«

Dick sah mit seinen großen, wehmütigen Augen die Erzählerin an. »Schöne Lilie!« rief er endlich und seine Stimme zitterte, »ich fürchte, du wirst der Tücke des Korallenprinzen unterlegen sein.«

»Fürchte nichts«, versetzte sie mit einem kleinen, stolzen Lächeln, das ihre reizenden Lippen entzückend schön kleidete. »Ich war entschlossen, lieber den Tod zu wählen als seine Umarmung, und ich hätte meinen Entschluß sicherlich ausgeführt, wenn das Schicksal es nicht anders gefügt. Unter den Damen meiner nächsten Umgebung befand sich eine alte Oberhofmeisterin, die schon meiner Mutter gedient hatte und deren Treue ich deshalb versichert zu sein glaubte. Nichtsdestoweniger war sie die erste, die sich von den Versprechungen des Korallenprinzen verführen ließ, mich ihm auszuliefern. Ihre Helfershelfer bei diesem ruchlosen Unternehmen waren ein nichtsnutziger, eitler, wohlbeleibter Hofkaplan und der alte Hofgelehrte, der von dem Prinzen kirre gemacht wurde durch das Versprechen einer zahlreichen und kostbaren Büchersammlung voll der seltensten Ausgaben der alten Autoren. Diese drei Elenden wußten es nun dahin zu bringen, daß ich meinen sichern Turm verließ und an einem schönen Sommerabend am Gestade der Insel spazierenging. Ein Jüngling, der mir sehr ergeben war und den mein erlauchter Vater als seinen Hofpoeten im Sold hatte, warnte mich auf das zärtlichste, doch ich verspottete seine ängstlichen Befürchtungen und hatte gleich darauf Ursache, es bitter zu bereuen; denn plötzlich brachen die elenden Räuber hervor, brachten mich und meine treulosen Gefährten auf mehrere versteckt gehaltene Schiffe, und diese eilten schnell mit uns davon. Fordere nicht, geliebtester Jüngling, daß ich dir ausführlich meine Leiden schildere, die in der Gefangenschaft meiner warteten, genug, ich blieb, allen Bitten und Drohungen zum Trotz, standhaft, und der Elende, der verzweifelte, mich zu seinem Willen zu bewegen, wendete in einem unglückseligen Momente seine ganze verderbliche Zauberkraft an und verwünschte mich mit meiner Gesellschaft in den Grund des Meeres, indem er meine Erlösung an die schwierigsten und fast unmöglichen Bedingungen knüpfte. Doch das Geschick ist gütiger als ich hoffen durfte, es hat mir dich gesendet, und ich zweifle nicht länger, daß ich dir meine völlige Rettung danken werde. Höre nun, wie du mich und jene Elenden, die mit mir in der Verzauberung schmachten, befreien kannst. Die Treulosen sind sämtlich in Meerungeheuer verwandelt worden. Es wird schwer sein, sie aufzufinden, doch mußt du sie suchen, um von ihnen die drei magischen Gaben zu erlangen, ohne die ich nicht völlig erlöst werden kann. Sie werden sie dir verweigern, aber du mußt durch List oder Gewalt sie ihnen rauben. Es ist ein kleiner, silberner Stab, ein Ring und eine goldene Kette.«

»Wie finde ich aber deine treulosen Diener, schöne Prinzessin?« fragte Dick.

»Nimm diese Perle«, entgegnete die Meerfee, indem sie eine große, gelblich schimmernde Perle von ihrem Halse löste, »sie wird dir die Gabe verleihen, gefahrlos unter den zahllosen Bewohnern des Meeres umherzuwandeln, ja du wirst sogar die Sprache, die unter ihnen üblich ist, verstehen. Entdeckst du nun eine ungestalte Robbe und merkst du an ihren eiteln und prahlerischen Reden, wes Geistes Kind sie ist, so bist du sicher, jene unwürdige alte Oberhofmeisterin gefunden zu haben. Sie hat den Ring im Besitz. Begegnet dir dann ein schwerfälliger Seehund, mühsam durch die Fluten daherkeuchend oder müßig am Strande schnarchend, so sei gewiß, daß es der verräterische Kaplan ist, der mein silbernes Stäbchen verwahrt, und endlich, kommt dir die widrige Gestalt eines mit gläsernen Augen glotzenden Hummers zu Gesichte, so hast du meinen dritten Feind, den alten Hofgelehrten, gefunden, von dem du die Kette erbeuten mußt. Sind diese drei Kleinodien in meinem Besitz, so schwindet sogleich der Zauberbann, und ich befinde mich wohlbehalten mit dem ganzen Gefolge auf meiner heimatlichen Insel. Dann, mein süßer Freund, zähle auf meine Dankbarkeit, sie wird ohne Grenzen sein, wie es schon jetzt mein zärtliches Gefühl für dich ist. Eile, der Tag steht schon hoch.«

Ein freudiges Lächeln und ein Kuß besiegelten diese Worte, dann sank die schöne Gestalt wieder auf ihr Lager zurück, und schon stand der Gevatter Wassermann bereit, den Jüngling wieder hinauf zu dem Schiffe zu geleiten. Oben nahm er feierlichst von ihm Abschied, erinnerte ihn, das begonnene Werk nicht unvollendet zu lassen, und überreichte endlich dem erstaunten Dick eine kleine Kiste, die bis an den Rand mit den seltensten Schätzen des Meeres, mit köstlichen Korallen und Perlen gefüllt war. Ohne den Dank abzuwarten, verschwand er in dem Schoß der Wellen.

Dick, der Träumer, verdiente wohl nie seinen Namen mit mehr Recht als jetzt. Er stand auf dem Verdecke auf der wohlbekannten Stelle, die Sonne schien ihm in die weit offenen Augen, er strich sich die blonden Locken aus der Stirne, und immer noch glaubte er die süße Stimme der Lilie zu hören, immer noch an ihrer Seite auf dem tiefen Meeresboden zu sitzen. Endlich brachte ihn ein Blick auf die schlafende Mannschaft, die sich jetzt zu ermuntern anfing, zu sich. Das Schiff glitt wieder die feuchte Bahn weiter, und immer ferner schwand der Kelch der Riesenblume, bis er endlich nicht mehr gesehen wurde. Das Abenteuer mit der schönen Meerfee war beendet.

Das hätte wenigstens Dick denken können, wenn er undankbar und weniger verliebt gewesen wäre, so aber wußte er wohl, daß es noch nicht beendet war, und dachte daran, wie er es glücklich und so schnell wie möglich beendigen könne. Wir übergehen die Begebenheiten des Zeitraums, wo das Schiff heimkehrte, wo Dick einen Teil seiner Schätze verkaufte und dadurch Mittel fand, selbst ein reicher Handelsherr zu werden, der Schiffe in See gehen ließ. Er war aber trotz seiner Reichtümer noch immer der schöne träumerische Knabe, in dessen dunkeln Blicken sich jedes Mädchenauge gern spiegelte. Doch Dick dachte wie ein echter Ritter nur an seine Dame, er ließ keine Gelegenheit vorbeigehen, mit seiner magischen Perle bewaffnet, kühn in das alte, feuchte Haus des Vaters Ozean zu dringen, doch immer vergebens. So seltsame Dinge er erschaute, so wunderliche Gespräche er behorchte, keiner der eilfertigen und leichtsinnigen Bewohner der grünlichen Wogen konnte ihm Auskunft geben, wo die drei bösen Verräter der schönen Lilie sich verborgen hatten. Endlich ließ ihn das gute Glück einen treuen Freund und Helfer finden, wo er ihn am wenigsten gesucht hatte. Eines Mittags, als die Köchin mit der Zubereitung eines trefflichen Mahles beschäftigt war, trat Dick zufällig in die Küche an einen Kübel mit Wasser, in welchem einige Fische sich eingeschlossen befanden. Ganz auf dem Boden des Geschirres ließ sich plötzlich eine feine Stimme hören, die folgende Worte sprach: »O du unglückseligster aller Poeten, so sollst du nun deinem gewissen Tode entgegengehen! Die räuberische Furie, die in diesen finstern Räumen wütet, sinnt gewiß schon auf eine empörende Marter, entweder will sie dich mit schnödem Salz bestreut in ein Faß einpökeln oder zum Frühstück nichtswürdiger Leckermäuler in den Rauchfang hängen. O Lilie, meine süße Herrin, wüßtest du, wie dein holder Sänger hier in einem elenden Küchennapf gefangen schmachtet!« Dick, als er diese Klagen hörte, befahl, sämtliche Fische auszuschütten, und da fand sich auf dem Boden halb verschmachtet ein magerer Hering, der zufällig unter die Zahl fetter Butten geraten war. Der glückliche Jüngling zweifelte nicht, daß er den Hofpoeten, den treuen Freund seiner Geliebten, vor sich sähe. Er gab sich ihm vermittelst der magischen Perle zu erkennen, entdeckte ihm, daß er mit seiner Hilfe die drei Verräter finden wolle, und der schon halb verhungerte Sänger stimmte mit den freudigsten Zeichen seiner Teilnahme und Dankbarkeit in die Vorschläge seines Retters ein. Es wurde nun beschlossen, daß der Hering sich auf die Wanderschaft begeben sollte, um den Aufenthaltsort der drei zu entdecken und ihn dann dem jungen Ritter anzuzeigen. »Du kennst nicht die zarte Seele des Dichters«, sagte der Fisch, als er eines Tages allein mit seinem Herrn sich befand, »wenn du an meiner Bereitwilligkeit und Treue zweifeln kannst. Kein Schlupfwinkel, kein finsterer Felsenspalt des alten Meeres soll undurchforscht bleiben, und zwar mit der Schnelligkeit des Gedankens soll mein dünner Leib die feuchten Bahnen durchlaufen. Ich will mir nicht die Zeit zur Verfertigung des kleinsten Madrigals oder Sonetts nehmen, jeden poetischen Gedanken will ich in seinem Keim ersticken, damit er meinem Kopfe nicht die gehörige Besonnenheit und Ruhe nehme, die zu einem so diplomatischen Geschäfte durchaus nötig sind. Du siehst selbst, mehr kann ein Dichter nicht tun.«

Nach diesen etwas hochmütigen Worten verschwand der treue Hering, und Dick blieb allein am Ufer stehend zurück. Es war das erstemal, daß er sich mit einem Dichter in eine Unterhandlung eingelassen hatte, und er glaubte gehört zu haben, daß es das unzuverlässigste, leichtsinnigste Volk der Erde sei. Wer bürgte ihm dafür, daß sein Hering eine Ausnahme machen würde? Die Zeit schien auch in der Tat seinen bösen Argwohn bestätigen zu wollen, denn eine Woche, zwei Wochen, ja sogar drei Wochen vergingen, ohne daß der Abgesandte von sich hören ließ; endlich erschien er aber und sah um vieles magerer und elender aus, als zur Zeit, wo er auf dem Boden des Kübels geschmachtet hatte. »Du hast mir tüchtig warm gemacht!« rief er keuchend, »kaum kann ich noch eine meiner Flossen regen, so habe ich ohne Unterlaß gerudert und gesteuert. Doch Glück zu! Die alte Duenja und der einfältige Kaplan sind gefunden, der Teufel aber muß den Gelehrten geholt haben, denn er war nirgends anzutreffen, obgleich ich jede dumpfe Kammer, wo ich ihn hocken glauben konnte, durchkrochen habe.«

»Verehrter Poet«, nahm Dick das Wort, »daß dir das nicht so sehr zu Herzen gehe; es ist schon genug, daß deine Geschicklichkeit den Aufenthaltsort der beiden entdeckt hat, gewiß werden diese am besten uns Auskunft geben können, wo der dritte sich verborgen hält. Laß uns nicht säumen, den Auftrag der schönen Lilie zu erfüllen.«

Die Erwähnung seiner hohen Gebieterin setzte den Hering völlig wieder in Feuer und Enthusiasmus: »Apoll strafe mich«, rief er, indem er seine Augen mit großartigem Ausdruck im Kopfe herumrollen ließ, »daß ich auch nur auf einen Augenblick den Dienst meiner süßen Herrin hintansetzte. Du hast recht, laß uns unverzüglich eilen, denn der Wohnort, den die alte, eitle Närrin sich auserwählt hat, ist ziemlich entlegen.«

Nachdem Dick also seinen Haushalt besorgt hatte, begab er sich mit dem Hofpoeten auf eine ebenso langwierige als abenteuerliche Reise. Indessen der junge Mann sein Schiff bestieg und gedankenvoll am Bord saß, schwamm sein Führer behaglich in der Flut und fand dabei noch Zeit, einige äußerst kunstfertige Sonette zu dichten, ja sogar den Plan zu einem anziehenden Romane zu entwerfen, den er, einst glücklich am Hofe der Prinzessin angelangt, herauszugeben gedachte. Da man das nördliche Meer befuhr, so blieb das Wetter nicht lange günstig. Es erhob sich eines Tags ein heftiger Sturm, der, so eifrig man gegen ihn kämpfte, an Kraft stündlich zunahm und endlich das Schiff gegen eine Klippe schleuderte, an der es borst und mit der ganzen Mannschaft zugrunde ging. Dick war anfänglich über den Verlust eines Teils seiner Güter betrübt, doch der Hering wußte ihn zu trösten, indem er versicherte, daß die Prinzessin ihn sicherlich hundertfältig entschädigen werde.

»Überdies«, setzte er hinzu, »kommt der Streich, den uns das Mißgeschick spielt, gerade gelegen. Wie hättest du, ohne Aufsehen zu erregen, von deinen Leuten dich trennen können, um die Robbe aufzusuchen, die sich hier in unserer Nähe befindet? Glaube mir, alles ist gut in der Welt, was uns Nutzen schafft.«

Dick wollte eben den Dichter wegen dieses leichtfertigen Grundsatzes tadeln, als sie auf dem Grunde des Meeres, wo sie sich beide fanden, ein Gewirre von vielen Stimmen vernahmen. Sie befanden sich, ohne es zu wissen, in der Mitte einer zahlreichen Assemblée, die ihre neugierigen Blicke auf sie richtete. Aber wie ward dem armen Dick, als er diese Gestalten näher ins Auge faßte!

Im Kreise gelagert, sahen ihm graue, unförmliche Häupter entgegen, die dicken Leiber wühlten den Grund auf und lagen behaglich halb im weichen Sande versteckt, mehrere kleine Seepferdchen schwirrten von einem Gast zum andern und schienen die Stelle der Pagen vertreten zu wollen. Es war nicht schwer, die eitle und geschwätzige alte Oberhofmeisterin aus der Menge herauszufinden. Sie war trotz ihres tonnenförmigen Leibes, der plumpen watschelnden Vorderfüßchen und der glotzenden Augen noch immer die gefallsüchtige Närrin, die sie auf der Insel am Hofe des Vaters der schönen Lilie gewesen war. Sie ließ sich von einem Paar alten, dürren Taschenkrebsen eine Menge fader Schmeicheleien sagen und beantwortete sie mit einem lauten, sprudelnden Gelächter, indem sie von Zeit zu Zeit einige Meerspinnen aufschnappte und gierig verzehrte. Ein alter, in Pensionsstand versetzter Haifisch unterhielt nach Weise ungebildeter und prahlerischer Soldaten eine Anzahl junger Robben mit Zweideutigkeiten und starkgewürzten Späßen, wozu zwei oder drei gimpelhafte Seekälber eine laute Lache aufschlugen.

»Du siehst, Freund«, sagte der Hofpoet leise zu seinem Begleiter, »den ganzen aufgeputzten Jammer unserer sogenannten schönen Welt, nirgends wahrer Geist und tiefes Gefühl. Selbst jene jungen Mädchen, deren einige in der Tat wohlgebildet und reizend zu nennen sind und durch ihr Lächeln selbst das kälteste Fischblut erwärmen könnten, wie lauschen sie begierig den einfältigen Übertreibungen des Großsprechers, wie sind sie innerlich leer und ungebildet!«

Dick, der zu der angepriesenen Schönheit der jungen Meerungeheuer lächeln mußte, drängte den Redner, ihn vorzustellen. Die Robbe empfing ihn gütig und ließ ihre Blicke mit Wohlgefallen auf der schönen Gestalt des jungen Mannes ruhen. Als er aber sein Gesuch vortrug und sich den magischen Ring ausbat, veränderte sich die Miene der alten Dame, und nicht allein, daß sie ihm kurzweg seine Bitte abschlug, sie verbot ihm auch, jemals wieder vor ihren Augen zu erscheinen. Dieses verunglückte Unternehmen schlug Dicks Mut nicht wenig nieder, doch sein Freund wußte ihn auch hier zu trösten. »Vergib mir«, sagte er, als sie beide allein waren, »daß ich glauben muß, du hast noch wenig in der großen Welt gelebt. Du verstehst nicht zu schmeicheln, und das ist im Umgange mit der Welt und vorzüglich mit den Weibern das erste und vorzüglichste Erfordernis. Folge meinem Rat und wage einen zweiten Versuch, ehe du zur Gewalt, die hier nicht wohl angewendet wäre, schreitest. Ich will für dich ein zärtliches Gedicht abfassen, als habest du es gemacht, entzückt von ihren himmlischen Reizen, und wenn sie dadurch gerührt wird, so bitte dir den Ring zum Andenken der schönen Stunde aus.«

»Unmöglich!« rief Dick entrüstet, »ich diesem Ungetüm schmeicheln!«

»Lieber, junger Freund«, entgegnete der Hering mit einem kleinen spöttischen Lächeln, »wie neu bist du in allem, was weltliche Klugheit heißt. Die Robbe wird sicherlich nicht das letzte alte häßliche Weib sein, dem du einer schönen Tochter wegen schmeicheln mußt. Tue, was ich dir sage, und der Erfolg wird lehren, daß ich recht habe.«

Dick widersprach nicht weiter, er nahm das Gedicht des Poeten, und siehe da, schneller als er es gehofft hatte, war er im Besitz des Ringes. Er dankte dem klugen Ratgeber, und beide machten sich auf, um die Wohnung des Kaplans zu entdecken. Ein günstiges Geschick wies sie gerade vor die rechte Tür. Schon von weitem ließ sich ein dumpfes Schnarchen vernehmen, und alsbald zeigte sich auf einem sonnigen Plätzchen am Strande ein mächtiger Seehund, der hier Mittagsruhe hielt. Eine Meerotter trug während des Schlummers ihres Herrn mehrere fette Schnecken zum Abendbrot zusammen. »Da erkenne ich meinen alten Freund!« rief der Hering, »er schlummert, nachdem er gewiß eine höchst salbungsvolle Predigt gehalten hat, und seine Köchin ist für den Haushalt nach gewohnter Weise beschäftigt. Laß uns hier kurze Sprünge machen, indessen ich der Otter einige Schmeicheleien über ihre Wirtschaftlichkeit sage, bemächtige du dich des silbernen Stäbchens, das dort neben dem Schläfer im Sande blinkt.« Gesagt, getan, das zweite Kleinod war nun auch in ihrem Besitz, und die Freunde waren nicht wenig froh hierüber. Allein, nun blieb das schwierigste Unternehmen übrig: Wo sollte man den Gelehrten entdecken? Über diese Frage nachsinnend, wandelten beide Genossen in trübem Schweigen nebeneinander auf dem Meeresgrunde, als sie am Ende des dritten Tages, da sie schon fast alle Hoffnung aufgegeben hatten, zwei ziemlich laut sprechende Stimmen in ihrer Nähe vernahmen. Der Hering stieß mit seinem spitzigen Mäulchen sogleich den träumenden jungen Freund an, indem er ihm Aufmerksamkeit empfahl. Dick wurde eine kleine Wasserschlange und einen Seeigel gewahr, die miteinander ziemlich eilig dahinwanderten. »Macht schneller fort, liebster Vetter!« rief die Schlange, »wir langen sonst wiederum zu spät in der Vorlesung an, und Euer wird die Schuld sein, wenn ich dann an Gelehrsamkeit und Kenntnis Mangel leide.«

»Ihr macht Euch unnötige Sorge, Muhme«, keuchte der Igel, »nach meiner Ansicht seid Ihr für ein Frauenzimmer gerade gebildet genug. Ihr wißt, ich hasse nichts so sehr als gelehrte Damen, und ich wäre untröstlich, in meiner Verwandtschaft eine solche zu besitzen.« Die Schlange zischte mit leisem Spott, ohne etwas zu erwidern, sie glitt dagegen noch schneller und behender dahin. »So seid Ihr auch der Meinung des gelehrten Hummers«, nahm der Igel wieder das Wort, »daß ich ausnehmend viel kritisches Talent besitze und daher eigentlich zum Rezensenten geboren bin? In der Tat, ich merkte etwas von der Absicht des Himmels, als ich zum ersten Mal an meinem Körper diese große Anzahl von scharfen, spitzigen Pfeilen keimen sah, deren kein anderes Tier sich erfreuen kann. Auch konnte ich frühzeitig keinen Widerspruch vertragen, und wenn mich die Leute, die ich durch meine beißenden Sarkasmen beleidigt hatte, angreifen wollten, so wand ich mich in einen Knäuel zusammen und lachte innerlich, wenn die Narren sich an den Stacheln das ungewaschene Maul aufrissen, mir aber auf keine Weise etwas anhaben konnten. Seht, Muhme, so kann man grob und unverschämt sein, ohne irgend jemand scheuen zu müssen.«

Die Schlange, die in diesen Äußerungen eine niedrige Gesinnung ihres Verwandten entdecken mochte, beharrte in ihrem Stillschweigen, und beide langten jetzt bei dem Hummer an, da ein Teil der Versammlung sich schon wieder verloren hatte. Aus einer Felsenspalte, halb verdeckt von dem überhängenden Wassergrase, blickte das ehrwürdige Antlitz des gelehrten Krebses hervor. Die großen, glotzenden Augen waren mit einer Brille bewaffnet, und in einer der mächtigen Scheren lagen mehrere Bogen einer tiefsinnigen Abhandlung eingeklemmt. Er begrüßte die Ankömmlinge, ohne sie einer besondern Aufmerksamkeit zu würdigen, und fuhr dann mit schnarrender Stimme fort, die kostbaren Früchte seiner Gelehrsamkeit auszuteilen. Der Hering nahm mit äußerster Vorsicht vor den Stacheln des Igels den untersten Platz ein, indem er mit gespannter Aufmerksamkeit dem Vortrage folgte. Dick dagegen belustigte sich an den gelehrten Grimassen des Redners und ließ endlich seinen Blick auf der goldenen Kette haften, die zwischen den schwarzen Schuppen des häßlichen Körpers niederhing.

»Diesen Schatz zu gewinnen«, bemerkte der Hering zu seinem Freunde, als sie allein waren, wird mehr Mühe kosten, als zur Erlangung der beiden andern erforderlich war. Einen Gelehrten, der die Eitelkeiten der Welt genugsam kennt und verachtet, darf man nicht durch ein kostbares Geschenk zu betören hoffen. Ebensowenig wag ich es hier, wo so viele feine Kritiker versammelt sind, mit den Schöpfungen meiner Muse hervorzutreten.«

»Wie!« rief Dick erstaunt und befremdet durch die Bescheidenheit seines poetischen Freundes, die jetzt zum ersten Mal und sehr zur Unzeit laut wurde, »soll denn ein günstiges Ungefähr umsonst uns den Aufenthaltsort dieses dritten tückischen Verräters der schönen Lilie gezeigt haben? Soll hier unsere Klugheit und unser Unternehmungsgeist elend scheitern?«

»Ereifere dich nicht«, entgegnete der Dichter, »es ist noch nichts verloren, meine Worte sollten dir nur anzeigen, daß auch hier Klugheit und Erfahrung unsere Schritte lenken muß. Laß uns auf ein Mittel sinnen, das uns sicher zum Zwecke führt.«

Nach diesen Worten begab sich der Hering in die Einsamkeit, um ungestört nachgrübeln zu können. Es vergingen mehrere Tage, ohne daß er sich blicken ließ, und Dick empfand schon den lebhaftesten Unwillen. Er zählte die Wochen und Monde, die vergangen waren, seit er sich zum Retter der schönen Lilie erklärt hatte, und noch war das Werk nicht vollbracht, noch schmachtete die süße Gestalt in elender Gefangenschaft auf dem Meeresgrund. Der Gedanke, daß sie ihn wohl für treulos oder wortbrüchig halten könne, peinigte ihn aufs härteste. Er setzte sich auf die Trümmer eines Schiffes nieder und senkte sein Haupt in die Hand, indem er die magische Perle an seiner Brust betrachtete. Sein seltsamer Zustand fiel ihm jetzt erst recht auf, und er seufzte vor sich hin: »Wie sitze ich so wunderlich im Reiche der Gewässer da! Wahrlich, ich bin unter Fischen selbst ein Fisch geworden, mich lockt nicht mehr die klare Himmelsluft, die ich sonst atmete, ich entbehre nicht den Schmelz der Wiesen, auf dem mein Fuß wandelte, und das alles hat die Liebe bewirkt. Was zögere ich noch, schnell mein Ziel zu erreichen? Ist hier nicht Gewalt ebenso wie List erlaubt, und welchen Widerstand kann mir wohl der alte, vertrocknete Gelehrte bieten? Wohlan, ich will machen, daß er seine letzte Vorlesung gehalten haben soll.«

»Das wirst du nicht!« rief der Hering, der jetzt plötzlich in Gesellschaft der Wasserschlange aus den Trümmern hervorgeschossen kam, »ich will dir diesen wenig ehrenvollen Mord ersparen. Meine Freundin und ich haben unter den Schätzen dieses versunkenen Schiffs, welches vielleicht schon Jahrhunderte hier liegt, eine Kiste entdeckt, gefüllt mit alten Pergamentrollen, die ein höchst gelehrtes Ansehen haben. Nimm den ganzen Reichtum, Freund, auf deine Schultern und biete sie als handelnder Antiquar dem Hummer. Ich müßte mich sehr irren, wenn er dir nicht für dieses alte chaldäische Manuskript zum Beispiel mit Vergnügen die goldene Kette gäbe. Eile und bringe uns bald günstige Antwort.«

Dick erkannte auch hier die Überlegenheit und Welterfahrung seines Freundes und tadelte sich innerlich wegen seines Kleinmuts. Als er vor der Wohnung des Hummers erschien, kostete es Mühe, Eintritt zu erhalten, weil der Gelehrte sich eben in eine tiefsinnige Forschung eingelassen hatte, wo jede Störung aufs schärfste verboten war. Als er endlich vorgeführt wurde, fand er den kritischen Igel zur Seite des Hummers, und beide sahen mit einem leichten, verachtenden Blick auf die kostbaren Schätze, die der Jüngling vor ihnen ausbreitete. Der letztere ließ sich das chaldäische Manuskript geben und klemmte es in eine seiner großen Scheren, indem seine glotzenden Augen verdrießlich auf dem Pergament umherirrten. Allein, je länger er las, desto mehr erheiterten sich seine Züge, er winkte den Igel näher, und beide sprachen lange Zeit miteinander in einer fremden Sprache, die Dick in seiner Einfalt noch nie gehört hatte. Er sah nur, daß die Augen des Gelehrten vor Freude immer glotzender wurden und der Igel nach und nach seine Stacheln gänzlich senkte, als halte er es für unwürdig, in Gegenwart eines so trefflichen alten Autors die kritischen Waffen zur Schau zu tragen. »Beim heiligen Papirius!« rief endlich der Gelehrte, »du hast mir, junger Freund, nach langen Jahren eines mühseligen Berufs die erste wahrhaft erquickliche Stunde bereitet. Ja, diese Schrift verdiente mit goldenen Lettern auf eine silberne Tafel geschrieben zu werden. Sprich, welchen Preis du für sie bestimmt hast, und besäße ich die größten Schätze, so sollten sie dein sein. Leider aber bin ich ein Gelehrter, und diese Leute pflegen eben nicht mit irdischem Reichtum sehr gesegnet zu sein; dieses bedenke und fordere nicht zu unbillig.«

»Hochwürdiger Herr«, nahm Dick das Wort, »das Glück, Euch von Angesicht gesehen und Eure edlen Worte gehört zu haben, ist für mich Belohnung genug. Wollt Ihr jedoch dem etwas zufügen, so gebt mit die leichte goldene Kette um Euern Hals, welche für Euch ein leicht entbehrlicher Schmuck scheint.«

Der Hummer runzelte bei diesen Worten die Stirn, er blickte lange das Manuskript an und schien mit sich zu Rate zu gehen, was er tun sollte. »Junger Mann«, sagte er endlich, »du forderst mehr von mir, als ich eigentlich geben darf. Diese Kette, so elend und verächtlich sie auch scheint, ist ein magisches Kleinod, das ich von einem nächtlichen Fürsten erhalten habe und welches zu entäußern er mir auf das strengste untersagt hat; dennoch aber ist mein Durst nach dem gelehrten Schatze überwiegend, du magst sie dahinnehmen, wahre sie wohl!«

Dicks Freude, als er nun die drei Gaben, an welche die Befreiung der schönen Lilie geknüpft war, beisammen hatte, war groß, so groß, daß er beinahe den Hofpoeten und seine Freundin, die Schlange, darüber vergessen hätte und ohne sie zur Prinzessin geeilt wäre. Der Hering war nicht wenig stolz auf seine Klugheit, als er den glücklichen Ausgang des Unternehmens erfuhr. Die Wasserschlange bat, man möchte sie auf die fernere Reise mitnehmen, weil sie neugierig war, die Bekanntschaft der schönen Königstochter zu machen, und Dick, der sich ihr gefällig bezeigen wollte, traf Anstalten zur gemeinschaftlichen Reise.

So waren drei Jahre vergangen, als wieder über jene paradiesischen Gärten in heller Kristallwoge sich ein majestätisches Schiff hinbewegte, das jetzt dem jungen, reichen Handelsherrn gehörte, der einst an dessen Bord als niederer Schiffsjunge gedient hatte. Diese Wandlung bedenkend, saß Dick auf dem Verdeck und richtete seine Blicke sehnsüchtig aufs Meer nieder. Da tauchte am Horizonte etwas auf wie der Fittich eines weißen Schwans, näher und näher dem Auge gerückt, entfaltete sich bald der Kelch der wohlbekannten Riesenblume, und Dicks Herz schlug heftiger. Er machte seine beiden im Wasser schwimmenden Freunde darauf aufmerksam, und sie teilten seine Freude. Wie ehemals, so wurde auch jetzt bei Annäherung an die Blume die ganze Mannschaft von Schlummer befangen, und ungesehen stieg Dick in die Fluten nieder. Kaum hatte er zu den Füßen der schönen Lilie die magischen Gaben niedergelegt, als ein heller, klingender Schauer durch das nächtliche Meer ging. Die Korallenlaube brach zusammen, und die holde, schlummernde Gestalt richtete sich empor, indem sie die langen dunkeln Locken aus der Stirne strich. Ihr erstes süßes Lächeln begrüßte den Jüngling, der mit Tränen der Rührung und Zärtlichkeit in ihrem Anschauen verloren war.

Nach einer langen Pause nahm sie das Wort und sprach mit dem süßesten Tone zu ihrem Befreier: »Kühner Jüngling, du hast mich errettet; wenn du es forderst, so bin ich die Deinige mit allen meinen Schätzen.«

»Schöne Prinzessin«, entgegnete Dick, indem er in seiner unterwürfigen Stellung verharrte, »glaube nicht, daß jemals ein so kühner Gedanke, wie du ihn eben ausgesprochen, durch meine Seele ging. Nein, ich habe dir nur gedient, um die Schändlichkeit deiner Verräter zu bestrafen und dir zum Besitz deines Königsthrons zu verhelfen. Nimmer würde doch der arme Schifferknabe mit der Prinzessin zusammenleben können. Reise glücklich, vermähle dich mit dem Prinzen, den du liebst und mit dem du schon die Porträts gewechselt hast, mir laß die Freude, dein Andenken zu bewahren und dir zugleich diese würdigen Leute« – hier zeigte er auf den Hering und die Wasserschlange – »aufs wärmste zu empfehlen.«

Diese Worte des schönen Jünglings rührten die zärtliche Lilie, sie konnte sich nicht enthalten, einen Kuß auf seine Lippen zu drücken und mit einer Träne des schmerzlichsten Abschieds von ihm zu scheiden. Sie hätte sich vielleicht doch noch entschlossen, ihn zum Gemahl zu erheben, wenn nicht der unglückliche Porträtwechsel schon geschehen wäre. So aber unterlag sie dem Schicksal, das auf allen Prinzessinnen ruht, nämlich ihre liebsten Neigungen unterdrücken zu müssen. Der Hofpoet empfand bei der so edelmütigen Trennung der beiden Liebenden die innigste Rührung, und selbst die Wasserschlange zerdrückte ein paar empfindsame Tränen in ihren klaren Augen.

In den Strahlen der Morgensonne, als Dick schon wieder auf seinem Schiffe war, stieg ein farbiger Nebel aus dem Meere auf. Er gestaltete sich immer dichter, und endlich schwamm eine zierliche Flotte daher mit bunten, stattlichen Flaggen und Wimpeln, dicht am Schiffe vorüber. Eine helle, freudige Musik schallte daher, purpurne und goldene Stoffe blinkten am Bord, und in der schönsten Gondel, unter einem prächtigen Baldachin, stand Prinzessin Lilie im königlichen Schmuck und winkte huldreiche Grüße herüber. Neben ihr stand ein junger, magerer Herr mit einem spitzigen, süßlächelnden Mäulchen: es war der Hofpoet. Auf den andern Schiffen verteilt, erkannte Dick alsbald die dicke Oberhofmeisterin, den schläfrigen Kaplan und endlich, in einer Menge von Pergamentrollen lesend, den gelehrten Hummer, neben ihm den kritischen Igel. Von den drei Verrätern richtete keiner den Blick auf, das Schicksal, das ihrer am Hofe wartete, schien sie sehr nachdenklich zu stimmen.

Als die Flotte vorüber war, wandte der arme Dick das Auge ab, und seine Tränen flossen. Er mochte die Schätze nicht einmal ansehen, die als Dank der Lilie die Wassergeister auf sein Schiff gehäuft hatten. So reich und angesehen er auch sein ganzes Leben hindurch war, immer dachte er mit Wehmut an die schöne, wunderbare Liebe seiner Jugend zurück. Dabei blieb ihm jedoch immer eine gewisse Scheu vor alten Hofdamen, vor Gelehrten und selbst vor Dichtern.

Der Wetterbeschwörer

»Sahst du, Knabe, jenen Hügel am öden Strande? Regellos hingeworfene Steine bilden ihn, und auf diesen ruht ein zerbrochener Anker. Ein böses Denkmal! Unter ihm schlummern die, welche ihr Lebensschiff nicht zu steuern verstanden, die, statt es in den Hafen ewiger Glückseligkeit und des Gottesfriedens zu lenken, es unrettbar stranden ließen am Felsen der Verdammnis. Hüte dich, Knabe, blick nicht so oft dorthin zurück! Es ist die verfluchte Stätte, der Richtplatz auf der öden Insel. Nachts, wenn die Wellen an dem Strande sich brechen, wenn Sturmwinde und der Mond aus zerrissenen Wolken niederschaut, da winden aus den Steinen sich Klagelaute los, da fassen Schattenarme aus der Tiefe, die an dem zerbrochenen Anker rücken und ihn nicht von der Stelle bringen. Es sind Arndt-Aldersons Arme. Schlage das Kreuz auf deiner Brust, Knabe, du hörst einen verruchten Namen! Er schlummert unter den Steinen. Wie lange hing sein Gebein, von den Winden gepeitscht, am Galgen, endlich begruben ihn mitleidige Schiffer, warfen die bemoosten Steine des Ufers auf sein Grab und legten den zerbrochenen Anker darüber hin, zum Zeichen, daß derjenige, der unten liege, weiter keine Hoffnung habe. O wie entsetzenvoll! Haben sie doch Hoffnung, alle die Toten, die da schlummern auf der weiten Erde, in dem tiefe Meere, und nur dieser eine Tote unter den Steinen auf der öden Insel soll keine Hoffnung haben? Er hat keine, Arndt-Alderson hat keine, denn er war der Wetterbeschwörer.«

Harry Willams, ein schwächlicher Knabe, bebte zusammen bei diesen Worten Giles Olfrieds, des Hochbootsmanns auf dem »Falken«, einem Nordlandfahrer, der auf den Walfischfang auszog. Giles Olfried wußte viele entsetzliche Geschichten, aber die vom »Wetterbeschwörer« war dennoch seine entsetzlichste. Er erzählte sie nur, wenn er guter Laune war, sonst mochte niemand ihn daran erinnern, denn er hatte Arndt-Alderson im Leben gekannt, und es schmerzte ihn, daß die Leute die vielen Steine und den zerbrochenen Anker auf sein Grab gelegt hatten. Jetzt, da man an dieser Stätte vorbeikam, da mußte er wohl die Geschichte erzählen, er mochte wollen oder nicht, jedermann wollte sie aus seinem Munde hören, und als er sie nun erzählt hatte, richtete er, er wußte selbst nicht warum, die letzten Worte an den armen Knaben, der bleich und winselnd in seiner Matte hing und beim Ende der Geschichte sich hoch und höher erhob, um mit weit aufgerissenen Augen nach der fernen Küste der öden Insel hinzustarren.

»Seht die Krabbe!« riefen einige der Matrosen, »wie sie aus ihrer Schale den Kopf emporstreckt! – Gebt ihr den Schiffsbesen zu kosten! – Willst du auch das Wetter beschwören, du Otter?«

Diese Scherze galten dem armen Knaben. Einer seiner Peiniger fuhr mit dem in Seewasser und Sand getauchten Besen über des Kleinen bleiches Antlitz, indes ein anderer die wenigen schmutzigen Hüllen abriß, unter denen der zitternde Körper lag. »Werft ihn ins Wasser, den Wurm!« schrien nun alle, »er ist doch zu nichts nütze, als den Zwieback und das süße Wasser zu verteuern, werft ihn ins Wasser!« Des Kindes Augen glühten, es hielt die dürren Arme über die Brust geschlagen und beobachtete so die Bewegungen seiner Feinde, ohne ein Wort über die bleichen Lippen zu bringen. »Seht nur die blasse Landkröte, wie sie verstockt ist! Ob sie wohl um ihr Leben bittet?« rief Andreas, ein rotköpfiger wilder Schiffsbursche, und indem er diese Worte ausstieß, riß er das arme Wesen aus der Matte und hielt es über den Abgrund der Wellen. »Jetzt beschwöre uns den Wind, mache, daß er von Süden nach Norden sich umschwenke, dann soll dir dein Leben geschenkt sein.«

»Ich kann nicht zaubern, ich kann es nicht!« wimmerte der Knabe, indem er sich fest an den Arm, der ihn über die Tiefe hielt, anklammerte, »erbarmt euch, laßt mir mein Leben!« Giles Olfried gebot, dem Scherze ein Ende zu machen. Kaum war der Knabe auf dem Deck, als er ohnmächtig zusammensank. Er wurde in seine Matte gelegt, und Giles deckte die wenigen Lumpen wieder über ihn, er tat noch mehr, er tauchte ein Stückchen Zwieback in Arrak und gab es ihm in den Mund, indem er vor sich hinmurmelte: »Ich habe daheim einen Knaben, Gott laß ihn nicht zu Spott und Hohn in der Fremde werden! Es tut wahrlich weh, allein dazustehen in der weiten Welt.«

Als Harry Willams in der Nacht von seiner Ohnmacht erwachte, hörte er die Wellen unter sich schäumen, über sich sah er den klaren Nachthimmel mit seinen Sternen. Das Schiff ging einsam seine Straße dahin. Von neuem kamen Giles Worte und das Grab am öden Strande in des Knaben Seele. »Armer Harry«, dachte er bei sich, »wenn du die Macht und Stärke Arndt-Aldersons hättest, wenn auf deine Stimme die Wellen, die jetzt unter dir rauschen, schwiegen, wenn du dem Winde gebieten könntest, daß er von Süd nach Nord umsetze – ach! – dann lägest du nicht hier verlassen und verspottet, vor Kälte und vor Hunger zitternd. Wie würden die Elenden, die Grausamen, die dir jetzt nicht einmal den ärmsten Winkel im Raume gönnen, die die Brocken schimmeligen Zwiebacks, welche dein tägliches Mahl ausmachen, lieber in die See werfen möchten, als daß durch sie ein Leben, das ihnen im Wege ist, gefristet werde, wie würden sie zu deinen Füßen auf jeden deiner Winke lauschen, wie wäre Gold und Silber nicht köstlich genug, um darin die herrlichsten Speisen für dich aufzutragen! Dann, dann läge ja an deiner Laune ihr Glück und ihr Leben! Oh, und sie sollten zittern! Wie würde da der arme Knabe blutige Rache nehmen! – Ja, zittern, zittern sollten sie!« Bei diesen Worten hatte er sich emporgerichtet, Fieberfrost schüttelte seine Glieder, fest klammerte er sich an das Seil der Matte, und indem er zum Himmel aufstarrte, flogen seine Haare im Nachtwinde. »Auch ich will reich und herrlich leben!« rief er, »auch ich will grausam und ohne Erbarmen sein! Ich kam arm und elend zu euch, ihr habt mich mit Füßen getreten, ich flehte euch an um Kleider, ihr nahmt mir noch die, die ich hatte! Wolltet ihr euern Kindern ein Fest bereiten, so peitschtet ihr mich, und wenn das Blut aus meinen Wunden eure Kleider netzte, so ward ich noch ärger geschlagen. Oh, ich will euch peitschen lassen, will auch grausam und ohne Erbarmen sein! Ja, ich will auch reich und herrlich leben! Juhe, Wind, fasse mir die Segel, bring mich an den Strand, wo Gold und Silber aufgehäuft liegt!

Dort will ich mir die Tasche füllen, will mir einen Rock machen lassen von Gold starrend, und die schönste Königstochter soll mein Weib werden, und ich will fünfzig Schiffe ausrüsten, gegen welche dieses eine elende Nußschale sein soll, und mit diesen fünfzig Schiffen will ich mir das schönste Königreich der Welt erobern, und dann wird der arme Harry auf dem Throne sitzen und eine goldene Krone tragen, und dann wird der arme Harry auch peitschen lassen, blutig peitschen lassen. Juhe!«

Hier sank Harry zusammen, verkroch sich klagend unter seine Lumpen und lag still da, um die Aufmerksamkeit seiner Peiniger nicht zu erregen, deren einige sich auf dem Deck sehen ließen. Ein paar dunkle Gestalten kamen heran, er erkannte die Stimmen, es waren der alte Giles Olfried und Bertram, der Untersteuermann. Sie waren im Streit miteinander, und Bertram rief: »Ihr seid ein alter Tor, Giles, daß Ihr hier auf dem Schiffe Eure Märchen erzählt, um den Leuten den Kopf zu verrücken. Was ist's denn nun mit Eurem Wetterbeschwörer? Gesteht, daß Ihr die Geschichte erfunden habt, um die müßigen Buben hier zu belustigen. Dergleichen aber paßt nicht für einen alten Graukopf, wie Ihr seid.«

»Freund Bertram«, entgegnete Giles, »bei diesem grauen Kopfe schwöre ich dir zu, daß ich die Wahrheit geredet habe. Ei, schickt nur an die norwegische Küste von Bergen aufwärts, fragt nach dem Königshafen und nach dem Fischer Peter Carlsson im Palaste zu den drei Kronen am Meere. Er bewahrt das Boot mit dem doppelten Boden, in welchem, verborgen in ein gelb und rot gewürfeltes Tüchlein, der kostbare eiserne Ring liegt, der, wenn Ihr ihn an den kleinen Finger Eurer rechten Hand steckt, Euch die Macht über Wind und Wellen gibt. Geht, schickt hin.«

»Daß ich ein Narr wäre«, antwortete lachend Bertram, »ein Fischer, der in einem Palast wohnt, schon das klingt sehr glaublich, und dann habe ich auch nie von einem Königshafen bei Bergen sprechen gehört.«

»Gut, Gevatter Bertram, gut – glaubt's, oder glaubt's nicht, mir soll's gleich sein. Freilich habe ich mich schon, als Ihr noch nicht auf der Welt waret, auf dem Dinge da«, er zeigte aufs Meer, »herumgetrieben und – Arndt-Alderson war mein Freund; jedoch glaubt's nicht, meinethalben!«

»Sei nicht böse, Vater Giles.«

»Böse?« rief der Alte, »nein, auf Euch bin ich nicht böse, wohl aber auf ihn, daß er nicht auf meine Warnungen und Bitten hörte. Jetzt ist's zu spät, nun haben sie ihn tief verscharrt und die vielen Steine und den zerbrochenen Anker auf sein Grab geworfen. Ach! Wenn das die arme Hannah wüßte! Aber ich habe nicht den Mut, es ihr zu sagen.«

»Wer ist die arme Hannah?«

»Was geht's Euch an? glaubt Ihr doch einmal nicht an meine Worte.«

»Alter, sage mir, wer Hannah ist!«

»Nun wohl, Hannah, die arme Hannah, ist Arndt-Aldersons Tochter, die einzige, die von den Seinigen noch übrig ist. Sein Weib starb vor Kummer, und seine zwei Söhne hat die See. Doch bei Gelegenheit von Arndts Weibe muß ich noch erzählen, was an ihrem Hochzeitstage sich ereignete. Ihr wißt – doch nein, Ihr wollt ja nichts wissen und an nichts glauben.«

»Vater Giles, du bist ein Starrkopf, und verdienst, daß man dich auch einst auf der Insel bei deinem Freunde begräbt.«

»Nun, nun, Ihr sollt's ja erfahren, Freund Bertram. Seht, Arndt war ein Norweger von Geburt, aber sein Weib suchte er an der Küste Altenglands. Den Tag hat mein altes Gedächtnis wohl aufbewahrt, ist mir doch, als wäre er erst gestern entschwunden. Die Küste lag vor uns, hell und goldig, wir beide, zwei kräftige Burschen, dienten zusammen auf der königlichen Brigg Cornelia. An dem Tage hatten wir gerade unsern Sold bekommen, und indes die andern Gesellen in einer wüsten Herberge schwärmten, trat ich in meinem Sonntagswams, mit der Binde der königlichen Marine geschmückt, in Adam Clingfords, des Pfarrers, Stube, um ihn zur Trauung abzuholen. Oh, über die unglückselige Lust und Freude, die jetzt in Folge dieser Trauung in Hannahs Wohnung laut wurde! Sie war Ursache, daß der arme Arndt-Alderson eine jener fürchterlichen Bedingungen vergaß, die ihm der Geist des Rings auferlegte.«

»Und welche war diese?« fragte Bertram, indem er jenen Anstrich von Spott und Unglauben aus seinem Antlitze und dem Ton seiner Stimme verbannte.

Giles fuhr beruhigter und vertrauensvoller in seiner Rede fort. »Die Gebote, die der Geist dem Geschenke seiner Macht beifügte, waren folgende. Drei Mondwechsel durfte eine Fahrt dauern, überschritt sie diese Zeit auch nur um wenige Stunden, so forderte das Meer ein Menschenopfer, es forderte es von dem, dessen Geboten es sich hatte knechtisch fügen müssen, und wehe, wenn es ihm versagt wurde. Das zweite Gebot war dieses: Nicht länger als drei Nächte darf ein Wetterbeschwörer auf dem Lande zubringen, in der vierten Mitternacht fordert ihn in fürchterlicher Gestalt der Geist des Rings zum Kampf auf Leben und Tod heraus. Selten rettet der arme Sterbliche das erstere, nur zu gewiß ist ihm das zweite. Arndt-Alderson unterlag im Kampfe nicht, doch hatten seitdem die bösen Mächte ihn sichtbarlich gezeichnet. Er war ausgestoßen aus dem Kreise fröhlicher Menschen, finstere Gespenster verfolgten ihn, sein Antlitz und Wesen waren furchtbar verändert. Bald darauf trieb ihn sein Gewissen, seine Schandtaten und sein böses Werk zu bekennen, und ein schnell zusammenberufenes Gericht erkannte über ihn den Tod durch Henkers Hand, der auch an ihm vollstreckt wurde am Strande jener öden Insel. Den unglückseligen Ring hatte er wenige Monde vorher an dem Ort verborgen, von dem ich Euch schon gesprochen habe. Dort lauert der böse Geist auf seinen neuen Herrn, bis die Jahre seiner Dienstzeit vorüber sind und der Talisman seine Kraft auf immer verliert.«

Dieses waren des alten Giles' Worte, mit denen er ein Gespräch abbrach, das ihm nah ans Herz ging und das er geendet wissen wollte; denn wohl sah er Bertrams Mienen an, wie sie sich nur mit Gewalt des gewohnten Spottes enthielten. Dem Knaben Harry entging keine Laut, keine Bewegung des Erzählers. Horchend saß er auf dem Lager und starrte in die Dunkelheit hinaus und schien mit weit offenen Lippen die Nachtluft gierig einzuschlürfen, die auf ihrem Fittich jene geheimnisvollen, denkwürdigen, tiefeindringenden Schicksalsworte in seine Seele trug. Ja, es war beschlossen, sein Knabenherz erzitterte, aber es war beschlossen. Im Geiste sah er sich schon an Norwegens Küste vor dem Palast des seltsamen Fischers. Was galt ihm der weite, beschwerliche Weg! Er mußte hin, um sein Eigentum, den köstlichen Ring, zu holen, der in seiner Hülle von gelb und rot gewürfeltem Seidentuche seiner harrte. Er bog sich aus seiner Matte heraus und in die schwarzen, schäumenden Wellen unten schauend, rief er: »Wie teuer deine Schätze, altes Meer?« Er tauchte die Hand nieder, er machte, als zöge er schwere Beute damit herauf: »Ha, deine Perlen, deine Korallen, wie du sie mir knechtisch ablieferst! Noch mehr, und immer mehr! Genug! Ich bin nicht unersättlich, ich will nur auch einmal reich und glücklich sein, und ihr Sklaven, fort mit den Schätzen in meine Paläste, dort schüttet sie aus vor eurer schönen Königin! Fort, was zaudert ihr?«

Der Wind schüttelte das Tauwerk, die Wellen brausten, auf dem Schiffe ward es stille. Der arme Harry war in Schlaf gesunken, und Fieberträume bewegten seine Seele. Jetzt war es ihm, als segle das Schiff wiederum am öden Inselstrande vorüber, die bleichen Steine leuchteten weit im Mondenglanz, und auf ihnen hochaufgerichtet stand Arndt-Aldersons Gestalt. In seiner dürren, erhobenen Rechten blinkte etwas, es war der Ring. Harry wollte ihn fassen, er bog sich weiter und immer weiter hinüber, bis plötzlich eine schwarze Woge, aus der Tiefe auftauchend, seinen Leib umfaßte und ihn hinabzog. Als er erwachte, stand der alte Giles Olfried bei ihm und hüllte ihn gegen die kalte Morgenluft in seinen Mantel.

Mehrere Wochen vergingen, da kehrte das Schiff mit reicher Beute zurück, der Fang war diesmal gut ausgefallen. »Der Falke«, wie Bertram zu sagen pflegte, »hat aufs neue seine Fänge in des alten Wasserdespoten Seite geschlagen und ihm die Meerkrone entrissen. Der Falke ist ein tüchtiger Segler, der seine Ehre zu bewahren weiß.«

*

Am Feste des Fischzugs Petri versammelte sich in Bergen die Fischergilde und hielt Tanz und Schmaus. Die kleine Gaststube war angefüllt mit derben Gestalten, die sich die Gevatter und Kollegen des heiligen Petrus nannten, dabei aber ein gar nicht apostolisches Ansehen hatten. In ihren schwarzbraunen Gesichtern waren in tiefen Furchen die Mühseligkeiten und Gefahren weiter Reisen verzeichnet. Manche dieser Physiognomien konnten, wer sie zu lesen verstand, für treffliche Schiffstagebücher gelten, andern sah man an, daß sie noch nicht Seewasser geschluckt und sich noch nicht um einen Rest verschimmelten Zwiebacks blutig geschlagen hatten. Doch dieser jungfräulichen Gesichter waren nur wenige in der Gaststube, sie waren mehr im Nebenzimmer zu finden, wo ein paar lustige Fiedeln zum Tanz aufspielten und der kräftige Schlag norwegischer Dirnen sich in ungeregelten Sprüngen tummelte. Was für Lügen erzählten sich die Nachfolger des ehrwürdigen Apostels! Wie lustig schwärmte die Pöbelphantasie auf den dicken Tabakswolken der kleinen Gaststube! Welche tollen Sprünge machte der nautische Harlekin, der um vieles lebendiger ist als der schläfrige Held unsers komischen Theaters! Denn dieser macht auf sicherer Erde seine Possen, jener auf dem beweglichen Schiffe in wahnsinniger Tollheit, stets die Gefahr und den Tod im Angesicht. In der Tat, es ist schade um die vielen guten Geschichten, die am heutigen Abend in der Gaststube zu Bergen verlorengehen, weil der Tabaksqualm, das starke Bier und das unendliche Geschrei sie verschlingen, ehe sie noch das Ohr eines Hörers erreichen. Welch wüster Lärm! Es ist zu arg; hört, wie sie rufen: »Das Steuer gewandt, die Segel gehißt, den Fockmast gekappt!« Die Trunkenbolde! Sie bilden sich ein, im Schiffe zu sitzen. Die kleinen Fenster der Gaststube werden aufgerissen und ein Dutzend rote, aufgedunsene Fratzen legen sich hinaus. »He, die Boote ausgesetzt, das Wasser steigt schon bis ans Deck!«

»Zum Henker, ihr Narren!« brüllt der dicke Wirt, »wollt ihr mit meinem ehrlichen Hause in See stechen?«

»Blut und Tod! Seht ihr die dicke Robbe da ums Schiff schwimmen? Schnell! Gebt ihr das krumme Eisen zu schmecken, legt sie trocken aufs Deck!« Und in dem Augenblicke fliegen Stöcke und Tischbeine nach dem unglücklichen Wirte, der, schnell auf die Seite springend, tausendmal den Einfall verwünscht, den Gevattern des heiligen Petrus sein Haus geöffnet zu haben, die damit in See stechen wollen.

Die Tänzer haben aufgehört, die Fiedel schweigt und die norwegischen Dirnen ergehen sich vor dem Hause, ohne Zweifel, um sich nach den Erhitzungen eines so leidenschaftlichen Abends zu erholen. Doch sie finden wenig Zeit hierzu, die jungen Burschen folgen ihnen nach, und indes die alten Polterer mit dem Hause lustig davonsegeln, zeigt sich hier manches kecke Korsarenschiff und macht reiche Beute. Man muß den armen Knaben den Scherz lassen, ihre strenge Herrin, die See, läßt ihre murrenden, dumpfen Befehle schon aus der Ferne hören. Die Wange, die jetzt noch unter Küssen glüht, in wenigen Tagen vielleicht bleicht sie im Meeresgrunde, unter wüstem Geröll und den Ungeheuern der gräßlichsten Öde begraben, und der Hut der Armen treibt an die Küste, noch geziert mit dem verwelkten Blumenstrauß, den die Hand der Liebe an diesem Abend ihm ansteckte. – Elendes Los eines Matrosen!

Doch wer ist der feine, schlanke Bube, der abwärts steht, allein, ohne Mädchen, ohne Genossen? Ein fremder Schiffer wohl, der als Gast hier eingesprochen und den man im lustigen Taumel vergessen hat. Er wirft jetzt den leichten Bündel auf die Schulter, bezahlt seinen Platz am Tisch, nimmt den Wanderstab in die Hand und tritt auf einen graubärtigen Veteranen zu, der verdrießlich an seinem Pfeifenstummel nagt.

»Gevattersmann, ich möchte Euch um etwas Bescheid fragen. – Wie weit ist's bis zum Königshafen?«

»Wohinaus soll's liegen?«

»An der Küste, wenige Meilen von hier aufwärts –«

»Hier aufwärts? – hum, putzt Euch die Kajüte, Freund, ich will verdammt sein, wenn ich jemals von einem Königshafen gehört habe.«

»So wißt ihr vielleicht, wo der Schiffer Peter Carlsson wohnt?«

»Carlsson? Peter? Zum Henker! Soll ich jeden Lump im Lande kennen?«

»So habt Ihr nie von dem Palast zu den drei Kronen gehört?«

»Palast? Wollt Ihr mich narren? Macht, daß Ihr fortkommt, oder ich schlage Euch das Deck ein!« Mit diesen Worten drehte sich der Veteran zur Seite und käute an seinem Stummel weiter. Der Wanderer blieb stumm und mit verzweifelnder Miene vor dem Tische stehen, er sah sich die Gesellschaft an, die daran Platz genommen hatte, ihr Anblick gab wenig Hoffnung. Dennoch faßte er Mut und wiederholte seine Fragen, doch die Antworten fielen wenig besser aus als die des Alten; niemand wußte etwas vom Königshafen. Nach einer Weile, als er sich zum Fortgehen anschickte, fühlte er sich am Arm festgehalten. Ein hinkender, einäugiger Spielmann war von seinem Gerüste herabgeklettert und zog den Jüngling beiseite, indem er mit geheimnisvoller Miene zischelte:

»Petermännchen, du willst wissen, wo der Königshafen ist? Gut, gib mir Tabak für meine Pfeife, daß sie dampfend das Dorf dort erreicht, und ich will dir, während wir so gemächlich hinabschlendern, erzählen, was du wissen willst.« Der Jüngling ging in den Vorschlag ein, der Geiger packte sofort seine Fiedel unter den Arm, und sie wanderten beide in die Dunkelheit hinaus.

Die Nacht ist still, der wüste Lärm tönt nicht mehr herüber, der kleine, bucklichte Musiker läßt sich das Recht eines Beschützers nicht nehmen, seinen Beschützten etwas auszuforschen, und obgleich dieser, was den Zweck seiner Reise betrifft, ziemlich geheimnisvoll tut, so erfährt er doch seinen Namen, Harry Willams, sein Alter, fünfundzwanzig Jahr, und sein Geschäft, ein Handel mit dem Schiffer Peter Carlsson. Das ist fürs erste genug; Jarl, der Dorfgeiger, ist ein Schlaukopf, er weiß, daß Peter Carlsson eine hübsche Tochter hat, daß diese einst drei guterhaltene Boote und ein ziemliches Grundstück ererbt. Nichts ist gewisser, als daß der leichtfertige Bursche von diesen hübschen Dingen in der Fremde gehört hat und daß er nun kommt, um die drei Boote so bald als möglich zu verschleudern, das Geld durch die Gurgel zu jagen, das Grundstück in die Luft zu sprengen und zuletzt das hübsche Weib mit zwölf elenden, armseligen Kindern ins Hospital zu fördern. Ja, man weiß, wie solche Burschen es treiben. Doch immerhin, der Dorfgeiger will niemandem seinen Tanz verderben, er spielt zu jeder Weise auf, so drückte er auch zu Harrys mutmaßlichen leichtsinnigen Plänen noch das eine Auge zu, das ihm noch übriggeblieben, und sagte mit schlauem Lächeln:

»Ich verstehe dich, mein Sohn, du willst mit Peter Carlsson Geschäfte machen – o ich verstehe! Doch wer, zum Henker, hat dir den Namen Königshafen auf die Zunge gebracht? Hier im

Dorfe bin ich vielleicht der einzige, der da weiß, daß die paar Schritte am Ufer des kleinen Landsees, an dem Carlssons Haus liegt, diesen Namen führen. Die Leute sagen, der See habe vor alten Zeiten mit dem Meere zusammengehangen, und damals sei dort ein berühmter, mächtiger Hafen gewesen, in welchen der König Erich sich einst vor seinen Verfolgern gerettet, darum der Königshafen. Doch, Sohn, du mußt schon noch einigen Tabak zulegen, denn noch haben wir unser verwünschtes Dorf nicht erreicht. Ha, ich wollte, König Erich legte noch mit seinen Schiffen hier an, und ich dürfte ihm einmal aufspielen zum Tanz auf meiner Geige. Wie wollte ich geigen! Aber deine Geschäfte, Freiersmann – gut! Ich will mit dir gehen, sonst würdest du den Palast zu den drei Kronen nimmermehr finden.«

Harry und sein Führer langten, nachdem sie die Nacht in der Hütte des Spielmanns ausgeruht, am anderen Tage in einem Dorfe an, das aus wenigen elenden Hütten bestand, die an dem beschilften Ufer eines Sees lagen. Die aufgehende Sonne warf eben ihre ersten Strahlen auf die Strohdächer. Der Ort hatte etwas Stilles, Friedliches, Geheimnisvolles. Harry konnte sich eines Schauers nicht erwehren, wenn er an den mächtigen Schatz dachte, der hier verlassen in einem Winkel der Welt schlummerte, während er dazu geschaffen war, die Welt zu beherrschen. Diese Träumereien beschäftigten noch seinen Geist, als die Töne eines hellen Morgenliedes ihn schnell zu sich selbst brachten. Eine Fischerin fuhr in ihrem Kahne vorüber, die Lichter des Morgens spielten auf ihrem blonden Haar und glänzten vom schönen Augenpaar wider, das Wasser nahm mit Vergnügen ihr Bild auf und schien nur unwillig, da es dasselbe wieder zurückgeben mußte. Dafür sogen die Lüfte von den frischen Lippen die süßen Töne und gaben sie nicht wieder, sondern entführten sie in den nahen Wald, aus dessen Schatten der junge Harry und der sehr ehrwürdige Geiger eben hervortraten. »O Glückskind von einem Freier!« schrie Jarl, »da muß dir nun, gerade da du den ersten Schritt zum Königshafen tust, die schöne Lore entgegengefahren kommen, und zwar in dem kostbaren Boote sitzend, das einmal niemand anders als sie erben wird. Verteufelt richtig gesteuert, sag ich.« Harry vernahm von diesen Worten nur die letzten, die aufs Boot gingen. Das Mädchen landete und grüßte den Spielmann, unterdessen betrachtete Harry das Boot.

»Vetter!« rief Jarl bei sich, »hab ich's nicht gesagt? Der läßt sich keinen faulen Apfel in die Hand drücken, der untersucht und prüft. Ja, untersuche nur, es hat seine Richtigkeit, das Holz derb und tüchtig, neu gefügt, die Farbe frisch und dauerhaft, das beste Boot im Dorfe! Was sag ich – im Königreich!«

Doch das war gerade das, was Harrys Mut niederschlug. In dem neuen, zierlichen Dinge konnte der kostbare Schatz nicht liegen, oder lag er einst darin und war bei der Ausbesserung in fremde Hände gefallen? Armer Harry, wo wären da deine herrlichen Pläne! So hättest du umsonst die weite Reise gemacht! Er blickte bekümmert auf, da sieht er die schönen Augen des Mädchens, und er weiß selbst nicht warum, er hofft von neuem, er fühlt Mut und Entschlossenheit. Nun sucht er den Palast zu den drei Kronen, aber er sieht nur ärmliche Fischerhütten. Der alte Giles hat wohl seinen Scherz getrieben, und Bertram hatte recht, ihn zu verspotten, wo käme hierher ein Palast?

»Das ist das Haus meines Vaters!« ruft die schöne Lore jetzt, und zeigt auf eine der Hütten, die von Bäumen halb versteckt an einer klaren, dunkeln Bucht des Sees liegt. Jarl, der froh ist, seine Gelehrsamkeit zu zeigen, setzt eilig hinzu:

»Du siehst, mein Sohn, die Trümmer, die nahe dabei waldeinwärts liegen? Einst stand hier ein mächtiges Königsschloß, in dem die drei Gegenkönige Erichs zusammen gehaust haben sollen. – Oh, es war eine böse Zeit, gewiß; dennoch wette ich, die Leute hätten sich nicht untereinander gemordet und beraubt, wenn sie Meister Jarls Geige hätten hören können. Jetzt geht es in dem Palast zu den drei Kronen friedlich genug zu.«

Schon eine Woche wohnte Harry bei dem Fischer Carlsson, der ihn gastfreundlich aufgenommen, und noch hatte er nicht den Mut gehabt, von Giles Olfried und dem geheimnisvollen Schatz Arndt-Aldersons zu sprechen. Der Fischer hätte ja den Wunderring für sich in Anspruch nehmen können. Er untersuchte heimlich die Boote vor dem Hause, doch unter den dreien, die Carlssons Freude ausmachten, konnte das mit dem doppelten Boden nicht sein, und ein viertes besaß der Fischer nicht. Aufs neue war's um Harrys Mut getan. – Eines Abends ging er mit der schönen Lore in den Wald, aus seinen Gedanken war das unglückliche Boot schon fast verschwunden, er dachte glücklich zu sein auch ohne den Ring des Wetterbeschwörers, denn er liebte das hübsche Mädchen, das lächelnd an seinem Arme hing und sich ihm zärtlich anschmiegte.

»Laß uns umkehren«, flüsterte sie ihm plötzlich zu, »hier an diesem Platze ist's nicht geheuer. Siehst du, wie der falbe Mondglanz dort in dem schwarzen Wasser sich spiegelt, hörst du, wie schaurig es im Schilfgrase seufzt? Dort, das schwarze Holz, das aus dem Sumpfe emporragt, das ist der alte Zaubernachen! In jeder Neujahrsmitternacht wird er flott, unsichtbare Geisterhände steuern ihn, und er macht seine Fahrt um den See, der dann in wilden Wogen schäumt. Komm, laß uns fort von hier!«

Harry ward aufmerksam: »Wem gehört das alte Boot?«

»Der Großvater hat es in seiner Jugend gebaut, der Großvater hatte einen Bund mit dem Teufel gemacht, sagen die Leute, und der Teufel – aber sieh, sieh – wie der alte Kahn schwankt! Es ragt was darin, es zittert ein weißes Licht!« Sie riß sich los und floh wie ein gescheuchtes Reh dem Ausgange des Waldes zu. Der Jüngling blieb stehen und sah ihr nach, dann richtete er seinen Blick auf das Boot, und auch ihn befiel ein Grausen. Er wagte es nicht einmal, näherzugehen, nur von Ferne sah er den morschen Kiel ragen, hörte, wie die Wellen an die lecken Seiten schlugen und gleich menschlichen Stimmen im Schiff es flüstern.

Als er heimging, wiederholte er sich Lorens Worte: ›Mein Großvater hatte einen Bund mit dem Teufel gemacht!‹ – Dieser Teufel war Arndt-Alderson, o gewiß! Sein Ring liegt in dem unheimlichen Nachen. Wer hätte es wohl gewagt, ihn vor dort zu rauben? Der Schatz ist noch da, aber Harry, bedarfst du denn seiner? Bedenk' es wohl, ein Bund mit dem Teufel! Mache lieber einen Bund mit einem Engel, mit dem kleinen Fischermädchen, das dir ehrlich gut ist: laß dir ihren Ring an die Finger stecken, er wird dich zwar nicht vor allen Stürmen der Lebensreise bewahren, doch er sichert dir einst einen ruhigen Hafen, eine friedliche Sterbestunde, eine ehrliche Grabstätte. Es ist so entsetzlich, das ehrlose Grab auf den öden Inseln, das Grab mit dem Steinhaufen und dem zerbrochenen Anker! – Ja, du willst die kleine Lore heiraten, und Meister Jarl soll für dich um sie werben.

»Hab ich's nicht gesagt?« ruft der kleine, bucklichte, einäugige Geiger, als am nächsten Sonntage der Jüngling seinen Wunsch ihm vorträgt. »Schlaukopf, wie er sichergeht! Einen Monat hat er sich Zeit genommen, um die drei köstlichen Boote und das Grundstück zu prüfen! Nun, an mir soll es nicht fehlen. Ich brauche nicht zu fragen, was ihr dagegenbietet; denn wer die reiche Fischerstochter heimführen will, muß etwas mehr haben als ein zerrissenes Wams und einen alten Wanderstab. Versteht Ihr? Mich geht's nichts an, ich stimme meine Geige zum Hochzeitstanze, tanzet Ihr nachher nicht, so ist's nicht meine Schuld.«

Auf dem Wege zu dem Fischer murmelt er: »Pfui um den lockern Burschen! Ich sehe schon Peter Carlssons spitziges Haupt sich bedenklich schütteln. Was sind das für faule Fische, Freund Jarl, mit denen Ihr da handelt? Meint Ihr, ich werde meine Dirne dem hergelaufenen fremden Bettler geben? Wenn Ihr es noch wäret, Jarl, der Ihr eine treffliche, gutgestimmte Geige mit in die Wirtschaft bringt!«

Während dieser Betrachtungen des Meisters stand Harry in der Kirche. Es war ihm ums Herz wie einem Geretteten. Er hatte seine Armut, sein Elend vergessen, er hatte vergessen, wie er sich an der bösen, grausamen Welt rächen, wie er unermeßliche Schätze sammeln und sich zum Herrn des Meeres machen wollte. Nur Lore, die kleine Hütte, der nahe See, dieses sollte sein Eigentum sein. Er dankte eben dem Himmel für seine Rettung, als – der Teufel ihn mit seiner Kralle packte. Doch nein, es war nur die mißgestalte Hand des kleinen Dorfministrels, der ihm die abschlägige Antwort des alten Fischers brachte. »Ihr seid noch jung, geht, erwerbt Euch Schätze und kommt dann nach zehn Jahren wieder.«

»Schätze erwerben!« stöhnte der arme Jüngling, »also nur um diesen Kaufpreis winkt mir Glück, Liebe und Segen? Wohlan, so will ich auch nicht länger feige und zaghaft säumen – hin zum Walde, zum alten Kahne!«

Er flog aus der Kirche, die bösen Geister hatten in seinem Herzen ihre Stätte gewählt. Jarl hinkte ihm nach, um ihm Trost einzusprechen, allein er konnte den Forteilenden nicht mehr erreichen.

In der Fischerhütte Carlssons war es stille, die einsame Lampe brannte, draußen warf der Sturm die Zweige ans Fenster, der See rauschte, als hielte der gespenstische Kahn wieder seine Umfahrt. Rings um den See brannten die kleinen Lichtsterne aus den Hütten, niemand getraute sich hinaus. Lore stand am Fenster, sie öffnete es, der Wind faßte ihre blonden Locken, er strich an ihre heiße Wange, er lüftete das Tuch an ihrem bebenden Busen. »Horch! Waren das nicht seine Schritte um die Ecke herum? Wo bleibt er? Drei Tage sind es, daß ich ihn nicht gesehen, und jetzt ist's schon Mitternacht! Wo bleibt er? Horch, wieder Schritte – ja, ja, trotz des wilden Rauschens des Sees erkenne ich seinen eiligen Gang. Aber Himmel! Er geht dem Haus vorüber, er biegt in den Wald ein! Seine Schritte verhallen – jetzt höre ich sie nicht mehr!« Sie setzte sich in der Hütte auf ihren Platz, schloß das Antlitz in die Hände und weinte. Der Sturm wütete, immer heftiger rauschte der See, es war eine grausige Nacht. Endlich hob sich der Mond am Nachthimmel langsam und mit zitterndem Lichte über die schwarzen, wilden Massen, blasse Scheine flatterten über den See und tanzten auf den Wellen.

Harry arbeitet im Walde, er steht halbbekleidet im hohen Schilfe und strebt, soviel seine Kräfte vermögen, den tief eingesunkenen Nachen hervorzuziehen. Umsonst, der schlammige Grund weicht den Schritten, immer tiefer verschwindet der Schatz in den schwarzen Wellen; wie im Hohn rauscht es im Schilfe, wie ein fernes Gelächter tönt es im Walde. Immerhin, den Ring muß er haben! Da packt er noch einmal mit nervigen Armen den halbversunkenen Kiel – siehe, wie das schwarze Gewässer sich kräuselt, es sammelt sich wie ein Nebel, jetzt hebt sich ein weißes Haupt aus den Wellen, der Stern der glanzlosen Augen ist auf den Jüngling gerichtet.

»Arndt-Alderson!« schreit dieser, und kaum ist der Laut verklungen, so steigt der alte Nachen von selbst aus der Tiefe und schwankt auf dem Wasser. Harry springt hinein, das scharfe Beil blinkt im falben Mondlicht, und dumpf fallen die morschen Bretter zusammen. Es zeigt sich auf dem Grund ein dunkler Ballen, gierig greift die Hand danach, doch in dem Augenblick tönt eine Stimme durch die Nacht. Es ist der Ruf der armen Lore, die den Geliebten sucht. Harry hört die ängstlich bittenden, schmerzlichen Töne, und er schleudert den nassen Ballen wieder in die Tiefe, daß hoch auf der Gischt herumspritzt. Da spricht hörbar eine Stimme aus dem Schiffe zu ihm: »Ja, kehre nur zurück zu Armut, Elend, Hohn und Verachtung, feiger Tor! Die Peitsche ist geschwungen, dich zu empfangen, das Schwert geschliffen, dein Herz zu durchbohren!«

Von neuem hält die Hand den Schatz umspannt, mit krampfhafter Gier umspannt, die verfaulten Hüllen fallen ab, und aus der letzten, dem seidnen Tüchelchen, windet sich der mächtige Talisman fast eigenmächtig los. Mit einem raschen Druck ist der einfache eiserne Reif am Finger seines neuen Gebieters, und dieser springt aus dem Nachen, umfängt das liebende Mädchen, das vor Furcht und Entsetzen in das Gras niedergesunken ist, und preßt sie ans Herz, indem er mit bewegter Stimme ruft: »Du bist jetzt mein! Die Schätze, die dein Vater verlangt, sie sollen bald gefunden sein! O sieh mich an! Ich bin der König der Welt!«

Er steht hoch aufgerichtet am Ufer, seine Blicke glänzen in wahnsinnigem Stolze, die ausgestreckte Rechte scheint dem Sturm und den Wellen zu gebieten, und horch, o horch! Welch süßes Blättergesäusel, welch heimlich liebliches Schlummerlied, das dem bösen Kinde, dem Sturm, von den Nymphen des Tales gesungen wird! »Hörst du die Töne, Lore? Die Welle schweigt, um zu horchen, die alten Stämme des Waldes stehen von Melodie bezwungen, die tausend wilden Arme, mit denen sie dem Sturm entgegenkämpften, sind gebunden, die zerrissenen Wolken oben schwimmen weich ineinander, und auf ihr sanftes Lager legt der Mond sein träumerisch Haupt. Ruhe, Ruhe weht durch die ewigen Räume, oh, wie ist diese Ruhe so schön! Kann der mächtige Geist, der so Liebliches hervorruft, ein böser sein? Kann er ins Verderben locken? Ach, nein! Ich schwöre es, seine Kräfte will ich nur anwenden, um Gutes zu schaffen!«

Noch einmal säuselte es im nahen Schilfe wie ein leises Hohngelächter, dann lagerte sich die tiefste Stille über Wald und Flur.

Klabauterman

Zur Zeit als die nordischen Städte unter sich einen Bund schlossen, die Sicherheit der Meere zu gewinnen und der immer mehr zunehmenden Dreistigkeit der Seeräuber Einhalt zu tun, lebte auf der Insel Rügen ein alter Schiffer, von dem die Sage ging, daß er während eines langen, abenteuerlichen Lebens große Schätze gesammelt habe, die er aber sorgfältig verborgen hielt, so daß seine drei Söhne fast in Dürftigkeit aufwuchsen. Von diesen drei Söhnen zog er den jüngsten, der Ruthwer hieß, sichtlich den andern vor. Als er nun auf dem Todbette lag, ließ er sie vor sich kommen, und indem er sich anschickte, das Erbe zu verteilen, sprach er zu ihnen folgendes: »Meine Söhne, daß ihr es nur wißt, ich bin nicht so arm als ihr vermutet; teils sind meine Dienste, die ich großen Herrn erwiesen, reichlich belohnt worden, teils hat auch mein eigener Fleiß gute Früchte getragen, die ich jedoch mit bester Vorsicht geheimgehalten, weil mir bekannt ist, mit welcher Gier sowohl die äußern Feinde, Neid, Bosheit und Verfolgung, als auch die innern Feinde, Trägheit und Übermut, den Besitzern großer Schätze nachstellen. Deshalb erzog ich euch in Armut, Fleiß und Ordnung. Jetzt, da ihr sämtlich eure männlichen Jahre erreicht habt, soll euer Besitztum, das ihr nicht mehr mißbrauchen werdet, richtig euch abgeliefert werden.«

Mit diesen Worten ließ er die zwei ältesten Söhne zwei schwere Kisten herbeibringen, die bis oben mit Kostbarkeiten gefüllt waren, deren Glanz die armen Schiffersöhne, die sich auf wenig mehr als ein paar zerrissene Netze gefaßt gemacht hatten, nicht wenig blendete. Sie nahmen die Kisten in Empfang, und der Vater rief jetzt den dritten Sohn, der in einiger Entfernung stehengeblieben, herbei. »Für dich, Ruthwer«, sprach er, »habe ich das Schifflein bestimmt, welches du im Hafen finden wirst.« Der Jüngling vernahm diese Worte mit nicht geringem Schrecken, er hatte heimlich bei sich die Erwartung gehegt, daß ihm die Vorliebe des Vaters vielleicht das Doppelte von den Schätzen, welche die Brüder bekamen, zuteilen werde, und jetzt erhielt er nichts als ein altes, leckes Boot, das im Hafen schon seit Jahren faulte und von dem man, wenn die morschen Bretter und verrosteten Nägel verkauft wurden, kaum soviel lösen konnte, als ein neuer Sonntagsanzug kostete. Ruthwer bedeckte sein Antlitz mit beiden Händen und weinte bittere Tränen; denn obgleich er nicht sehr an Schätzen und Reichtümern hing, so schnitt ihm doch die Härte und Ungerechtigkeit des Vaters tief ins Herz. Der Alte erriet seine Gedanken, und nachdem er die beiden andern hatte hinausgehen lassen, sprach er nochmals zu ihm: »Mein Sohn, du tust Unrecht, das alte Schifflein gering zu achten; denn so wie du es da siehst, hat es schon meinem Vater gedient, ich habe durch seine Hilfe Glück und Reichtümer erworben, und so wird es auch dir Heil und Segen bringen. Vernimm nämlich, daß seit uralten Zeiten ein Geist in unserer Familie einheimisch ist, der Klabauterman heißt und der immerdar von Vater auf Sohn geerbt ist und den ich hiermit auch dir vererbe. Sein Aufenthaltsort ist jenes Schifflein. In einer verborgenen Kammer, tief im Raume steht eine kleine Kiste Blei, an die ist er gebannt. Hüte dich wohl, dieses Heiligtum zu verletzen und laß es auch keinen Menschen sehen. Das Schifflein selbst vertausche mit keinem größern und bessern, es sei denn, daß der Geist selbst dir anzeigt, daß er nunmehr eine andere Wohnung beziehen will. Nimm dich in acht, etwas Böses zu tun, und vor allen Dingen geschehe nicht die kleinste Ungerechtigkeit auf dem Boden, wo Klabauterman herrscht; bleibe überhaupt treu, redlich und strebe nicht nach zu großen Schätzen, dann wird dir das Schifflein, so elend es aussieht, hundertfachen Segen bringen, und Klabauterman wird dein bester Freund bleiben.«

Ruthwers Tränen waren schon beim Anfang der seltsamen Eröffnung des Alten versiegt. Er konnte vor Erstaunen nicht zu sich selbst kommen, und lange Zeit schienen ihm die wunderbaren Dinge, die er hörte, nur wie ein Traum. »Mein Sohn«, schloß der Alte seine Rede, »damit du nicht an der Wahrheit meiner Rede zweifelst, zugleich damit der Vertrag zwischen dir und dem Geiste ordentlich besiegelt werde, so strecke hiermit deine Hand aus und empfange Klabautermans Zusicherung. Er ist unter uns zugegen, obgleich dein Auge ihn nicht sieht.« – Ruthwer gehorchte und fühlte alsbald in seine warme Rechte eine kleine, feuchte, kalte Hand schmiegen, die sich ihm nach einem leisen Druck wieder entzog. Nicht lange darauf starb der Vater.

Wie Ruthwer sein Erbe in Empfang nimmt und wie die fremden Schiffer seiner spotten

Als der Vater beerdigt war und die beiden Brüder ihr Besitztum in Sicherheit gebracht hatten, begab sich Ruthwer mit trübseligem Mute an die Bucht, wo das Schiff vor Anker lag. Mitten unter der stattlichen Anzahl bunt bewimpelter, lustig prangender Kameraden stand es allein und verlassen. Der Bugspriet neigte sich zum Wasser, Mast und Stangen waren schadhaft, und das Segel hing trübselig und matt herab wie ein müdes Augenlid über einem schläfrigen Auge. Das Deck war mit wenigen morschen Brettern gedeckt. Nicht leicht hatte man ein elenderes Schifflein gesehen. Die Schiffer standen umher und spotteten seiner. »Ei!« riefen sie, »was soll ein so schwindsüchtiges Mädlein auf dem Meere? Es taugt nicht zum kecken Liebespiel, weder den gewaltigen Kuß der Wellen noch den Seufzerhauch des Windes kann es vertragen. Gebt dem Dinge ein gutes Maß Seewasser zu schlucken, schlagt ihm die hohlen Seiten ein und stoßt ihm das Herz ab, daß es zugrunde gehe!«

Ruthwer ging trotz dieser Spottreden an Bord seines Schiffleins. Sowie er es betrat, ging ein leises Klopfen durch den Raum, gleichsam wie ein freudiges Menschenherz in der Brust klopft: es war Klabautermans Gruß. Ruthwer hatte ein paar tüchtige Gesellen mitgenommen, und auf den Rat eines ihm wohlgesinnten Schiffsbaumeisters ging er daran, die nötigen Ausbesserungen vorzunehmen. Kaum hatte er und die Seinigen die Hand angelegt, als auch das Werk zum Verwundern schnell gedieh; das Segel hob sich wieder, die neuen Stangen und Seile klappten und zuckten wie frische, wanderlustige Glieder. Der alte Schiffsbaumeister wiegte wohlgefällig das Haupt und sagte zum jungen Ruthwer:

»Seht nur, wie Euer Schifflein sich jugendlich aufputzt und flügge wird, gleichsam als wolle es neu aus dem Neste fliegen, macht ihm bald das Vergnügen.«

Dieses war auch Ruthwers Wunsch, er konnte die Stunde nicht erwarten, wo er zum erstenmal mit seinem Eigentum eine Fahrt unternehmen würde, so sehr beseelte jetzt Mut seine Brust.

Die Gelegenheit blieb nicht lange aus. Die verbündeten Städte rüsteten gerade eine Anzahl Schiffe aus gegen die Vitalierbrüder. Dieses waren äußerst freche Seeräuber, die sich die Herrschaft über die nordischen Meere angemaßt hatten und vielfache Greuel verübten. Es wurde jemand gesucht, der den Schiffen der Städte den Weg zeigen könnte bis zu den geheimen Schlupfwinkeln der Räuber. Zu diesem Unternehmen gehörte wegen der Gefahr, die damit verbunden, ein kühner, geschickter Führer, der mit seinem kleinen, leichten, schnellsegelnden Fahrzeuge die bösen Klippen der finnischen Küsten leicht zu umschiffen verstand. Die Belohnung war nicht karg zugemessen, dennoch fand sich niemand, der dem Rufe Folge leistete. Ruthwer übernahm es und rüstete sich auch alsbald zur Fahrt. Die Schätze der reichen Handelsherrn lockten ihn nicht so sehr als der Ruhm, etwas zu vollbringen, wobei die kühnsten Schiffer mit ihren guten Fahrzeugen feige zurückblieben. Er kümmerte sich auch nicht um ihren erneuten Spott.

Die Fahrt hatte tausendmal mehr Gefahren, als man hätte glauben können. Der Sturm ereilte die Schiffe der Städte an der finnischen Küste und trieb sie auseinander; ohne Ruthwers Führung wären unfehlbar viele untergegangen, so aber gelangten sie dennoch zu ihrem Ziele. Ein unvorhergesehener Überfall machte die Räuber bestürzt und mutlos, die Städter nahmen ihnen mehrere Schiffe weg, sie landeten sogar und machten große Beute, zugleich wurden einige deutsche Herrn, die hier in schmählicher Gefangenschaft gehalten wurden, befreit. Ruthwer leitete den Zug ebenso klug und glücklich wieder heim, und jedermann war über den Mut und die Geschicklichkeit des jungen Schiffmanns erstaunt. Als er zu Hause angelangt, erschienen Abgesandte, die ihm einen größern als den bedungenen Preis einhändigten und ihn zugleich zum Dienst des Städtebundes anwarben. Die Schiffer spotteten jetzt nicht mehr über das Schifflein, und Ruthwer selbst hatte jetzt die Überzeugung von Klabautermans mächtigem Schutze. Er faßte den Entschluß, sich dessen immer würdig zu erhalten.

Wie Ruthwers Glück und Reichtum den Neid der Schiffer erweckt und wie sie ihm nach dem Leben stehen

Mehrere glückliche Fahrten und Unternehmungen wie die vorige brachten Ruthwer bald so viele Schätze ein, als jeder einzelne Erbteil seiner Brüder ausmachte. Jetzt sah er ein, wie der Vater ihn vor den andern begünstigt hatte, dennoch blieb er treu und gut gegen jedermann. Auch brachte er das Erworbene wohl unter, so daß er bald ein neues Fahrzeug kaufen und bemannen konnte, das er ebenfalls den Städtern in Dienst gab. Er selbst blieb auf seinem Schifflein und wollte es nicht früher verlassen, bis ihm der Geist das Zeichen hierzu geben würde.

Unter den Schiffern in Helgoland gab es einen, der früher im Dienst des Städtebundes gewesen, jetzt aber von Ruthwer aus seiner Stelle verdrängt worden war. Er zeigte darum Haß und Neid, und da er seine bösen Plane nicht auf offenem Wege ins Werk setzen mochte, tat er sich zusammen mit einem Gesellen, dessen Seele ebenso voll Tücke und Bosheit war. Diese beiden faßten den Entschluß, Ruthwer zu ermorden; sie wollten sich in sein Vertrauen einschleichen, unter ihm Dienste nehmen und ihn während der Fahrt beiseite schaffen. Ruthwer, der nichts Böses argwohnte, nahm sie an Bord. Kaum hatte ihr Fuß dasselbe betreten, als sich ein unruhiges Pochen vernehmen ließ, das, je weiter die Reise, desto stärker wurde. Es war nicht das leise Klopfen, das wie eine freundliche, bittende Stimme klang und das Ruthwer oft in stillen Nächten, wo er einsam wachte, mit Freude vernommen hatte, es waren heftige, drohende Laute, die, wie Pulsschläge eines Fieberkranken, den ganzen Leib des Schiffleins durchschütterten. Dabei wurde die Mannschaft unruhig und zaghaft, keiner mochte mehr seinen Dienst ordentlich verrichten, die gute Ordnung wich, indem mit jedem Tage die Verwirrung und Gefahr stieg. Ruthwer war hierüber nicht wenig bekümmert; er fühlte wohl, daß es die zürnende Stimme des Geistes war, doch sann er vergeblich nach, wodurch er ihn könne beleidigt haben. Er rief endlich die Mannschaft zusammen, und während ein fürchterlicher Sturm im Nahen und das gespenstische Toben ärger als jemals war, ermahnte er sie, einzugestehen, ob irgendjemand unter ihnen etwas Unrechtes begangen habe oder noch zu begehen im Sinne trage. Alle schwiegen, da stürzten endlich jene beiden hervor und bekannten ihr schändliches Vorhaben. Ihr Ansehen war wild, und Wahnsinn lag in ihren Blicken. Ruthwer wollte ihnen Verzeihung angedeihen lassen, allein, das Schiffvolk rottete sich zusammen und bestand auf ihrem Tod, widrigenfalls das Schiff und die ganze Mannschaft umkommen würde. Die Verbrecher wurden ins Meer gestürzt. Kaum hatten die Wellen sie verschlungen, als sogleich das Pochen aufhörte und Ruhe und Ordnung auf das Schiff zurückkehrten.

Seit dieser Zeit wurde Ruthwer von seinen Genossen gefürchtet, es wagte fürder niemand, ihm ein Leides zuzufügen oder auch nur einen losen Possen zu spielen. Selbst Böses von ihm zu sprechen auf dem Grund und Boden, auf dem er herrschte, getraute sich niemand.

Klabauterman zeigt an, daß er eine neue Wohnung beziehen will

Ruthwer hatte jetzt eine Menge Schätze gesammelt, und diese Besitztümer machten ihm so viel Freude, daß er darauf dachte, immer mehr zu erlangen. Er ließ jetzt ein prächtiges Schiff bauen, mit allem ausgerüstet, was nur für eine zahlreiche Mannschaft und zu trefflicher Leitung erforderlich war. Als dieses Schiff fertig im Hafen lag, gedachte er es einem jungen geübten Seefahrer anzuvertrauen, den er kürzlich kennengelernt hatte und der Fife hieß. Fife beneidete, wie die übrigen Schiffer, Ruthwers Glück, doch ließ er sich nichts merken und verschloß seine bösen Pläne sorgfältig in sich. Als Ruthwer mit ihm noch wegen des Schiffes unterhandelte, ward ihm eines Morgens angezeigt, daß im alten Schifflein die Fenster der Kajüte zerbrochen, das Hauptsegel zerrissen gefunden worden und daß das Steuer einen großen Spalt bekommen habe. Der Bootsmann, der dieses meldete, gab den Rat, Wachen aufzustellen, denn er meinte, daß böswillige Hände die Schmach verübt hätten. Allein, trotz der Wachen fand man wiederum bald darauf den ausgebesserten Teil von neuem beschädigt. Jetzt gedachte Ruthwer der Worte des Vaters, und es wurde ihm deutlich, daß der Schiffsgeist nunmehr die alte Wohnung verlassen und eine neue beziehen wolle. Er entschloß sich daher, das neuerbaute Schiff selbst in Besitz zu nehmen, Fife erhielt ein anderes, mit welchem Tausch er jedoch nicht zufrieden war.

Die Mannschaft des Schiffleins setzte jetzt einen Tag fest, an dem sie feierlichst ausziehen wollte. Der Bootsmann hielt eine Rede, in welcher er dem alten Schiffe für seine gute Dienstleistung dankte und es in Frieden entließ. Ein Matrose, der im Namen des Schiffes sprach, erwiderte den Dank und versicherte, daß das Schiff vollkommen mit seiner Mannschaft zufrieden sei, die es gut durch Sturm und Wellen geleitet habe. Darauf, wie die Seele vom Körper scheidet, wurde jetzt die Seele des Schiffs, der Kompaß, verhängt mit Trauerflor, vom Schiffsherrn selbst hinweggetragen. Die Matrosen wanderten aus, indem sie ein Lied sangen und jeder, sein Päckchen unter dem Arme, dem Schifflein eine selige Ruhe wünschte. Mancher im Zuge wischte sich eine Träne aus dem Auge, denn er hatte auf den Brettern, die er nun für immer verließ, sein erstes Probestück vollführt. Auf dem obersten Seile hatte der schlanke Knabe sich über dem Taumel der empörten Wellen gewiegt, ohne vom Schwindel hinabgerissen zu werden. Ein anderer Geselle zeigte Blutflecken auf dem Boden; es war sein Herzblut, das er vergossen hatte, als es einst an den Küsten des obersten Nordens zum Gefecht gekommen war. So hatte dieser mit Blut, jener mit Tränen den lieben Boden getauft, von dem sie jetzt schieden. Sie wollten es nicht hören, wenn der Baumeister zuerst das Beil ansetzte, um dem Schifflein den Gnadenstoß zu geben und es in seine ursprünglichen Bestandteile wieder aufzulösen, sie wollten es nicht sehen, wenn ihm die Nägel ausgezogen wurden und das schöne Segel wie ein hochzeitlich Gewand vom Leibe gestreift, sie wollten nicht dabei sein, wenn nun die letzten, unbrauchbaren Reste ins Meer versanken.

Aber als sich jetzt mit Axt und Säge die Zerstörer auf dem Schifflein einfanden, da geschah das Wunder, daß ihre scharfen Beile ausglitten und kein Nagel, keine Spange von ihrem Platze wich, so heftig sich die Arbeiter auch anstrengen mochten. Das Schiff wollte noch nicht zerstört sein: vielleicht war noch etwas vom Eigentum des Kapitäns oder der Mannschaft zurückgeblieben. Ruthwer ging selbst nochmals an Bord, doch trotz seines eifrigen Suchens fand er lange nichts, bis er endlich tief im Raume auf eine kleine, wohlverwahrte Kammer stieß. Jetzt fielen ihm die Worte seines Vaters ein, vorsichtig öffnete er den Behälter und hob eine kleine, bleierne Kiste fast in Gestalt eines Kindersargs heraus, die er, ohne sie die Mannschaft sehen zu lassen, ins neue Schiff hinübertrug. Kaum war sie dort angelangt, als die Seiten des alten Schiffs wie von selbst zusammenfielen und die Arbeiter ein leichtes Werk hatten.

Wie Ruthwer auf bösen Rat hört

Ruthwer wußte jetzt gar wohl, daß ihm niemand widerstehen könne, daß er das Glück an seinem Bord gefesselt halte. Diese Überzeugung machte, daß er übermütig wurde, auf seine Macht trotzte, indem er die kecksten, gewagtesten Streiche unternahm. Immerdar ging er unbeschädigt aus großen Gefahren. Statt wie sein Vater sich mit mäßigem Gut zu begnügen, hatte bald unmäßige Goldgier ihn erfaßt. Er war nicht mehr zufrieden, der reichste und angesehenste Schiffsherr auf der Insel zu sein, es trieb ihn der Stolz, sich von der Verbindung mit den Städtern loszusagen und eigene Unternehmungen zu beginnen.

Diese Gesinnung des stolzen Ruthwer benutzten die Vitalier, ihn auf ihre Seite herüberzulocken. Er widerstand anfangs mit edlem Mute.

»Soll ich die Friedlichen, Schutzlosen berauben, ungerechte Schätze an mich bringen?« sagte er zu den Abgesandten, »solches fordert nicht von mir.«

Aber die Seeräuber ließen sich so leicht nicht abschrecken. Sie nahmen den tückischen, gleisnerischen Fife in ihren Sold, und dieser, der Ruthwers Vertrauen besaß, benutzte jeden Augenblick, ihn zum Bösen zu überreden. »Du bist reich und angesehen,« sagte er oft, »aber du könntest deine Macht noch viel höher treiben; anstatt von diesen übermütigen und eiteln Städtern Befehle anzunehmen, kannst du selbst ihnen Gesetze vorschreiben und deinen Namen zu der Zahl jener kühnen Beherrscher der Meere fügen, deren Taten noch jetzt das Schrecken und die Lust der späten Nachkommen sind. Trittst du in den Bund mit jenen stolzen Männern, so werden sie dich zu ihrem Häuptling aufnehmen, und du wirst bewunderswürdige Taten vollführen, unendliche Schätze sammeln.«

Solche Reden wurde Fife nicht müde zu wiederholen, bis endlich Ruthwer auf sie hörte. Die frommen Gefühle der Mäßigung und des Gehorsams für die väterlichen Ermahnungen wichen gänzlich aus seiner Seele, er trat in den Bund der Seeräuber, doch blieben die Unterhandlungen geheim, und die Städter hielten dabei Ruthwer noch für einen ihrer Wohlgesinnten. Er unterzeichnete einen Vertrag, nach welchem ihm ein reiches Kaufmannsschiff mit Waren beladen anvertraut wurde, um es nach dem Ort seiner Bestimmung zu führen. Wie das Schiff sich den gefährlichen Küsten näherte, ließ es Ruthwer nach der schon festgesetzten Übereinkunft mit den Räubern diesen in die Hände fallen. Sein Anteil an der Beute war groß, das Schiff selbst nahmen die Vitalier, damit Ruthwers schlimmer Verrat fürs erste noch unentdeckt bliebe. Allein, der Kaufherr, der sein ganzes Besitztum verloren, sein Vertrauen auf das böslichste getäuscht sah, fand Mittel und Wege, den Städtern das Vorgefallene zu melden. Jetzt ward über Ruthwers Haupt der Bann ausgesprochen, sein Leben und sein Gut für frei erklärt. Ruthwer spottete dessen. Fife schloß sich jetzt ihm immer enger an.

Ruthwers Name ward nach Verlauf einiger Jahre der Schrecken der Meere. Niemand wagte es, dem kühnen und glücklichen Räuber sich entgegenzustellen; er herrschte ungehindert. Weder Feuer noch Wasser konnten seinem Schiffe etwas anhaben. Der tückische Fife, der Ruthwer nur aus dem Grunde zum Bösen verleitet hatte, um sich selbst die Herrschaft anzumaßen, faßte jetzt, da er seinen Zweck nicht erreicht sah, den giftigsten Haß gegen den Genossen. Er sann Tag und Nacht darauf, wie er ihn verderben könne, und endlich fiel ihm hierzu ein Mittel ein.

Klabauterman läßt seine warnende Stimme hören

Mit Ruthwers Reichtümern und seinem Ansehen schlich sich auch Mißtrauen und Argwohn in sein Gemüt. Weil er wußte, daß ihm das Leben gesichert war auf seinem Schiffe, verließ er es nur selten, obgleich er keine ruhige Stunde mehr darauf hatte, so unablässig verfolgte ihn die warnende Stimme Klabautermans seit seiner ersten schlimmen Tat. Schon mit den Ballen und Kisten, die von dem geplünderten Kaufmannsschiff an Bord gebracht wurden, ereignete sich das Seltsame, daß man am Morgen einen Teil zertrümmert, einen andern ins Meer geworfen fand. Klabauterman zeigte an, daß er kein unrechtes Gut auf seinem Gebiet litt, Ruthwer mußte seinen Raub ans Land in Sicherheit bringen. In der Nacht begann jetzt wieder das unruhige Gepoche, und jedesmal, wenn eine neue Raubfahrt unternommen wurde, schlug es an die Seiten des Schiffes mit einer solchen Gewalt, als wenn es sie zertrümmern wolle. Oft wenn Ruthwer mit Fife und andern wilden Gesellen in der Kajüte beim Branntwein saß, ging es mit schweren Schritten die Stiege hinauf und hinab und warf im untern Raum die großen Lastgewichte und Steine durcheinander. Die Matrosen, wenn sie nach fernen Wahrzeichen ausschauten, erhielten Sand und Wasser in die Augen gespritzt, auch den Steuermann neckte es auf mannigfaltige Weise. In stürmischen Nächten wirbelten an den Masten blaue und gelbe Flammen empor, die wie Flaggen im Winde wehten und andern Schiffen ein Entsetzen einflößten. Nicht selten stiegen dann aus dem Meere eine Menge großer schwarzer Spinnen herauf, die übers Deck liefen und sich an Tauwerk und Segel hingen, auch fanden die Matrosen in der Nacht oft fürchterliche mißgestaltete Tiere in ihren Hängematten neben sich liegen, die alsbald wieder ins Meer hinab verschwanden.

Trotz dieser bösen Zeichen geschah dem Schiffe und der Mannschaft dennoch kein Unglück; aber die alten frömmern Leute, die es früher mit Ruthwer gehalten, sagten sich allmählich aus seinem Dienste los, es drängten sich immer mehr wilde, freche Burschen hinzu, die Mut genug hatten, es mit dem Spuk auf dem Schiffe aufzunehmen. In der ganzen umliegenden Küstengegend ward jetzt Ruthwers Schiff der Schrecken aller. Wo es sich zeigte, flohen selbst die kühnsten Segler furchtsam in die Weite. Am Strande in der niedern Hütte erzählte der greise Fischer seinen Enkeln von dem wilden Jäger der Meere, von Ruthwer und seinen Scharen und von dem Zauberschiff, das in stürmischen Nächten mit flammenden Wimpeln seine verruchte Straße zieht. Die jungen Burschen legten dann die Hände in die zitternde Rechte des Alten und gelobten, Gott zu lieben und immerdar Recht zu tun.

Als er wieder eine große Unternehmung im Werke war und Ruthwer sich dazu rüstete, trat Fife zu ihm und sprach: »Mein Wunsch ist nun erreicht, Ruthwer, du bist jetzt der Schrecken deiner Nachbarn; der Ruhm deiner Genossen und der Beherrscher der Meere. Durch dich sind die geächteten Seeräuber zu Glanz und Ruhm gelangt; dennoch trübt den Schimmer deiner Größe ein geringfügiger Umstand, den du, wenn du nur willst, alsobald beseitigen kannst.«

»Sprich, worin besteht dieser Umstand?« fragte Ruthwer. »Auf deinem Schiffe«, erwiderte Fife, »geht es nicht immer zu, wie es sollte, die Leute murren und behaupten, du seiest ein böser Zauberer, und deine ganze Kraft bestehe in einem Talisman, der auf deinem Schiffe verborgen liege. Wenn dieser nicht wäre, meinen sie, wäre dein Mut und deine Geschicklichkeit nicht größer als die des kleinsten Kajütenjungen.« Ruthwer hörte diese Worte mit Zorn, er war berauscht, und im trunkenen Mute und Unwillen verriet er an den schlauen Fife das Geheimnis mit der bleiernen Kiste. Fife benutzte es sogleich und redete ihm zu, die Kiste ins Meer zu werfen. »Zeige diesen Elenden«, setzt er mit listigem Tone hinzu, »die dich für mutlos und ungeschickt halten, daß du an keinen Talismann gebunden bist, wirf die Kiste vor den Augen der ganzen Mannschaft ins Meer und reinige dich so von dem Verdacht schändlicher Zauberei.«

Ruthwer hörte diese Rede gleichgültig an, allein, im Innern erschrak er über ihren Sinn. Es war ihm, trotz seiner Wildheit, noch nicht eingefallen, den Geist geradezu beleidigen zu wollen, und jetzt sollte er sogar das Heiligtum desselben mit verbrecherischen Händen anfassen und in die Wellen schleudern? Er wies jedes Ansinnen der Art standhaft zurück, doch dem böswilligen Fife war es schon recht, das Geheimnis mit der Kiste ihm entlockt zu haben, er verdoppelte jetzt seine Anstrengungen, um ans Ziel zu gelangen, und Ruthwer entdeckte ihm nach und nach alle Umstände, die mit dem Geiste zusammenhingen.

In einer Nacht, als beide wieder bei der Flasche zusammensaßen, wuchs der Spuk auf dem Schiff zum allertollsten Tumulte an; das Deck und die Seiten hallten wider von donnernden Schlägen, rund ums Schiff zischte und brauste es in tausend fremden Stimmen durcheinander, und die flammenden Wimpel streckten sich immer länger wie feurige Zungen in die Nacht hinaus. Das Schiffsvolk murrte laut. Diesen Augenblick benutzt Fife, Ruthwer zuzureden, die Kiste ins Meer zu werfen. Dieser säumte auch nicht lange, in wilder Aufregung und im Wunsch, sich einmal von aller Plage befreit zu sehen, stürzte er in den untern Raum, wo die geheimnisvolle Kammer sich befand. Er schloß sie auf und faßte die Kiste unter den Arm. Wie er mit ihr die Treppe hinaufwankte, ertönte plötzlich eine zarte Stimme, die da rief: »Ruthwer, ich verlasse dich!« Kaum waren diese Worte verklungen, als Ruthwer leise umkehrte, die Kiste wieder an ihren Platz legte und die ganze Nacht über sich vor jedermann verschloß.

Wie Ruthwer dennoch sich betören läßt und Klabauterman das Schiff verläßt

Von dieser Stunde an änderte Ruthwer sein wüstes Leben; er zog nicht mehr auf den Raub aus, er brachte kein unrechtes Gut mehr zusammen und entließ aus seinem Dienst die wildesten und ruchlosesten Burschen. So tief hatte Klabautermans Warnung in ein böses Herz geschnitten. Von der Zeit an wurden auch die Beunruhigungen auf dem Schiffe geringer, allein, sie hörten nicht ganz auf, die Warnungszeichen ließen sich noch immer hören. Ruthwer wollte sich nunmehr von aller Gemeinschaft mit den Räubern lossagen, allein, er hatte nicht mehr den Mut dazu, besonders gestattete er dem bösen Fife immer wieder Rechte auf sein Vertrauen, und dieser wußte dies trefflich zu nutzen.

Ein Jahr war vergangen, indes Ruthwer friedlich gelebt und keine der räuberischen Unternehmungen mitgemacht hatte. Fife stellte ihm vor, daß solches sein Ansehen bei der Genossenschaft zerstören müsse und daß sie ihn seiner Stelle entsetzen würden. Ruthwer dachte an die Lehren seines Vaters, sich an geringem Gut genügen zu lassen, allein, die Goldgier und der Ehrgeiz waren schon zu mächtig in ihm geworden, als daß sie sich hätten unterdrücken lassen können. Er fing bald wieder sein früheres Leben an, und von neuem ließ Klabauterman seine ernstlicheren Ermahnungen hören.

Dies verdroß Ruthwer, und in seinen finstern Stunden verwünschte er jetzt den Geist. Er dachte ernstlich daran, sich von ihm zu freien, der Gedanke schien ihm willkommen, sein Glück oder Unglück sich selbst zu verdanken, und Fife bestärkte ihn in dieser Gesinnung. So stieg er denn in der Stille nochmals hinab, und mit Fifes Hilfe, während die ganze übrige Mannschaft ruhte oder auf ihren Posten beschäftigt war, trug er die Lade herauf. Diesmal ließ sich keine warnende Stimme hören, in der Kiste schien es wie ausgestorben. Beide Männer traten schweigend an den Bord, die Nacht war ruhig, glänzend spiegelten sich die Sterne in der dunkeln Flut. Ruthwer wendete sich ab, und Fife stieß mit einem Fußtritt die Kiste ins Meer. Sowie die Wellen darüber zusammenflossen, ging ein Ton über die schweigenden Gewässer wie ein tiefer, lang ausgehaltener Schmerzensruf, aus menschlicher Brust ausgestoßen. Die Mannschaft lief eilend und erschreckt zusammen, jeder, auch der wildeste Genosse, fühlte unbewußt Rührung und Schmerz. Einer fragte den andern, welches Unglück geschehen, aber keiner wußte etwas darauf zu erwidern.

Schicksal des Schiffes, nachdem Klabauterman es verlassen

Die Matrosen waren nicht wenig verwundert, als jetzt das Toben und der Spuk auf dem Schiffe gänzlich ein Ende hatte. Sie teilten sich darüber ihre Freude mit; allein der Unterbootsmann, ein kluger und erfahrner Mann, schüttelte das Haupt. Er merkte bald, daß es mit dem Schiffe jetzt anders stehe: die Bretter wollten nicht mehr haften, das Segel riß, das Tauwerk wurde schadhaft, und trotz aller Sorge und Arbeit fanden sich doch immer wieder böse Stellen und Lücken im Raume. Die Matrosen, die sich an ein müßiges Leben gewöhnt hatten, murrten jetzt, da sie unaufhörlich beschäftigt sein mußten. In mehreren Jahren war nicht so viel gebessert worden als nun einer eine Woche. Dazu rannte, trotz der Sorgfalt des Steuermanns, das Schiff gleich in den ersten Tagen so heftig an eine verborgene Klippe, daß ein tüchtiger Leck ins Unterdeck gerissen wurde und kaum schnell genug das eindringende Wasser fortgeschafft werden konnte.

Doch dieses war nicht das schlimmste Mißgeschick; unter der Mannschaft brach Uneinigkeit und Trotz aus. Kaum merkte Fife, daß er jetzt ungestraft Ruthwer anfallen könne, als er mit einigen Verbündeten eines Tages ihn gefangen nehmen und in den untern Raum in ein elendes Gefängnis werfen ließ. Aber die Herrschaft, die er hierdurch auf dem Schiffe erreichte, nahm bald ein Ende: ein Teil der Matrosen, die Ruthwers Partei anhingen, vergalten ihm seine böse Tat und brachten ihn ums Leben, vergeblich suchten seine Genossen ihn zu rächen. Mord und Blutvergießen herrschte jetzt auf dem Schiffe, alle Ordnung war gelöst, jeder wollte befehlen und keiner gehorchen. In dieser Verwirrung brachen noch wütende Stürme los auf dem Meere, das Schiff verlor seine sichere Küstenstraße und ward in die offene See hinausgetrieben. Im Andrang der tobenden Wellen brachen die Masten, die Segel zerrissen, und als nach dieser fürchterlichen Nacht die Sonne aufging, trieb ein elendes Wrack auf der weiten Wasserwüste umher, ohne Rettung, ohne Hilfe, in wenig Stunden vielleicht auch von den Wellen verschlungen, die einzigen Überreste von dem stolzen Seeräuberschiffe, dem Schrecken der Meere.

Ein Teil der Mannschaft hatte sich in den Booten retten wollen, doch vor den Augen der andern waren diese umgeschlagen. Ruthwer saß mit wenigen Genossen allein auf den Trümmern seiner Herrschaft und seiner Schätze. Er stützte das Haupt in die Hand und sah mit einem Blicke der Verzweiflung der Sonne entgegen, die das Ende seiner Tage leuchten sollte. Seit Klabauterman das Schiff verlassen hatte, war der Unglückliche in tiefe Schwermut versenkt; kein froher Augenblick war ihm mehr erschienen, und er sehnte sich nach dem Tode, doch dieser zögerte zu erscheinen. Zwölf Tage trieb das Wrack auf den Wellen, die Lebensmittel waren aufgezehrt, der wütendste Hunger und alle Schrecken des unglücklichsten Schiffbruchs fielen die Armen an, da endlich zeigte sich in der Ferne ein Segel: neue Hoffnung, es kommt näher, schon werden die Boote ausgesetzt, doch in dem Augenblick, als zöge sie eine tückische Macht in die Tiefe, versinken die morschen Trümmer, und Ruthwer und seine Genossen sind in der Tiefe begraben. Keine menschliche Hand sollte die retten, die der zürnende Geist aufgegeben hatte.

Die Seelen der Ertrunkenen

In einem holländischen Fischerdorfe, dicht am Meere, lebte ein alter Fischer, auf dessen Familie und Eigentum ein ganz besonderer Segen ruhte. Er genoß in seinem hohen Alter noch frischer, fast jugendlicher Kräfte, und seine Kinder und Kindeskinder, ein gutgeordnetes Völkchen, umgaben ihn zu Lust und Freude. Auch fehlte es nicht an reichlichem Gut, das Sparsamkeit und treffliches Haushalten stets vermehren halfen. Im Dorfe gab es manchen Tagedieb und schlechten Haushalter, der ihn um sein gutes Leben beneidete und Gerüchte in Umlauf setzte, auf welche Weise der alte Andreas seine Schätze erworben hatte. Da hieß es denn, er sei dem Teufel bündig geworden, daß dieser ihm die alten Schätze des Meeres bringe, oder Andreas sei in seiner Jugend Seeräuber gewesen und zehre nun vom Gut der armen Beraubten. Die Wahrheit von allem war jedoch, daß Andreas eine arme Seele aus dem Meeresgrunde befreit hatte, die dort unter einem darüber gestülpten Topfe gefangen saß. Die Sache verhielt sich, genau genommen, folgendermaßen.

Der alte Fischer pflegte, obgleich er im ganzen ein strenges Geheimnis daraus machte, dennoch im vertrauten Kreise seiner Kinder und Enkel einzelne Winke hinzuwerfen, aus denen die andern leicht eine vollständige Erzählung zusammensetzten. Wir lassen Andreas selbst sprechen:

»Ich bin nicht immer so glücklich gewesen, daß ich Gut und Eigentum um mich sah und liebende Herzen zählte, die mir meine Tage versüßten. Es ist jedem von uns gegeben, daß er einmal in der weiten Welt ganz allein steht und sich recht bis in die innerste Seele hinein verlassen fühlt. Der Himmel gibt uns solche bittere Einsamkeit zu kosten, damit wir uns dann desto freudiger an eine liebe Menschenbrust anschließen und Gott im Menschen lieben lernen. Meine Jugend war voller Widerwärtigkeit und Drangsal gewesen. So sehr ich auch arbeitete und mich abmühte, der Lohn wollte nicht kommen. Schon fing sich mein Rücken an zu krümmen und meine Haare sich grau zu färben, und noch sah ich kein Glück vor mir. Es war, als sollte nur ich allein von allen ausgeschlossen bleiben. Dennoch murrte ich nicht. Ich hatte frühe gelernt Gott lieben und auf ihn vertrauen. Eines Abends ging ich, wie ich oft zu tun pflegte, hinaus aus der Hütte, weit über die Grenze des Dorfes, bis dahin, wo das Gestade sich fernhin ausdehnt und das Auge nichts sieht als die einsamen Dünen und das weite Meer. Dieses war mir die liebste Stelle, weil ich dort keine andern Laute als die der Wellen vernahm und keinem fröhlichen Menschenantlitz begegnete, das mir hätte sagen können, wie elend und verlassen ich sei. Wirklich fand ich auch niemand, der mich hätte stören können. Das Meer war bis weit hinaus ruhig und glatt, ich hatte es in Wahrheit noch nie so stille gesehen: kein Segel und kein Boot, so weit ich auch spähen mochte, der Himmel darüber völlig wolkenlos, die Sonne, die im Sinken war, warf einen gelbroten Schein auf die Dünen vor mir. Ich ging bis an die Stelle, wo ein altes Wrack lag, ich stützte mich gegen einen der morschen Pfosten und sah vor mich hinaus. Hier in der Stille überkam mich nun der Schmerz in seiner ganzen Gewalt. Wie sehr ich mich auch dagegen sträubte, meine Gedanken nahmen ihren alten, gewohnten Weg. Andreas! rief ich bei mir selbst, heute ist der Tag deines Schutzpatrons. Wie wenig hat er getan, um dich reich und glücklich zu machen! Vor einem Jahre hast du dein Weib begraben und wenige Wochen darauf auch dein Kind. Womit hast du so viel Elend verdient? Wäre es anders gekommen, so gingst du nicht hier einsam umher, sondern säßest im Dorfe bei den Lustigen, die sorglos dahinleben und ihre besten Tage vor sich haben.

Bei diesen Gedanken faßte mich die Wehmut so heftig, daß ich hätte weinen mögen, aber eine Gewalt in meiner Brust hielt die Tränen zurück. Ich konnte nichts als immer wieder auf das Meer schauen, dessen tiefe Ruhe und Freundlichkeit mir seltsam durch die Seele schnitt. Die Sonne ging langsam unter, und ein farbloses Grau begann sich über die weite Fläche zu breiten, nachdem noch lange einzelne lichte Scheine hin und her gezittert hatten, gleichsam als wollten sie den eintretenden Geistern der Nacht das Feld streitig machen. Der Himmel behielt seine helle, durchsichtige Farbe, bis auch er sich immer mehr mit tiefen Schatten füllte. Ein leiser Wind erhob sich und warf mit Getön kleine Wellen an die Wände des Wracks. Ich stand auf in der Absicht, meinen Rückweg anzutreten, da fiel mein Blick auf eine Erscheinung, die ich mir nicht gleich zu erklären vermochte. Es zeigte sich nämlich an dem alten Holzwerk ein lichtes Flämmchen, das mit großer Geschwindigkeit auf und nieder fuhr und mit seinem bläulichen Schimmer leuchtete. Ich kann sagen, daß ich während vieler Gefahren meines Lebens nie das Gefühl gekannt, das man Furcht nennt. Trotz meiner Einsamkeit und der schon eingetretenen Nacht empfand ich daher auch jetzt nicht die mindeste Bangigkeit. Aufmerksam sah ich dem Spiel des seltsamen Flämmchens zu und bemerkte, wie es sich von Zeit zu Zeit von dem Wrack losriß, eine ziemliche Strecke in die See hineinfuhr, dort mit hellerem Licht leuchtete und dann wieder zurückkehrte. Ich hatte wohl sprechen gehört, daß durch dergleichen Erscheinungen versunkene Schätze im Meere angezeigt würden, allein, ich empfand keine Lust, weiter darauf zu achten, drehte meinen Rücken und wanderte weiter. In dem Augenblick rief eine Stimme meinen Namen, sogleich wandte ich mich um und sah jetzt hinter dem Wrack, noch halb versteckt, einen Mann stehen, der aus einem ältlichen, bleichen Gesicht mich ansah. Ich kannte ihn nicht, und seine Kleidung war mir völlig fremd. Er stand lange Zeit da, ohne zu sprechen, und sein bittendes Auge, mit dem er mich unverwandt anblickte, werde ich nie vergessen. Endlich rief ich mit lauter und beherzter Stimme: ›Was wollt Ihr, Herr? Warum habt Ihr mich gerufen?‹

›Andreas!‹ tönte die Erwiderung, ›du hast soeben geklagt, daß das Glück dir Schätze versagt habe, ich will dir welche verschaffen, sobald du tust, was ich von dir begehre.‹

Diese Rede verdroß mich und ich antwortete schnell:

›Herr, was kümmert Euch mein Leid? Habe ich mir Schätze gewünscht, so habe ich sie nicht von Euch verlangt.‹

Der Blasse merkte meinen Unmut und daß ich dabei ein Kreuz über meine Brust schlug. Er rief mit einer Stimme, die sehr rührend und eindringlich klang:

›Ich bin kein böser Geist, Andreas, vertraue mir! Nimm diesen Ring und um die dritte Mitternacht steige getrost eine Büchsenschußweite ins Meer hinab; dort wirst du auf dem Boden drei umgestülpte Töpfe finden, den mittelsten derselben hebe auf und befreie die Seele eines Ertrunkenen, die daruntersteckt. Eile dann schnell wieder hinauf, ohne dich unten aufzuhalten und ohne dich im geringsten um das zu kümmern, was du sehen oder hören wirst. Hast du das vollbracht, so sei versichert, daß ich dich reichlich belohnen werde und es dir und den Deinigen nie an Segen fehlen wird.‹

Ohne meine Antwort abzuwarten, war er mit diesen Worten verschwunden, indem er ein Ding, gleich einem vor Alter trüb gewordenen Fingerreif vor mir zurückließ. Ich hütete mich wohl, es anzurühren. Ach! rief ich, was gehen mich die Seelen an, die dumm genug waren, sich auf dem Meeresgrunde unter einem elenden Topfe fangen zu lassen? Mögen sie immerhin bleiben, wo sie sind. Dieses bedenkend, ging ich ruhig nach Hause, und als die bezeichnete dritte Nacht kam, rührte ich mich nicht aus meiner Kammer.

Das Jahr, das jetzt folgte, brachte mich noch tiefer herunter, ich verlor eine kleine Summe, die ich mir mühsam erspart hatte, auf dem Schiffe, wo ich in Dienst stand, brach eine Krankheit aus, und ich mußte neun Monate im Krankenhaus zubringen. Als man mich entließ, kam ich am Bettelstabe hierher, um mein Grab zu suchen, denn ich war müde zu leben. Ich weiß nicht, wie es kam, denn ich suchte nichts dort, daß ich mich in einer Nacht wieder an dem einsamen Strande befand. Es war wiederum der Andreastag, aber das Meer war dieses Mal nicht ruhig, es rauschte und lärmte wild, und die Schaumwellen trieben ihr Spiel mit dem alten Wrack, so daß es aussah, als wolle es wieder in See stechen. Ich hatte nicht lange hier gestanden, als sich die wohlbekannte Stimme hören ließ und das alte Männchen vor mir stand. Ich sah ihm jetzt wie einem alten Bekannten dreister ins Antlitz. Er wiederholte denselben Antrag wie früher, nur zeigte er sich um vieles dringender und ließ dann beim Verschwinden denselben Reif wie früher zurück. Diesmal nahm ich ihn und steckte ihn an den Finger, zudem faßte ich den Entschluß, dem Geiste den Willen zu tun. Bei den Menschen, rief ich bei mir selbst, ist keine Hilfe und kein Beistand für dich zu finden, laß sehen, was die Geister vermögen.

Um es kurz zu machen, ich kam in der dritten Mitternacht und stieg ins Wasser hinab. Noch jetzt weiß ich nicht, wie es zuging, aber je tiefer ich ins Wasser tauchte, desto mehr hörte es auf

Wasser zu sein, und zuletzt befand ich mich auf einer hübschen, grünen Wiese, die ich nie schöner und üppiger auf der Erde gesehen. Auf der Wiese waren viele junge Burschen versammelt, von denen einige mit blitzenden Sensen das Gras abmähten, andere es in Bündel zusammenbanden. Sie sangen dabei eine fröhliche Weise, in der viel von dem Lobe einer schönen Frau vorkam sowie von dem Lohne, den sie ihnen nach der Arbeit reichen werde. Nach der Weisung des Geistes hielt ich mich nicht lange bei ihnen auf, doch konnte ich mir nicht versagen, manchem ins Gesicht zu spähen, und da war es mir, als sähe ich meine Freunde und Bekannten, die schon vor langen Jahren im Meere ertrunken waren. Auf der Wiese stand ein Haus, und wie ich darauf zuging, trat eine wunderschöne Frau auf mich zu, breitete die Arme aus und rief mit einer süßen, schmeichelnden Stimme:

›Ach, so kommst du endlich, mich heimzuführen! Wie lange schon habe ich auf dich gehofft!‹

Bei dieser Rede und bei dem Anblick der schönen Gestalt hätte ich beinahe die Mahnung des Geistes vergessen; doch besann ich mich noch schnell, schoß unter den erhobenen Armen der Schönen durch und auf einen Platz los, wo ich die drei Töpfe aufgestellt sah. Im Nu hatte ich den mittelsten umgeworfen. Ich weiß nicht, wie mir geschah, im Augenblicke sah ich alle jungen Burschen von der Wiese auf mich zustürzen, die schöne Frau erhob ein helles Klagegeschrei, ich hörte es dicht vor meinen Ohren auf betäubende Weise rauschen und klingen und hatte das Gefühl, als wenn mich jemand schnell aufwärts zöge. Wie ich meine Sinne wieder sammelte, befand ich mich am Ufer, am alten Wrack lehnend, todmüde und wie an allen Gliedern zerschlagen.

Das Gute an der Sache war, daß der kleine Blasse Wort hielt rücksichtlich der versprochenen Belohnung. Ich fand an meiner Seite eine lederne Tasche, wie sie vor hundert Jahren die reisenden Kaufleute zu tragen pflegten, angefüllt mit Gold und kostbaren Steinen. Noch mehr aber als dieser Schatz war der Segen wert, der von Stunde an sichtlich auf allem ruhte, was ich tat und unternahm. Mein Leben war wie umgewandelt: hatte es früher die rauhe Seite herausgekehrt, so zeigte es jetzt nur die glatte, samtweiche. Ich machte noch einige Fahrten, heiratete dann mein liebes Weib, setzte mich zur Ruhe hier im Dorfe und nahm die guten Tage hin, die mir der Himmel gab. Gott sei Dank! Sie haben noch nicht aufgehört, obgleich ich nahe an die Hundert zähle, fühle ich mich doch frisch und wacker, und wenn irgendwo lustige junge Burschen zusammensitzen, bin ich gerne unter ihnen, wohl bedenkend, wie es einst eine Zeit gab, da ich jedes heitere Gesicht scheute, das mich an mein Elend und meine Verlassenheit erinnerte. Das ist das Werk des guten Geistes.«

In dem Dorfe, wo sich die vergnügliche Begebenheit mit dem alten Andreas zugetragen hatte, lebte ein Fischer, der der trägste, liederlichste und ausgelassenste Bursche war, den man weit und breit finden konnte. Sein Gesicht glich einer alten, aufgekochten und geplatzten Pflaume, die Augen waren die einer Wasserratte, die kleine Nase steckte in diesem ungeschlachten Antlitz wie ein Mandelkern im Pfefferkuchen, sein aufgerissenes Maul umgab ein Bart, der wie die Stacheln eines Igels aussah, und seine Beine waren nicht viel dicker wie Peitschenstiele und nicht viel gerader wie eine Sichel. Die Leute, die zu Peter Knöck kamen, um mit ihm Geschäfte zu machen, mußten von seinem Weibe Martha hören, er sei unwohl und könne nicht erscheinen. Die Wahrheit aber war, daß Peter Knöck vom frühen Morgen bis zum späten Abend betrunken in der Hütte hinterm Ofen lag und den Kirchturm von Gent für eine Branntweinflasche ansah. In diesem Zustande führte denn Martha das Regiment des Hauses, und man mußte ihr den Ruhm lassen, daß ihr Szepter von einer durchgreifenden Sprödigkeit war. Sie pflegte oft zu sagen, ihr Mann sei ein altes, schwerfälliges Paketboot, das wegen zu starker Ladung nicht recht fortkönne, sie aber sei eine leichtfüßige Fregatte, der der Wind nur die schmächtigen Flanken zu rühren brauche, um sie zum pfeilschnellen Laufe anzutreiben. Die Wahrheit dieses Gleichnisses bestand darin, daß Martha am Tage den Fischfang und die Geschäfte besorgte und am Abend, wenn sie nach Hause kam, ihrem Manne das Leben sauer machte. Gewissenhafte Leute wollen behaupten, daß sie ihn gelegentlich tüchtig zerschlug.

Diese kleinen Zerwürfnisse verbitterten Peters Privatleben. Es wollte keine rechte gemütliche Freude mehr zustandekommen. Saß er in Cornelis Delfts freundlicher Trinkstube, so war es ihm nicht recht, daß die Fenster aufs Meer gingen. Das Meer war ihm verhaßt, weil er wußte, daß Frau Martha darauf herumruderte und Fische fing. Er hätte gewünscht, sie läge tief auf dem Boden des Meeres, und er und die Fische hätten Ruhe vor ihr. Aber Frau Martha war nicht der Meinung, sie erfreute sich des besten Wohlseins und blühte in ihren reifen Tagen gleichsam noch einmal auf, je mehr Peter Knöck zusehends einschrumpfte. Wahrlich, wenn Frau Martha nicht bald dazu tat, so hatte Peter nicht übel Lust, ihre Stelle auf dem Meeresgrunde einzunehmen, so herzlich überdrüssig war er des Treibens.

Dessenungeachtet hielten es beide doch noch ein Jahr miteinander aus. Da geschah es, daß Frau Martha eines Abends, als die Fischerboote einliefen, nicht mit nach Hause kam. Sie hatte ein wichtiges Hindernis, nicht zu kommen, denn sie lag nun in der Tat da, wo Peter sie oft hingewünscht hatte. Peter erschrak anfangs über diese rasche Gefälligkeit des Schicksals, dann aber rieb er sich vor Freude die Hände, schlich in Cornelis Delfts Trinkstube, ließ sich seine Flasche geben, zündete den kleinen Pfeifenstummel an, strich den borstigen Bart über die Lippen, drückte beide Augen schmunzelnd zu und schielte aufs Meer hinüber, zum ersten Male mit dem freundlichsten Blicke von der Welt. Denn das Meer war jetzt sein bester Freund, er bedachte, daß Frau Martha auf seinem Grunde liege und er und die Fische Ruhe vor ihr haben.

Peter lief noch abends an den einsamen Strand, und der Himmel weiß, was ihm in den Sinn kam, er setzte sich auf das alte Wrack, schwenkte seinen Hut in die Lüfte, und den Pfeifenstummel im Munde, brummte er in wahnsinniger Lustigkeit ein altes Schifferlied, das er einmal in bessern Tagen gelernt hatte. Die kleine schwarze Koboldgestalt mit den dürren, in der Luft umherfahrenden Händen und der rauchenden Pfeife im bärtige Maule zeichnete sich wie ein Schattenriß schwarz gegen den Abendhimmel und das ruhige Meer ab. Aber Peter Knöck blieb nicht lange allein der Schauspieler auf dieser einsamen Bühne. Alsbald zeigte sich ein blaues Flämmchen, das hin und her zuckte und um Peters Beine fuhr. Diesem kam jetzt die Geschichte des Andreas in den Sinn. In der Freude seines Herzens und bei der Stimmung, in die ihn die Flasche in der Trinkstube versetzt hatte, fühlte er nicht die mindeste Furcht.

»Aha, Gevattersmann!« rief er laut, »bist du wieder da? Gibt's noch ein Seelchen zu befreien?«
Der Geist, der jetzt vor ihm stand, nickte bejahend mit dem Haupte.
»Nun, wenn sich etwas dabei gewinnen läßt, so hast du hier deinen Mann gefunden. Ich bin ein freier Bursche geworden und gerade bei Laune, deine Taschen um ein paar Goldsäcke leichter zu machen. Geschwind, zeigte mir, wie du dem Andreas gezeigt hast, wo der Weg hinuntergeht in dein Kämmerlein.«
Der Geist verzog bei dieser Rede, die ihm sehr wenig behagen mochte, merklich sein Antlitz. Ohne etwas zu erwidern, legte er den Reif auf einen der Pfosten vor Petern und verschwand. Peter bedachte sich nicht lange, schob ihn geschwind an den Finger, und sowie sein Fuß das Wasser betreten hatte, schwand es vor ihm hin, und er gelangte, ohne weit zu suchen, auf die Wiese im Meeresgrunde.
Hier sah er, wie Andreas erzählt hatte, die Jünglinge mit dem Heumachen beschäftigt und dazu ein Lied singend, das die Reize ihrer Gebieterin und den Lohn, den sie zu erteilen pflegte, rühmte.
»Ei«, rief Peter bei sich, »möchte ich sie nur auch zu sehen bekommen! Ist sie wirklich so schön, wie ihr sagt, so will ich mich anders benehmen wie der blöde Andreas.«
Kaum hatte er diese Worte gesprochen, als er das Haus auf der Wiese vor sich sah und daraus hervortretend eine Gestalt, dick wie eine Biertonne und auf kurzen, breiten Füßen daherwatschelnd. Ihr Gesicht glich dem aufgehenden Monde, wenn er dicht am Horizonte durch die Nebel in feuriger Gestalt erscheint, und ein Maul zog sich darinnen in die Breite, bewaffnet mit ungeheuren Robbenzähnen, blitzend und weiß wie das schönste Elfenbein. Mit diesem Munde und den kleinen, feurigen Augen winkte sie dem Ankömmling einen freundlichen Gruß zu. Peter erschrak heftig und hatte nur den Mut, mit leiser Stimme nach den drei Töpfen zu fragen.
»Was?« schrie die Frau, »kommst du nicht, um mich zu heiraten?«
»Für jetzt noch nicht, Liebchen!« stotterte Peter und drückte sich scheu zur Seite. In dem Augenblicke ward er der drei umgestülpten Töpfe gewahr. Mit ein paar Sätzen sprang er auf sie

zu, aber nun fiel ihm mit Schrecken ein, daß er vergessen habe, den Geist zu fragen, welchen der Töpfe er aufheben solle. Angstschweiß trat auf seine Stirne, seine Glieder bebten, er sah die dicke Frau zornig auf sich zu watscheln, und auf ihren Ruf versammelten sich alle Burschen von der Wiese, indem sie ihre Sicheln und Sensen schwangen. Ohne viel zu überlegen, hob er den mittelsten Topf. Da quiekte es drunten wie ein Gemisch von Froschstimmen und Hahnengeschrei, und es klang genau so, als wenn Frau Martha zankte. Schnell wollte Peter den Topf wieder aufstülpen, aber in der Eile und Betäubung entglitt er seinen Händen. Das Toben und Schreien um ihn her raubte ihm die Besinnung, und als er wieder zu sich selbst kam, lag er halbtot auf dem Sande am Ufer.

Ein böses Abenteuer, der ehrliche Peter Knöck war wohl nicht dazu gemacht, mit Geistern in Verkehr zu treten. Aber das Ärgerlichste an der ganzen Sache sollte noch nachfolgen. Kaum hatte er seine zertrümmerten Gliedmaßen zusammengerafft und war in das Dorf gehinkt, auf den Geist und seine umgestülpten Töpfe fluchend, als er in seinem Häuschen schon von weitem Licht flimmern sah. »Wer schafft denn dort?« fragte er sich selbst und näherschleichend, legte er sein Ohr an die Türe. »Wer spricht denn drinnen? Wahrhaftig, wenn Frau Martha nicht mausetot auf der Bank an der Wand läge, so könnten diese Schaltworte aus keiner andern als aus ihrer Kehle kommen! Ei, laß doch sehen!« Damit öffnete er leise, leise die Tür, kaum so viel, daß ein Lichtstrahl auf seine Nase fallen kann. Aber ach! was sieht er? Die Bank an der Wand ist leer, und mitten im Zimmer sitzt Frau Martha und zählt ihre Fische in den Kübel, frisch und gesund, als hätte sie nie Seewasser getrunken, und dabei auf den nichtswürdigen Tagedieb, ihren Mann, schimpfend, der sich noch immer nicht sehen lassen.

Als jetzt die Tür aufging und Peter hereintrat, empfing sie ihn auf die gewohnte Weise, und alles war völlig im alten Gleise. Frau Marthas Wiederbelebung wurde im Dorfe alsbald bekannt, und so sehr Peter sich die Mühe gab, den eigentlichen Hergang der Sache zu verdecken, so hatten es die feinen Köpfe und Späher im Dorfe doch bald heraus.

»Es ist ihm recht geschehen«, riefen viele, »wer hieß ihn aus frechem Übermute und Geldgier ein so gefährliches Abenteuer aufsuchen?« Andere lachten ihn von Herzen aus, indem sie ihn das Muster eines zärtlichen Gatten nannten, der selbst auf den Meeresboden hinabgestiegen, um sein liebes Weib wiederzubringen. Peter schüttelte den Kopf und meinte, sein ganzes Unglück habe in einem Fehlgriff bestanden: hätte er den Topf zur Rechten oder zur Linken aufgehoben, so besäße er unfehlbar jetzt die Freundschaft des Geistes und könnte über Tonnen Goldes gebieten. Dennoch hatte er nie den Mut, einen zweiten Versuch anzustellen.

Die Sage aber, daß die Seelen der im Meer Ertrunkenen auf dem Boden desselben von bösen Geistern unter drübergestülpten Töpfen gefangen gehalten werden, ist eine Wahrheit, die kein rechtgläubiger Schiffer bezweifelt.

Scylla. Ein antikes Schiffermärchen

Dicht am Meeresstrande saß träumend ein Fischerknabe aus Messina. Er hatte seine Tagewerk vollbracht, die Angel lag neben ihm, jetzt wartete er auf sein Mädchen, das ihm hier eine Zusammenkunft versprochen hatte. Der Ort war abgelegen und einsam, der Mond schien hell, nächtliche Stille lag auf Land und Meer. Das war eine Nacht, um zu träumen, eine Nacht, um all die alten Götterbilder neu hervorzurufen, die einst diese paradiesischen Küsten belebt hatten. Der Knabe dachte nicht daran, er träumte nur von seinem Mädchen, und im Unmute, daß sie ihn so lange warten ließ, warf er sich auf den hellen Sandbogen nieder, so daß seine gelben, niederhängenden Locken von dem Meere bespült wurden.

Am Ohr des Träumenden raschelte etwas am Boden dahin. Es war eine Ameise, die sich vor einer kleinen, räuberischen Meerspinne zu retten suchte. Der Knabe warf mit einer leichten Bewegung des Fingers den Verfolger in die Wogen und rettete die Verfolgte. Es war dieses ein kleiner Akt harmloser Gerechtigkeitsliebe, ein Eingreifen in den großen, allgemeinen Vernichtungskrieg der Schöpfung, ein Einmischen in die Händel alter, berühmter Insektenhäuser, deren Feindschaft schon Jahrtausende dauert. Die Spinne schwamm im Wasser fort, nachdem sie einmal noch gleichsam drohend ihre dünnen Beine geschüttelt. Dann war alles wieder so still, so warm und weich, so süß sehnsüchtig. Die Lüfte zogen mit immer schwererem Fittich ihren Weg übers Meer, das Meer wurde stiller und dunkler, es empfing willig die weichen Falten des schönen, glänzenden Mantels, den der Mond darauf hinbreitete, gleichsam als wollte Luna nun selbst bald in die Fluten zum Bade niedersteigen. Der Fischerknabe seufzte, denn noch immer kam sein Mädchen nicht. Plötzlich hörte er an seinem Ohr eine feine Stimme, die da sprach: »O Aeakus, geliebter König, wo ist jetzt dein Königreich und wo dein tapferes Kriegsheer?«

Der Knabe wandte bei diesen Worten erstaunt sein Haupt zur Seite.

»Sachte, sachte mein Freund!« rief dieselbe Stimme ängstlich, »du fegst mit deinen dicken blonden Locken mich von dem Steinchen herab, auf dem ich mühsam Platz genommen, um mich nach dem Kampf mit der Spinne zu erholen.«

Es war dieselbe Ameise, die der Fischerbube gerettet hatte. Seine scharfen Augen erkannten im hellen Mondschein die winzig kleine, braune Gestalt, die, um besser gesehen zu werden, sich aufrecht auf den Splitter eines Grashalms stützte, den sie wie eine Lanze zwischen ihre Vorderfüße geklemmt hielt. Sie ließ ihrem Retter eine kleine Pause, sich von seinem Erstaunen zu erholen, dann sagte sie: »Ich sehe, daß dir die Zeit lang wird, und um mich dankbar für deinen mir geleisteten Ritterdienst zu bezeigen, will ich dir eine kleine Geschichte erzählen, die, obgleich uralt, doch auch für die jetzige Welt von Interesse ist. Es ist die Geschichte der Scylla.«

Knabe: »Erzähle, doch vorher sage mir, wie du dazu kommst, menschlich zu sprechen. Ich bekümmere mich nicht viel um Dinge, die um mich her vorgehen, aber dieses ist doch etwas zu Auffallendes, um es ganz zu übersehen.«

Ameise: »Liebster Freund, du gefällst mir so, wie du da bist. Glaube mir, daß du die Dinge ohne Grübeln und Untersuchen hinnimmst, ist eine Gabe, die in dieser Welt, wo immerdar die größte Verwirrung herrscht, ordentlich beneidenswert ist. Mein Unglück war, daß ich stets zu sehr Philosoph sein wollte. Ich suchte die Allmacht und Güte der Götter immer da auf, wo sie gar nicht zu finden war, und wenn ich oft über die Weisheit des großen Weltregierers staunen wollte, beging er gerade einen dummen Streich, der ihn in meinen Augen lächerlich machte. Ich und meine kleine Geschichte geben einen Beweis von Jupiters Willkür. Solltest du wohl glauben, daß ich so, wie du mich hier sitzen siehst, ein Offizier in der alten Garde des Königs Aeakus bin?«

Der Knabe wandte sich um, sah die Ameise an und fiel dann, ohne ein Wort zu sagen, in seine vorige Stellung.

Ameise: »Hast du nie von den Myrmidonen gehört?«

Knabe: »Sind das etwa die frechen Räuber, die vor einiger Zeit einen Angriff auf das Haus der heiligen Jungfrau zu Loretto gemacht?«

Ameise: »Was Räuber und was heilige Jungfrau! Ich kenne diese Wesen gar nicht. Ich spreche von einer ganz andern Zeit. Du siehst in mir einen Griechen, einen Unteran des Königs Aeakus, der die schöne Insel Aegina beherrschte und der durch den Zorn der Juno alle seine Untertanen verlor.«

Knabe: »Ach, du bist also ein Heide! – Du hast zu der Zeit gelebt, als man die schönen Steinbilder verehrte, die mir einmal der Professor durch die halboffene Tür der Antikenkammer zeigte?«

Ameise: »Ja, so ist's, mein Träumer. Hast du nicht dort einen schönen, übermütigen Jüngling gesehen, berühmt durch seine vielen Liebschaften? Es ist Apoll. Bemerktest du ein Weib, eben aus dem Bade kommend, in göttlichem Liebreiz sich mit ihren Händen deckend?«

Knabe: »Ich sah sie.«

Ameise: »Das ist Venus. Es ist die Göttin, von deren Zorn ich am grausamsten zu leiden hatte. Ach!«

Das Übermaß des Gefühls vergangener Tage ergriff hier die Brust des Offiziers der alten Leibwache des Königs Aeakus so sehr, daß er taumelte und sich lange Zeit vergebens auf seinen Grashalm zu stützen versuchte. Der Fischer sah es und wollte ihm beispringen, doch den plumpen Griff der gewaltigen Finger dicht über seinem Haupte sehend, erschrak der Offizier so heftig, daß er schnell wieder zu sich selbst kam und ruhig auf dem Steinchen sitzen blieb. Nach einer kleinen Weile fuhr er fort:

»Du lebst jetzt, mein Guter, in einer geordneten Welt und kannst dir darum keinen Begriff von der Unordnung machen, die in der unsrigen herrschte. Überall, wo man hinsah, gab es Liebschaften. Eifersüchtige und rasende Weiber strichen in Haufen herum und verübten alles nur denkbare Böse. Der Vater der Götter und Menschen lief oft in den albernsten Verkappungen durch die Welt. Vor meinen Augen sah ich das Schäfermädchen Daphne in einen Baum verwandelt, verliebtes Gold regnete und Wolken wurden zärtlich. Im Wasser und in der Luft trieb sich das Heer der Verfolger und Verfolgten herum, und mancher Liebeshandel nahm eine so unanständige Physiognomie an, daß ich am besten tue, ganz von diesem Kapitel zu schweigen. Ich will dir nun ganz kurz die Geschichte meiner Verwandlung erzählen. Daß ich in dieser Gestalt, wie ich jetzt vor dir erscheine, unmöglich das Herz der reizenden Scylla erobern konnte, begreifst du wohl. Ich war der schönste Krieger, den du dir denken kannst. Zwar ist immer mein Gesicht etwas bräunlich gewesen, allein, es war die Farbe des Muts und der erprobten Männlichkeit, eine Farbe, die uns zum Entzücken gut kleidet und zugleich so gefährlich für die Frauen ist. Jupiter bewirkte diese Verwandlung von einer Ameise in einen Kriegshelden, und zwar aus folgendem Grunde. Der König Aeakus, wie ich dir schon erzählt habe, verlor durch eine Pest fast alle seine Untertanen. Über dieses Mißgeschick war er untröstlich. Eines Tages, als er eben angesichts seiner ausgestorbenen Hauptstadt auf dem Felde unter einer Zypresse träumend lag, bemerkte er einen ganzen Zug Ameisen, der sich den Stamm des Baumes hinaufbewegte. Es mochten ihrer wohl Hunderttausende sein. Der König, indem er die Geschäftigkeit und Ordnung des kleinen Heeres näher ins Auge faßte, konnte sich nicht enthalten, mit einem schweren Seufzer auszurufen: ›Ach, Jupiter! Wenn diese doch meine Soldaten wären!‹ – Infolge eines so vergeblichen Wunsches und seiner schwermütigen Gedanken schlummerte der arme König ein. Nach einer kleinen Weile schreckte ihn ein heftiger Donnerschlag empor: die Erde scheint zu wanken, geheimnisvolle Stimmen rauschen in den Lüften und ein dichter Nebel deckt das Land. Nachdem diese schrecklichen Erscheinungen sich verloren haben, kommt der Begleiter des Königs atemlos im Lauf und meldet, daß, man wisse nicht wie, eine ungeheure feindliche Kriegsmacht eingebrochen sei und sich schon der Stadt bemächtigt habe. ›Es werden Athener sein!‹ seufzt der König. ›Ach! Ich habe keine Macht, sie abzutreiben; mögen sie sich denn meines Eigentums bemächtigen.‹ Mit diesen Worten sinkt er in seinem Schmerz am Baumstamm nieder. Unterdessen hatte ich schon mit einigen meiner Gefährten die Stadt verlassen und kam nun, dem Könige meine Dienste anzubieten.«

Knabe: »Also du warst nun ein Soldat geworden, ein leibhaftiger und wirklicher Mensch? Erzähle, wie dir bei deiner Verwandlung zumut gewesen. Niemals habe ich so seltsame Geschichten gehört.«

Ameise: »Wie mir zumute war, kann ich dir unmöglich beschreiben, nur das weiß ich, daß ich herzlich lachen mußte, als ich meine neue Gestalt betrachtete, sie erschien mir über alle Maßen albern. Der Leib einer Ameise dünkte mich viel edler und schöner gebaut. Vor allen Dingen bedauerte ich den Verlust meiner schönen Taille, die ich durch unmäßiges Einschnüren mit dem Offiziersgürtel wieder herzustellen suchte. Übrigens fand ich mich sehr bald darein, anstatt eines Baumstammes eine Mauer zu erklettern, statt des hundertsten Teils eines Weizenkörnleins einen halben Kapaun mit einemmal in den Mund zu schieben sowie statt eines Tautropfens ein halbes Dutzend Weinkrüge auf einen Zug zu leeren.«

Knabe: »Und wie empfing euch nun der König?«

Ameise: »Wie du dir denken kannst, nahm er die Nachricht, die wir ihm brachten, mit dem freudigsten Staunen auf. Er warf sich auf die Knie, und ehe er noch sein neues Militär, dessen Ausstattung ihn keinen Silberling gekostet hatte, musterte, dankte er Jupiter in den rührendsten Ausdrücken. Mich machte er sogleich zum Offizier, wozu ihm wohl meine große Gestalt und mein vorteilhaftes Äußere besondern Anlaß gaben. Uns alle nannte er, unseres Ursprungs eingedenk, seine tapfern Myrmidonen.«

Knabe: »Welch seltsames Zeug! Da könnte man schwindlig werden!«

Ameise: »Kaum hatten wir uns als Menschen etwas eingelebt, als wir sämtlich auf den Einfall gerieten, Weiber zu nehmen. Das ganze Königreich Aegina bot nicht so viele Frauen dar, als eine solche Masse junger Burschen, die wir so plötzlich entstanden waren, erforderte. Zum Unglück hatte die Pest gerade die schönsten Mädchen hinweggerafft. Meine Betrachtungen, die ich damals über die Weiber anstellte, waren höchst wunderlich und verworren. Ich hatte aus meinem Ameisenzustand eine dunkle Erinnerung mitgebracht von marmorweißen runden Armen und Hälsen, an welchen ich mit vielem Vergnügen weit lieber als an den Baumstämmen emporgeklettert war. Ja, ich besann mich sogar auf das Bild einer jungen Schäferin, die einst an einem schwülen Sommerabend unter unserm Baume lag und an deren Arm ich so lange hinauf und hinab spazierte, bis mir der Mut wuchs und ich ihre rosige Wange zu besteigen wagte, von dort die Nasenspitze erklomm und, zu dieser Höhe gelangt, nun einen Blick auf die unter mir ausgebreitete Physiognomie warf, die ich mir einzuprägen suchte. Dieses gelang mir so gut, daß ich jetzt noch eine deutliche Vorstellung habe, daß sie schön war, und ich beschloß sofort, sie aufzusuchen, um sie zu meinem Weibe zu machen. Allein, wo sollte ich sie finden? Meine Sehnsucht gewann solche Stärke, daß sie mich Tag und Nacht nicht ruhen ließ, und ich benutzte meine kriegerischen Züge, um in den fremden Ländern nach meiner Auserwählten zu forschen.

So gelangte ich denn auch hierher. An dieser Küste hielt sich eine schöne Meergöttin auf, Galatea mit Namen, die in ihrem Gefolge die schönsten jungen Nymphen zählte, die nur je die Welle benetzt hat. Eine von diesen bewohnte hier am Ufer eine kleine, nasse Kammer in einer geräumigen Grotte. Von hier ging sie täglich in die Versammlungen der Meergeister und an ihr Geschäft. Dieses bestand in der Pflicht, jedesmal, wenn ein Sturm gewütet hatte, die Wellen wieder in Ordnung und Ruhe zu bringen. Das war nicht leicht, unermüdlich mußte sie mit ihren weichen Samthänden die Wellen glätten und ihre schäumenden Kämme niederstreichen, bis sie immer abgerundeter und kleiner wurden. Ich weile oft hier am Ufer und sah ihr zu, wie sie noch spät im Mondenschein im Meere beschäftigt war, auf- und niedertauchte, mit den gar zu übermütigen Wogen schalt und zankte, andere an ihren Busen zog und mit schmeichelndem Gesang zur Ruhe wiegte. Ach! Dieser Busen war das Schönste was man sehen konnte und war er nicht zu sehen, so schwammen doch die runden Schultern auf der Flut, und der lange, schwarzgrüne Haarzopf fegte hinterdrein. Oft hatte sie einen weißen Muschelkranz auf dem Kopf, noch öfter hingen Wasserblumen mit ihren dicken, fetten Kapseln auf die Schultern nieder. Sie hatte mich nicht bemerkt, und ich hütete mich wohl, einen ihrer dunkeln Blicke auf mich zu lenken, denn man erzählte mir viel von der tollen, leidenschaftlichen Unart der Nixen, wenn sie böse sind. Ganze Nächte saß ich daher still auf einem versteckten Uferstein und lauschte ihrem Gesange, der über die beruhigte Flut hintönte. Dann sah ich sie in der Morgendämmerung an mir vorüberrauschen, das weiße, große Bild gegen den dunkeln Meerhintergrund, sie kehrte ermüdet in ihre Höhle zurück.

Einst faßte ich den Mut, mich in dieser zu verbergen. Es war Abend, die Sonne lag gegenüber am äußersten Meeresrande und erleuchtete mit ihren goldnen Strahlen den ganzen innern Höhlenraum. Die dunkeln, schwärzlichen Wände waren wie mit einem bräunlichen Goldflimmer überzogen, die langen Schilfpflanzen wehten wie grüne Flammen herein, und die Wellen, die innen spielten, waren durchsichtig wie der hellste Kristall. Die schöne Scylla kam dieses Mal früher heim wie gewöhnlich, sie brachte mehrere Gespielinnen mit, und diese leichtsinnigen Nixen, nicht ahnend, daß ein Mann sie belausche, ergingen sich in den mutwilligsten und tollsten Spielen.

Über die phantastische Lustigkeit einer Nixe geht nichts. Immerdar ist bei den Mädchen der Menschen, auch bei den tollsten, Vernunft und Maß, bei einer Nixe jedoch verläuft sich alles gleich ins ganz Unförmliche und Ungeheure. Sie spielen miteinander wie die Wellen im Sturme, ihr Lachen ist wie der zischende Meerschaum, und dazwischen klingt dann ihr Kosen wie die schmeichelnde Welle, die leis ans Ufer schlägt, so heimlich lieblich und doch so seelenlos. Immerdar offen bleiben die großen blauen Augen, der Mund verzieht sich nie, auch bei dem wildesten Gelächter, und keine Stellung des Körpers zeigt einen bestimmten Ausdruck. Ein junger Delphin war in ihrer Mitte, den bald die eine, bald die andere bestieg und vor die Höhle hinausritt.

Als die wunderliche Gesellschaft etwas ruhiger geworden war, merkte ich aus ihren Gesprächen, daß jede eine besondere Handleistung, ein eigenes Geschäft, über sich genommen hatte. Eine helle Blondine hieß Meerspiegel, sie war die sanfteste. Ihr lag ob, wenn das Meer ruhig war, darüber hinzugleiten, die kleinsten noch übriggebliebenen Falten auszuglätten und den großen Wasserteppich recht straff anzuziehen, daß das Land, Wolken und Schiffe sich darin spiegeln mochten. Die zweite führte Palette und Pinsel mit sich, um die Wellen stets neu zu malen, sie hieß Meerfarb. Das schönste Himmelsblau, das dunkelste Grün, das trübe Grau und das kristallhelle Weiß waren die gewöhnlichen Farben. Seltener gebrauchte sie den hohen Purpur, die blassen Silberfunken, den Abendgoldglanz oder die bleigelben Gewitterscheine. Ihre schönsten Künste wandte sie an, wenn sie die fernen rosenroten oder goldnen Streifen am Horizonte malte, die das Auge der Sehnsucht so oft und mit so süßem Entzücken anschaut. Eine dritte hieß die Meerschäferin, weil sie die Herde der kleinen Wellenschafe weidete, die so mutwillig mit ihrer weißen Schaumwolle daherspringen, dem Schiffer nur Freude und Lust, aber keine Gefahr bringen, und zu schwach sind, um dem Kiel des segelnden Kahns zu widerstehen, doch stark genug, um ein badendes Mädchen umzuwerfen. Der Namen der vierten war Wellenklang. Sie hielt in ihren Armen eine kleine gewölbte Leier, in deren Saiten sie spielte und dazu sang. Dieses gab den zauberischen Ton, den das Ohr vernimmt, wenn die fernen Wellen brausen und durcheinanderlärmen. Sie hatte schon manchen guten Burschen mit ihrem Spiel in die Tiefe hinabgezogen. Die fünfte und jüngste war ganz Mutwille und arge Schelmerei, sie hieß Meerschaum. Ihr Geschäft war eigentlich ein immerwährendes Kinderspiel, nämlich den fliegenden Schaum zu fangen, ihn in Bälle zu formen und ans Ufer zu werfen. Je ärger das Meer tobte, desto lustiger fuhr sie hoch über die empörten Wellen, und ein Schaumkugelregen sprühte um sie her oder deckte sie wie ein dichtes Schneegestöber zu. Sie war nächst meiner Scylla die schönste. Ihr zarter Körper war weiß wie der Schaum des Meeres, und auch ebenso zart und weich, alle ihre Bewegungen unendlich reizend.

Meine Beobachtungen, mit denen ich bis hierher gelangt war, wurden jetzt unterbrochen. Man sagt, daß die Delphine die Eigenschaft haben, leicht die Gegenwart der Menschen auszuspüren. So hatte auch der junge Delphin, der sich in Gesellschaft der Nixen befand, alsbald mein Dasein ausgekundschaftet und zerstörte, indem er auf mich zugeschwommen kam, das Geheimnis meines Aufenthalts. Ach, ihr Götter! Welch ein abscheulicher Lärm entstand jetzt! Alle die albernen Nymphen hielten sich für beleidigt, und ihr Zorn erlaubte ihnen nicht, lange zu untersuchen. Sie zischten, klatschten, schrien durcheinander, und mir wäre es sehr übel ergangen, wenn nicht Scylla plötzlich hervorgetreten wäre, um mich in ihren Schutz zu nehmen. Sie riß ein paar ihrer langen, grünen Haare vom Kopfe, knüpfte sie in großer Geschwindigkeit um meinen Hals, und in dem Augenblick war ich vor jedem Anfall gesichert. Wer Nixenhaar an seinem Körper trägt, braucht sich vor Nixenzorn nicht zu fürchten. Es war ein fester Panzer gegen die unheimlichen Mächte der Wassertiefe. Gefahrlos schwamm ich jetzt aus der Höhle.«

Der ehemalige Offizier in der Garde des Königs Aeakus machte hier eine kleine Pause in seiner Erzählung. Er ergriff eifrig ein kleines Insektenei, das der Wind herangeweht hatte, und indem er es zur Sicherheit in eine Steinspalte fallen ließ, sagte er in einem Tone, der leichtfertig und sogar etwas spöttisch klingen sollte.

»Vergib, mein Freund, ich habe hie und da ökonomische Grillen, ich kann das Sammeln nicht lassen, obgleich ich weiß, daß Jupiter, der mich in diesen zauberhafter Zustand versetzt hat, auch gewiß für meine weitere Existenz sorgen wird. Allein, man kann doch nicht wissen, die berühmtesten Leute starben aus Hunger, weil ihre großmütigen Beschützer sie plötzlich aus Laune verlassen hatten. So könnte es auch mir gehen. Doch erlaube, daß ich in meiner Geschichte fortfahre.

Ich war der glücklichste unter den Sterblichen, denn ich konnte nicht länger zweifeln, daß meine Scylla mich liebte. Ja, sie gab mir die untrüglichsten Proben. Ich durfte ganze Abende im Mondenschein in ihrer Grotte zubringen. Der Delphin gewöhnte sich an mich und betrachtete mich endlich als einen Hausfreund, der kommen und gehen darf, wenn es ihm gefällt. In unsere stille Liebe mischte sich jedoch alsbald zerstörend einer von jenen dummen Streichen der großen Götter, von denen ich dir schon gesprochen habe. Ich will dir die Geschichte, obgleich sie schon sehr bekannt ist, in der Kürze erzählen.

Ein junger Königssohn, Peleus mit Namen, heiratete eine Nymphe aus dem Meere, und zu dieser Hochzeit hatte man alle Götter und Göttinnen eingeladen, außer Eris, der Göttin der Zwietracht, die man glaubte entbehren zu können. Allein, sie erschien uneingeladen und warf einen Apfel in den Hochzeitssaal mit der Aufschrift: der Schönsten! Es waren so viele schöne Frauen beisammen, daß offenbar, nur einen Apfel mit dieser Aufschrift hinzuwerfen, die boshafteste Erfindung war, die man ersinnen konnte. Es entstand natürlicherweise Streit, wer ihn sich aneignen sollte. Die kluge, verständige Minerva sogar ließ sich verleiten, um den Apfel zu werben, Juno forderte ihn als den ihr gebührenden Tribut, am auffallendsten gebärdete sich aber Venus, indem sie den Apfel den andern aus den Händen riß und ganz ruhig einsteckte. Die Götter waren alle viel zu feige, ihn ihr streitig zu machen, und die Göttinnen versteckten ihren Ärger in ein kleines höhnisches Gelächter. So blieb die Sache jedoch nicht. Es wurde ein Schiedsrichter aufgesucht, der entscheiden sollte, welche von den Göttinnen die schönste sei.

Ach, auf wen fiel ihre Wahl? Nicht auf einen klugen, unterrichteten, wohlerfahrenen Mann, nicht auf ein mit Ruhm und Ehren graugewordenes Haupt, nein, auf einen jungen Burschen, dem es im Gesichte geschrieben stand, daß er nicht bis drei zählen konnte. Nie in meinem langen Leben habe ich solch ein Träumergesicht gesehen! Er war so träge, daß er kaum die schweren Wimpern hob, die sein Auge immer beschatteten, sein dunkelroter Mund stand nach Weise dummer Jungen immer offen, das hellgelbe Haar fiel in schweren Locken auf Wange und Schultern, ohne daß er sich die Mühe gab, es nur einmal wegzustreichen. Er war rund und weiß, und außer einem kleinen blonden Barte auf der Lippe lag in seinem Antlitz nichts Männliches. Lieber Freund, ich muß gestehen, daß er einige Ähnlichkeit mit dir hatte.«

Knabe: »So muß er nicht häßlich gewesen sein, denn die Mädchen nennen mich einen hübschen Knaben.«

Ameise: »Nun ja, glaube nur den Mädchen; die Welt, obgleich schon alt genug, verändert sich nicht in dieser Hinsicht. Ein Weib bleibt ein Weib. So kamen nun auch die drei Göttinnen zu meinem kleinen, dummen Burschen, der eben seine Flöte blies und die Schafe weidete. Kannst du wohl glauben, daß er kaum in die Höhe sah, als die himmlischen Gestalten vor ihm standen? Auf meine Ehre, so machte er's! Venus war entzückt über ihn. ›Ach, welch schöne, dunkle Augen!‹ flüsterte sie, zu Merkur gewandt. Sie trat ihm näher, nahm ihm die alberne Schalmei aus der Hand und tat ihm ein lockendes Versprechen. Paris entschied zu ihren Gunsten, und die Sache war abgetan. Aber dieser Vorfall setzte nun Erde und Himmel in Bewegung. Es entstand ein weitläufiger Krieg, den ich zu beschreiben nicht weiter unternehmen will. Genug, daß ich unter die Unglücklichen gehörte, die zu der allgemeinen Versammlung der Griechen beschieden wurden, und daß also jene Göttertorheit mich um die Seligkeit brachte, mit meiner Geliebten länger beisammen zu sein.«

Knabe: »Ach, wieviel Unglück! Da hab ich's besser. Meine Tonina ist mir schon von den Eltern zugesagt, nur darf ich sie nicht eher als mein Weib heimführen, bis ein alter Oheim stirbt, der hier im nächsten Dorfe wohnt.«

Ameise: »Kleinigkeiten! Höre weiter. Das Weib, das Venus dem Paris versprach, zum Dank für seine Entscheidung zu ihren Gunsten, war die schöne Helena. Es konnte mir ganz gleichgültig sein, ob er sie bekam oder nicht. Nachdem ich also gezwungenermaßen einen Teil des törichten Feldzugs mitgemacht, nahm ich Gelegenheit zu entfliehen und fand mich hier wieder bei meiner schönen Scylla ein, zu einer Zeit, wo sie meiner Hilfe gerade sehr bedurfte. Ich komme jetzt zu dem rührenden Teil meiner Geschichte.

Es lebte hier an Siziliens Küsten ein Ungeheuer, Glaukus mit Namen. Dieser hatte meine schöne Scylla gesehen und sich in sie verliebt. Ich weiß nicht, durch welche beleidigte Göttin er zur Hälfte in einen Fisch verwandelt worden war. Der Oberleib zeigte noch einen leidlich hübschen, obgleich wilden jungen Mann von den rohesten Sitten. Scylla, indem sie seine Liebkosungen mit dem heftigsten Widerwillen abwies, reizte seinen Zorn, und er verschwand eines Tags unter heftigen Drohungen, ohne daß man erraten konnte, wohin er eile und was er vorhabe. Der Elende suchte eine berühmte Zauberin auf, der er sein Leid klagte und von ihr Hilfe heischte, indem er sie bat, einen Zaubertrank zu mischen, kräftig genug, Scyllas Liebe ihm zu erwerben. Diese abscheuliche Circe pflegte alle Männer, deren Zärtlichkeit und Liebe sie überdrüssig geworden, in Tiere zu verwandeln. Da sie sehr schön war, gebrach es ihrer Menagerie nie an immer neuem Zuwachs. Es weilte da, Gras fressend, mancher würdige Mann, den die Liebe zum Toren gemacht, manches herrliche Haupt, sonst eine Zierde des Staats, glotzte hinter dem verwünschten Gitter hervor, dem vorübergehenden Patrioten ein Schrecken und ein Graus. Nicht Talent noch Verdienst schützten vor so elender Verwandlung. Wem die Circe wohlwollte, dem gab sie eine nicht so ganz unwürdige Tiergestalt, der durfte als Wiesel, als behendes Eichkätzchen die schönen Arme, die ihn gezüchtigt hatten, umspielen, die Röte des göttlichen Mundes, der die Zauberformel über ihn ausgesprochen, mit Sehnsucht betrachten. Aber dem groben, derben Vieh ging es nicht so gut. Das durfte, in Ställe verteilt, nur aus der Ferne durch das Gitter sehnsüchtige Augen zu ihr wenden und im geheimen dumpfe Seufzer blöken. Ich selbst hatte einen innig geliebten Jugendfreund, der dort am Hofe der Zauberin als hochgepuckeltes Kamel stand. Es war ein sanfter, edler Charakter gewesen, voll reinster Tugend und Menschenliebe, nur zu sehr Schwärmer. Auch als Kamel blieb er edel und gefühlvoll, keine Klage entschwebte seiner Brust, nur sein großes, schönes Auge füllte sich manchmal mit einer Träne, und stummen Blicks sah er himmelan, als suchte er dort für so viel Leiden Vergeltung.«

Knabe: »Horch! War es nicht, als knisterte ein Fußtritt dort hinter dem hohen Ufersteine?«

Die Ameise hatte nichts gehört, sie war zu sehr vertieft in das Leiden ihres Freundes, des Kamels. Nach einer Pause spann sie den Faden ihrer Geschichte weiter. »Höre nun«, rief sie, »was mit Glaukus und Circe weiter geschah. Nach ihrer Gewohnheit hielt die Zauberin den jungen Mann längere Zeit bei sich, denn obgleich er, wie gesagt, zur untern Hälfte ein Fisch war, hatte sie sich doch in ihn verliebt. Glaukus aber wies sie zurück, wie Scylla ihn zurückgewiesen hatte. Das empörte die Eitelkeit der Hexe, sie beschloß, Rache zu üben, aber nicht an dem jungen Manne selbst, der schon verwandelt war, sondern an der armen Scylla.

Eines Tages erschien hier an der Küste eine fremde Frau, in lange Gewänder gehüllt, die mit ihrem Stabe Zeichen in den Sand schrieb, den Zug der Wolken beobachtete und einzelne unverständliche Worte in die Wellen hineinsprach. Scylla und ich, die wir in der Grotte beisammensaßen, beobachteten ihr seltsames Treiben, ohne daß wir auch nur von ferne ahnten, wie nahe uns dasselbe berührte. Es war nichts Neues, wie gesagt, dergleichen rasende Weiber herumstreifen zu sehen. Wir hüteten uns wohl, sie zu befragen, und gingen ihr, wo wir ihr begegneten, aus dem Wege. Endlich gelang es ihr dennoch, sich der schönen Scylla zu nähern. Sie gab vor, eine fremde Frau von Stande zu sein, die mit ihrem Gemahl an diesen Küsten Schiffbruch gelitten und das Ihrige verloren habe. Sie fragte nach den Eigentümlichkeiten des Landes, und nachdem sie mit der arglosen Nixe vertrauter geworden, lobte sie deren Schönheit und pries sie glücklich, daß sie in so sorgloser Stille der Liebe und den zärtlichen Gefühlen leben dürfe. Dieses freundliche Betragen und diese einschmeichelnden Reden setzte sie so lange fort, bis sie auch mein Vertrauen gewann, welches ihr zu ihrem schändlichen Vorhaben nötig war. Sie konnte sich jetzt in völliger Sicherheit und Ruhe zu unserm Verderben rüsten. Ich sage zu unserm Verderben, denn die boshafte Hexe hatte es ebenfalls auf mich abgesehen, weil ich wagte, ein Wesen zu lieben, das ihr verhaßt geworden. Noch denke ich mit Schrecken daran, wie ich in einer Nacht zufällig hinter ihre Schliche kam, leider aber ohne Macht, die bösen Erfolge derselben zu vereiteln.

Sie hatte durch Scylla erfahren, daß Galatea mit ihrer ganzen Versammlung der Nymphen zu einem großen Feste eingeladen war, das an einer entfernten Küste gefeiert wurde, daß also die meisten Zugänge zu den Tiefen der Gewässer unbesetzt waren. Eilig beschließt sie, sich diesen Umstand zunutze zu machen. Ich muß dich, ehe ich in meiner Erzählung weitergehe, noch mit einer besondern Eigentümlichkeit des Meeres vertraut machen. Die Philosophen beweisen dir, daß dieses Element die geheimnisvolle Urkraft aller Dinge ist, da aus ihm sich das gebildet habe, was wir unsere Welt nennen. Wie dem auch sei, gewiß ist jedoch, daß die beiden Enden der ungeheuren Kette der Geschöpfe, die größte Schönheit und die scheußlichste Ungestalt, zusammen darin erzeugt worden. Was auf der Oberfläche schwebt, was mit Lust die klare Welle durchschneidet, vom purpurnen Goldfisch an bis zur hochroten Korallenstaude ist schön und strebte immer nach größerer Schönheit, bis es endlich zur menschlichen Gestalt wurde und als ein über alle Begriffe reizendes Weib aus dem Flutenschaume emporstieg. Das war Venus. Nun gibt es aber eine zweite Venus. Wie jene lichtgeboren, so ist diese nachterzeugt, wie jene die Mutter der Schönheit, so stammt von dieser alles Häßliche, Entsetzliche und Widrige, wie jener bei ihrem Erscheinen die ganze Schöpfung entgegenjauchzte, so ist bei dieser die ganze Schöpfung bemüht, sie in ewige Nacht zu begraben, gleichwie man ein schändliches Muttermal an seinem Leibe unter drei- und vierfachen Hüllen versteckt.

Wo der Lichtstrahl die Welle nicht mehr durchschneiden kann, da fangen die Unformen an, und je tiefer, desto gräßlicher und gespenstischer werden die Fratzen, desto unheilbarer die Ausartung, bis endlich in den tiefsten Tiefen des Meeres jene Urgestalt der Häßlichkeit wohnt, die kein menschliches Auge noch gesehen hat. Ihre Blicke sind ewig auf den toten Meeresgrund gerichtet, denn wo sie auf etwas Lebendiges treffen, zerbricht die schönste Form, erlischt das lieblichste Schönheitslicht. Oft möchte sie auch wie die andere Venus zur Erde emporsteigen, allein, alle Kräfte der Schöpfung halten sie zurück. Unablässig sind riesenhafte Tritonen beschäftigt, die Ketten, an denen sie geschlossen liegt, zu erneuern. Zu diesem Geschäfte hat man schon die wildesten Gestalten auserwählt, und doch müssen sie alle Augenblicke durch andere ersetzt werden, weil, wenige Sekunden länger im Dienste, sie schon ihre menschliche Form verlieren und unkenntlich werden. In gleichem strengen Verschluß werden auch die ekelhaftesten Ungeheuer gehalten, daß keines zur Oberwelt gelangen kann, um dort Schrecken und Verwirrung anzustiften. Diese Vorsicht wußte jedoch die schlaue Circe zu entkräftigen. Sie ließ sich, in eine Meernixe verwandelt, hinunter in die Tiefe, machte sich an den wachehabenden Triton und wußte diesem rohen Gesellen so lange zu schmeicheln, bis er ihr versprach, in der Mitternacht, wenn sie es begehren würde, die Kammer der Ungeheuer zu öffnen und ein paar der häßlichsten Burschen entschlüpfen zu lassen. Mit diesem Versprechen war das böse Weib zufrieden, und nun begab sie sich an ihr Werk.

Es war eine Nacht wie diese, in der wir hier zusammen sind. Der Mond leuchtete friedlich. Ich saß in der Grotte neben meiner Scylla, und wir schauten hinaus auf den ruhigen Wasserspiegel vor uns. Plötzlich fing dieser an sich zu regen. Ohne daß ein Sturm erwachte, kräuselten sich die Wellen, und strudelförmig treibend höhlten sie vor unsern Augen einen tiefen Schlund aus, der immer weiter auseinanderklaffte und in dessen schwarze, gräßliche Höhlung das Mondlicht nur zitternde, ungewisse Strahlen warf. Wir blickten uns über dieses Wunder erstaunt und erschrocken an. Ehe sich noch eine Frage auf unsere Lippen drängen konnte, scholl ein wilder, entsetzlicher Schrei von dort herüber, dann tobte die Brandung wie bei dem gräßlichsten Sturme, das Meer war in der wildesten Bewegung. Aus den Lüften und der Tiefe drangen Stimmen, der Mond, eben noch so klar die Himmelswölbung durchschimmernd, hatte sich in ein dunkelschwarzes Gewölk gehüllt, die ganze Natur um uns schien im Aufruhr und mit sich selber im Kampfe. Trotz Entsetzen und Angst gedachte Scylla an ihre Pflichten; sie riß sich aus meinen sie umklammernden Armen los, und mit einem Sprunge war sie mitten in den Wogen. Ich sah vom Ufer aus, wie sie vergeblich strebte, die wildempörten zu besänftigen, immer höher hoben sie ihre zürnenden Häupter um die zarte Gestalt, die unter ihrer schwarzen Wucht zu erliegen drohte. In dem Augenblick flogen auch von allen Seiten die entfernt gewesenen Meergeister herbei. Ihr Geschrei war entsetzlich, sie stürzten sich mitten in den Kampf der Wogen. Galatea selbst fuhr mit wehendem Schleier und aufgelösten Haaren in ihrem Muschelwagen wie rasend über die Tiefe. Umsonst, die wilden Kräfte hatten jeden Zügel abgeworfen, kein Gebot, kein Machtwort hielt sie im Zaum. Ach, da sah ich die zarte Meerfarb, das blonde Kind Meerstille, die liebliche Wellenschäferin ratlos in der Wasserwüste herumtreiben und ihre weißen Glieder von den Wellen blutig gepeitscht. Keiner der Meergeister wußte, wo ihm der Kopf stand; sie rannten über- und untereinander, die Verwirrung war fürchterlich. Die ganze Küste war mit Gruppen zitternder Menschen angefüllt, die dem Ausgang des Kampfes entgegensahen. Mein junger Freund, was habe ich da in dem schrecklichen Augenblick gelitten! Mein Auge sah die Geliebte in Gefahr, hing an jeder ihrer schmerzlichen, verzweifelten Bewegungen, ohne daß dem Körper Kräfte zu Gebote standen, sie zu retten. Nur zu gewiß erschien mir jetzt ihr Untergang. Oben auf dem Felsen hatte ich im grellen Schein der Blitze die grimme Gestalt der Zauberin entdeckt, wie sie mit ihrem Stabe in das Meer hineinwinkte. Jetzt erkannte ich die Arglistige und wußte, daß sie zu unserm Verderben tätig war. Im Kampfe der Verzweiflung klammerte ich mich an die Steine des Ufers, ich wand mich im Staube und schrie die Fürchterliche an um Rettung. Ungehört verklang meine Stimme im Rollen des Donners und der Wogen, noch einmal sah ich die Geliebte, wie sie aus der Ferne bittend die Arme nach mir ausstreckte, dann deckte Finsternis mein Auge und das Bewußtsein schwand.

Was sich weiter in dieser entsetzlichen Nacht begeben, ob die Meergöttin endlich wieder ihre Herrschaft gewann, weiß ich dir nicht zu sagen, ich vermute es aber, denn die Zauberin, nachdem sie ihre Rache genommen, verschwand aus diesen Gegenden, ohne jemals wiederzukehren. Aber Scylla, meine unglückliche Scylla, war auf das entsetzlichste verwandelt. Noch immer leuchtete ihre schöne Gestalt über der Tiefe, aber gräßliche Larven, Ungeheuer, wie sie keine menschliche Phantasie träumen kann, umgaben sie und hielten sie verzaubert fest auf einer Stelle der Flut. Jedes lebende Wesen, das sich dieser Stelle nahte, wurde ohne Rettung von ihnen verschlungen. Rührend tönte die Klage der armen Verzauberten, doch wehe dem Schiffer, der sich dadurch verlocken ließ, ihr zur Rettung hinauszusteuern; sein leichter Kahn war augenblicklich im gefräßigen Schlunde des Strudels begraben. Das war das Werk der Zauberin.«

Knabe: »Lebte sie nur noch! Ich wollte ihr zeigen, daß man nicht ungestraft einem ehrlichen Mann sein Mädchen rauben darf. Wäre das mir geschehen, ich hätte mir schon Platz zu machen gewußt und sie unter allen ihren vierfüßigen Liebhabern aufs Trockene gesetzt.«

Die Ameise konnte, trotz ihres Schmerzes, bei diesen Worten ein kleines Lächeln nicht unterdrücken.

»Guter Freund«, sagte sie nach einer Pause, »man sieht, daß du ein Neuling in der Welt bist. Zauberinnen setzt man nicht so leicht aufs Trockene! – Überhaupt, wie schlecht kommt man in der Welt fort, wenn man nichts hat als ein paar gesunde Fäuste! List, Klugheit und Überredung müssen aushelfen, wo die Macht zu gering ist.«

Knabe (spöttisch): »Das sind die Grundsätze einer Ameise, aber nicht eines braven, beherzten Burschen. Anstatt in Ohnmacht zu fallen, wäre ich flugs ins Wasser gesprungen, um mein

Mädchen aus den Klauen der Ungeheuer zu retten, gleichviel, ob Gefahr da war, in den Wellen zu ertrinken oder nicht.«

Ameise: »Wir wollen uns nicht hierüber streiten.«

Knabe: »Ebensowenig gefällt mir, daß du damals dich zu den Ausreißern geselltest und vom Kriegsheere, wo dich Pflicht und Ehre festhielten, entschlüpftest.«

Ameise: »Ach was! Könnte ich dir jetzt wohl meine Geschichte erzählen, wenn ich anders gehandelt hätte? In dem einen Fall wäre ich ertrunken, im andern totgeschlagen worden. Bedenke es und tadle nicht so schnell die Grundsätze eines Wesens, das eine tausendjährige Erfahrung gebildet hat. Ich will jetzt eilen, dir den Schluß meiner unglücklichen Geschichte mitzuteilen.

Kaum sah ich, daß die Befreiung meiner Geliebten durch menschliche Kräfte nicht zu erreichen war, als ich auch den Entschluß faßte, die Wohnung der Circe aufzusuchen, um sie durch die rührendsten Bitten und Vorstellungen zu bewegen, ihr grausames Werk selbst wieder zu zerstören. Nach langem Umherirren fand ich das Ziel meiner Wanderung. Die freche Räuberin meines Glücks befand sich hier inmitten ihres ekelhaften Hofstaates im besten Wohlsein und mit einer Miene, als hätte sie kein Wasser getrübt. Der Anblick ihrer verhaßten Gestalt brachte mich dergestalt außer Fassung, daß ich lange Zeit mich verborgen halten und sammeln mußte, ehe ich mit meinem Anliegen hervortrat. Während dieser Zeit entdeckte ich mich meinem Jugendfreunde, dem Kamel, und wir sannen beide auf Mittel, die den Untergang der nichtswürdigen Hexe hätten herbeiführen können. Was vermochten aber zwei schwache Wesen, denen selbst noch das Joch der Verzauberung auf dem Nacken ruhte, gegen ein mächtiges und arglistiges Götterweib! Meine Bitten fruchteten nichts, und unsere Verschwörung wurde, ehe sie noch ganz zur Reife gediehen war, entdeckt. Circe machte sich jetzt daran, auch mir meinen Lohn nicht länger vorzuenthalten. Sie hatte von mir selbst die Geschichte meiner Verwandlung erfahren. Anstatt ihrem Zorne Luft zu lassen, nahm sie die Miene an, als verzeihe sie mir gänzlich. Sie war huldreich und liebenswürdig, ihr Antlitz konnte, wenn sie wollte, die jugendliche himmlische Unschuld und Fröhlichkeit eines siebzehnjährigen Mädchens annehmen. Sie hing sich an meine Arme, und scherzend und lachend machten wir einen kleinen Spaziergang zu einem der entfernteren Gärten. Dort angelangt, setzten wir uns unter einem großen Apfelbaum nieder. Die Hitze war unleidlich, die schöne Frau schmachtete nach einer Erquickung, und auf ihre Bitte machte ich mich anheischig, auf den Baum zu klettern, um ein paar Äpfel herabzuholen. Der Stamm war ungewöhnlich hoch, und ich glitt daher einige Male wieder unverrichteter Sache herab. Circe lächelte und rief mir zu: ›O mein Freund, wie langsam! Ich wette, wenn Ihr noch eine Ameise wäret wie ehemals, ich bekäme schneller meinen Apfel.‹ Ich fand diesen Scherz nicht ganz zart und wollte eben etwas darauf erwidern, als ich zu meinem Erstaunen sah, wie die Zauberin unterm Baum zu einer riesigen Größe anwuchs. Zugleich sah ich mich selbst im Schatten eines Gegenstandes, der wie die runde Kuppel einer ungeheuren Kirche aussah: es war ein Apfel. Du errätst mein Unglück, Freund: die Dinge um mich hatten ihre gewöhnliche Größe behalten, ich aber war zu einer winzigen Kleinigkeit eingeschrumpft, mit einem Worte, ich war wieder eine Ameise geworden.«

Knabe: »Und was tat die Zauberin?«

Ameise: »Sie stand unter dem Baum und hielt mir folgende schöne Rede: ›Tapferer Myrmidone‹, sagte sie und lachte dazu unmäßig, ›ich gebe dir jetzt Zeit und Muße, deine verliebte Natur etwas verrauchen zu lassen. Wenn du wieder menschliche Gestalt gewinnen solltest, so hüte dich wohl, daß du mit deinen Liebschaften keinem Mächtigern in den Weg trittst. Jetzt lebe wohl und denke meiner.‹ Damit ging sie sorglos von dannen, und meine Flüche, die ich im Schmerze und der Verzweiflung ausstieß, verklangen ungehört in dem Gesäusel der Baumblätter um mich her.«

Knabe: »Ach, wie beklage ich dich!«

Ameise: »Hier hast du nun die Abenteuer meiner Liebe und meine unglückliche Geschichte. Ich wüßte nichts mehr hinzuzusetzen.«

Knabe: »Ich danke dir, du hast mir auf die beste Weise die Zeit vertrieben. Mein Himmel, von diesen Dingen hat mir auch nicht von Ferne geträumt! Es wird mir jetzt sogar schwer, mich wieder in das gewöhnliche Leben um mich her zu finden. Ach, welch eine wunderliche Welt hast du bewohnt!«

Die Ameise konnte auf diese Bemerkung nichts erwidern, ihre lange Erzählung hatte sie dermaßen erschöpft, daß sie jetzt in ihrer ganzen Länge ausgestreckt auf dem Steine lag und kaum noch atmete. Es verging eine lange Pause, während tiefe Stille herrschte und man nur die leisen Wellen ans Ufer klingen hörte. Der Knabe hätte sich gerne noch nach manchem merkwürdigen Umstand erkundigt, aber er wagte es nicht, die kleine Erzählerin in ihrer hinbrütenden Erschöpfung zu stören. Endlich dauerte ihm die Ohnmacht derselben zu lange, er tauchte seinen Finger ins Meerwasser und spritzte ein Tröpfchen auf die Ameise. Sogleich ergriff sie wieder ihren Grashalm und richtete sich mühsam daran in die Höhe. »Wir müssen jetzt Abschied voneinander nehmen«, sagte sie mit einer noch immer erschöpften Stimme. »Diese Nacht war eine von denen, wo es mir erlaubt ist, aus meinem verzauberten Zustande zu erwachen und mich unter den lebenden Geschöpfen der Welt herumzutreiben; nun wartet meiner wieder ein tausendjähriger Schlaf. Vielleicht, wenn ich dann komme, herrschen wieder die alten Götter mit ihren wunderlichen Liebschaften und Zänkereien.«

Knabe: »Bleibe noch ein wenig. Du hast mir noch nicht gesagt, was aus Scylla wurde. Die Schiffer in meinem Dorfe erzählen, daß ein ehemals sehr böser Strudel nicht weit von hier diesen Namen führte.«

Ameise: »Das ist ja eben meine unglückliche Scylla. Noch immer hat der Zauber seine Kraft, obgleich nicht mehr in seiner vollen Stärke. Noch immer vermeiden die Schiffer jene Stelle im Meer, und der alte Fluch der Circe schwebt noch geheimnisvoll über der Tiefe. Doch nur sehr selten zeigt sich in hellen Mondnächten die Gestalt der armen Nixe dem vorübertreibenden Schiffer aus der Ferne über den Fluten.«

Knabe: »Ach, ich wünsche sie nicht zu sehen, mein Herz würde vor Wehmut brechen bei ihrem Anblick.«

Ameise: »Ein alter, berühmter Dichter hat meine unglückliche Geliebte besungen, aber er hat treuloserweise meinen Anteil an diesen Begebenheiten ausgelassen. Er erzählt nur von Glaukus und Scylla. Du hast nun, mein Knabe, die Wahrheit von der alten Sage vernommen, und wenn du einst ein Dichter werden solltest, so mußt du mit mehr Treue der Nachwelt diese merkwürdige Geschichte berichten.«

Diese kleine, abschweifende Bemerkung machte die Ameise nicht ohne Ursache. Sie sah in dem Moment in dem Antlitz des Knaben alle jene ausdrucksvollen Schönheiten auftauchten, die das Gepräge eines begeisterten Dichterkopfes ausmachen. Seine Augen glänzten, die Wange färbte sich höher, die Lippen hauchten das zärtliche und gefühlvolle Lächeln, das ein reizender Gedanke der Phantasie dem Gesichte mitzuteilen pflegt. Dennoch war der arme Fischerknabe kein Dichter, aber die Liebe, eine andere Dichtkunst, hatte ihn eben durch das Erscheinen seines Mädchens elektrisiert, das hinter einem der großen Ufersteine hervortrat. Er flog auf sie zu, beide hielten sich eng umschlossen und vergessen waren der ehrwürdige Offizier der Leibwache des Königs Aeakus und seine unglückliche Geliebte, die verwandelte Scylla.

Unbesonnene Welt! Das Meer deines ewigen Leichtsinns liegt hell und spiegelglatt vor dir ausgespannt; fragst du wohl nach den Strudeln, wo eine unglückliche Liebe versank, so ein Lebensschiff scheiterte? Umsonst sprechen die alten Sagen der Tiefe, ewig neu und reizend klingen die Sirenenstimmen in jedes junge Herz, es anspornend, die Fahrt übet das trügerische Meer zu wagen.

Das Märchen von der verliebten Auster

Auf den Treppenabsätzen des Hafendammes zu Bastia hatte sich eine kleine Zahl Burschen und Mädchen versammelt. Die Sonne warf ihre morgendlichen Strahlen aufs Meer, in der Stadt läuteten die Sonntagsglocken, und fernher tönte das dumpfe Geräusch der Wagen und Ausrufer herüber. Eine Sonntagsstille auf dem Meere hat immer etwas Feierliches. Die geschmückten Schiffe stehen so ruhig da, hin und wieder aus einer Kajüte tönt ein frommer Gesang hervor, zuweilen schlägt eine einzelne verspätete Welle mit dumpfem Klange an die Wand des Dammes, an der die müßigen Matrosen lehnen und plaudern; weit hinaus blitzt das sonnenbeglänzte Meer, ungescheut spielen die Fische, und die Vögel wiegen sich auf den schweren Ankerketten. Das ist die Sonntagsstille im Hafen.

Die kleine Gesellschaft auf den Treppenabsätzen sitzt behaglich da und schaut in die Weite hinaus, da erhebt Casimir; ein langer, schwerfälliger Bursche, mit rotem Haar und träumerischem, bleichen Gesichte seine Hand und zeigt auf ein Boot, das langsam angerudert kommt. Ein hübsches, geputztes Mädchen sitzt darin, sie landet an der Treppe, die Burschen heben sie heraus, sie grüßt freundlich und wird nicht weit davon von einem ältlichen Mann empfangen und in die Stadt geführt. Kaum ist sie fort, so lästert man über sie in dem kleinen Kreise.

»Seht doch«, ruft Etienne, »wie sich der Dorfkessel blank gescheuert hat! Geht sie nicht wie eine Prinzessin daher?«

»Schäme dich!« sagte Marion, »du kannst es nicht vergessen, daß sie dir einen Korb gegeben hat und den alten, reichen Müller aus San Bonifaz heiratet.«

»Jawohl!« lachte Pierre, »du hättest nur gar zu gerne für deinen Teil das Fett von der Suppe geschöpft.« Die Mädchen lachen.

»Wenn du damit«, entgegnete Etienne finster, »ihr Gold meinst, so hast du unrecht, bei meiner Ehre, sehr unrecht; ich habe wahrlich nicht Lust, von dem alten Nixengold meinen Teil zu nehmen, das der Urgroßvater in die Familie gebracht hat.«

Susanne, ein hübsches, blondes Mädchen, fragte neugierig: »Was ist's mit dem Nixengold, Etienne?«

»Eigentlich kein Nixengold«, antwortete dieser, »sondern Teufelsgold.«

»Sag die Sache lieber gerade heraus!« sprach der kleine Tobby, »es ist das Gold einer alten, verliebten Auster, von dem die kleine Tesi noch jetzt zehrt.«

»Puh!« rief Pierre, indem er beide Backen aufblies und starre Augen machte, »wer spricht von solchen Dingen so unverschämt laut?«

Es trat jetzt eine allgemeine Stille ein, und viele dachten darüber nach, wie es doch zugehen möchte, daß man von einer Auster Geld erbte. Susanne schüttelte zuerst den Kopf. »Ich habe nicht gehört«, sagte sie mit bescheidener, aber fester Stimme, »daß Austern verliebt sein können, ebensowenig, daß sie Geld verschenken. Es wird wohl ein Nix gewesen sein, von solchen Geschöpfen pflegte mir meine Großmutter allerdings sonderbare Dinge zu erzählen.«

»Nein!« schrie Tobby heftig, »es war kein Nix, sondern eine Auster! Haltet ihr mich für so dumm, daß ich diese beiden nicht unterscheiden kann? Es war eine gute, natürliche Auster, wie ihr sie alle Tage hier auf dem Markte sehen könnt, die sich in die Braut des Meisters Jacques bis zum Sterben verliebte und sie ihm auch entführte.«

»O wie abscheulich, wie ganz abscheulich!« rief Pierre und lachte aus vollem Halse, »hat man jemals dergleichen gehört?«

»Stille!« riefen die Mädchen.

»Ich glaube«, sagte Tobby leise, »wenn man Tesi recht genau betrachtet, so findet man an ihr noch einige Ähnlichkeit mit einer Auster, ich für meinen Teil habe etwas der Art bemerkt.«

»Ich auch«, meinte Etienne, »wahrlich, sie duftet immer nach Seewasser, und ich hätte Lust, wie es die Leckermäuler mit der Auster tun, eine halbe Zitrone auf ihr Haupt auszupressen, ehe ich mich entschließen könnte, sie zu küssen.«

»Nein«, sagte Susanne, »ich esse nie Austern, weder mit noch ohne Zitronen, obgleich mein Vater die schmutzigen Muscheln oft zu Hunderten aus dem Meere fischt, rühre ich dennoch keine an.«

Die Mädchen lachten, und die Burschen besprachen sich leise miteinander, nur Etiennes Stimme tönte laut hervor, der da rief: »Ich will verflucht sein, wenn ich jemals in die Verwandtschaft trete!«

»Am Ende«, sagte Marion, »muß doch die Geschichte erzählt werden, denn wir wollen sie alle gern hören.«

»Ja, das wollen wir!« rief der Kreis der Mädchen, und alle rückten näher zusammen.

»Aber wer versteht sie zu erzählen?« fragte Etienne mit wichtiger Miene, »Tobby kann seines Vaters schadhafte Netze ausbessern und auch den Hut sonntags aufs linke Ohr setzen, wenn er seinem Mädchen gefallen will, allein er wird nimmermehr verstehen, die Geschichte von der verliebten Auster zu erzählen.«

Die kleine blonde Susanne wurde rot, Tobby spielte mit der schweren Ankerkette, die neben ihm ins Wasser hinabhing: Tobby und Susanne liebten sich.

»Casimir, Casimir!« riefen alle, »Casimir muß erzählen.« Der lange, rothaarige Bursche, der sich gleich nach der Anstrengung, die es ihn gekostet hatte, um auf das Boot mit der geputzten Tesi zu zeigen, wieder der Länge nach auf die Stufen niedergestreckt hatte, lüftete jetzt den Hut mit dem roten Granatbüschel, den er gegen die Sonne über Nase und Augen gezogen, und murmelte einige Worte.

»Man sieht, er ist wieder in seiner Seehundslaune«, sagte Pierre, »gewiß grübelt er nach, wieviel Zentner Fett in einem Walfischbauch Platz finden.«

»Man muß ihm etwas Seewasser zu trinken geben«, rief Tobby und stand auf der untersten Stufe, die hohle Hand zum Schöpfen niedertauchend.

Marion verhinderte es. »Oh«, rief sie zärtlich, »Casimir ist der beste, gefälligste Bursche auf der ganzen Insel, Casimir ist ein trefflicher Erzähler, er packt euch alle in den Sack, wenn er nur will, und er wird wollen. Seht nur, er richtet sich schon in die Höhe, macht ihm Platz, daß er in den Schatten kommt! Man muß die Leute nur zu bitten verstehen.«

»Still, er fängt an zu erzählen!« Und wirklich erzählte Casimir wie folgt:

»Es war einmal –« – »Nein, nein!« rief Etienne, »das geht nicht. Mein Großoheim pflegte immer seine Geschichte mit dem ›es war einmal‹ anzufangen, und ich weiß, wie verwünscht langweilig ihn die Leute deshalb fanden. Also einen andern Anfang, lieber Seehund!«

Casimir strich sich die roten Flammen etwas unwillig aus dem Gesicht. »Nun gut«, sagte er nach einer kleinen Pause. »Zur Zeit, als die Leute hier in Bastia noch spitzige Bärte, faltige Halskrausen und kleine spanische Mäntel trugen – ist's euch so recht?«

»O zum Teufel!« rief Tobby, »auf solche Weise wird die gute Tesi noch lange auf ihre Auster warten müssen. Ich glaube in der Tat, ich werde die Sache kürzer machen. Hört nur. Ihr kennt doch den Hutfelsen? Seht ihr, geradehinaus, dort im hellen Sonnenspiegel des ruhigen Meeres das schwarze Pünktchen? Es steht da wie ein dunkles Fleckchen auf dem weißen Hals einer hübschen Dirne. Seht, wenn ihr an diesen Stein hinanrudert bei tiefer Wasserstille, wie heute zum Beispiel, und ihr biegt euch aus dem Boote hinaus, vorsichtig auf die Schattenseite, dann erblickt ihr tief unten im Grunde des klaren Wassers ein gläsernes Haus, durch dessen Dach ihr durchsehen könnt. Und wenn ihr dann lange und angestrengt hinabseht, so werdet ihr im Hause ein wundersames, hübsches Mädchen gewahr, die sitzt unten traurig, und senkt ihr Köpfchen, daß die blonden Locken niederfallen, und auf ihrem Schoße mit ihren weichen Armen hält sie eine mächtig große Auster, ja, eine Auster!«

»Ach!« riefen die Mädchen, indem sie tief Atem schöpften, »das ist sehr wunderbar!«

»Nun gut«, sagte Casimir, »jetzt kannst du auch zu Ende erzählen. Du bist auf eine so ungeschickte Weise gerade in die Geschichte hineingeplumpst, daß meine spitzigen Bärte und spanischen Mäntel jetzt völlig unnütz sind.«

»Ach, lieber Casimir«, bat Marion, »wir wissen ja immer noch nicht, wie die Urgroßmutter der armen Tesi in den Meergrund geriet.«

»Freilich«, riefen alle Mädchen, »wir wissen ja eigentlich noch gar nichts.«

»Vor ein paar hundert Jahren«, nahm Casimir wieder das Wort, »lebte hier in Bastia ein armer Fischer, der sich damit mühsam Unterhalt erwarb, daß er an den gefährlichsten Stellen nach Korallen fischte und wenig genug fand. Statt dessen fielen ihm viele von den Dingen in die Hand, die man heutzutage so gierig verschlingt, die man aber damals durchaus nicht schätzte. Benedict warf eine große Menge der schönsten Austern über Bord oder ließ sie in seinem kleinen Hofraum elend verkümmern. Manches Leckermaul unserer lieben Stadt würde seufzen, wenn er die Mahlzeiten sehen könnte, die damals verlorengingen, aber es sollte nicht lange so bleiben.

Es reiste gerade damals ein Wundermann herum, der auf offenem Markte Steine, Eisen, glühende Kohlen und flüssiges Blei verschluckte. Diese Delikatessen seiner Tafel vermehrte er einstmals zufällig durch ein paar jener Muscheln, die Benedict täglich aus dem Meer fischte. Die harte Schale sprang knisternd entzwei unter seinen mörderischen Zähnen, und das weiche Innere berührte die Zunge. Obgleich diese durch Küchenkünste eben nicht verwöhnt war, so fühlte sie dennoch dunkel einen gewissen feinen Wohlgeschmack und brachte diese Entdeckung unter die Leute. Anfangs wurde der Eisenfresser ausgelacht, allein er ließ sich nicht abschrecken. Er machte jetzt vorsichtig die Schale auf, zeigte den Inhalt umher und forderte, wie es in der Ballade heißt, ›Rittersmann oder Knapp‹ auf, sich mit dem fremden Dinge näher bekannt zu machen. Aber jedermann graute vor dem kleinen, grauen Molluskenleib, der im weichen Atlasbettchen der Muschel zusammengekrümmt lag. ›Eßt nicht!‹ riefen die Pfaffen, ›es ist ein Stückchen eingewickelter Erbsünde vom Paradies her!‹ – ›Eßt nicht!‹ schrien andere, ›es ist des Teufels Zunge!‹ – ›Eßt nicht!‹, riefen die Weiber, ›es sind ungeborne Kinderherzen, die böse Zauberer in diese Kapseln eingeschlossen haben!‹ – ›Nein!‹ riefen andere, ›es ist das Auge des heiligen Johannes, der um der Welt Sünde weint, wer es verschluckt, kann mit dem Magen sehen.‹ Wieder andere behaupteten, es sei ein Stück der wundertätigen Fischleber, mit der Tobias die Blinden heilte. So riefen sie durcheinander, aber keine hatte den Mut, die Auster zu verschlucken, und der Eisenfresser stand vergeblich mit der offenen Schale auf dem Markte da. Endlich rief der schlaue Benedict, der sich herbeigeschlichen hatte: ›Es ist das Ohrläppchen der heiligen Veronica, wer es verschluckt, wird wieder jung und verliebt!‹

Und kaum waren diese Wort ausgesprochen, als sogleich der Haufe der alten Weiber in Bewegung geriet. Aus ihrer Mitte brach eine hervor, die sich mit ihren Krücken Platz machte und geradewegs, wie ein kecker Soldat auf den Feind, auf die Auster, losmarschierte. Ihre Augen funkelten, man sah ihr an, daß sie Mut genug besaß, den Teufel selbst mit Haut und Haar zu verschlucken. Sie ergriff die Auster und leerte sie wie einen Becher Weins auf ihre vorgestreckte Zunge aus. Ein allgemeines Geschrei des Beifalls und der Bewunderung erfüllte die Luft. Weiber, Männer und Kinder drängten sich um die Alte, ganz Bastia geriet in Bewegung, da die erste Auster verschluckt worden war. Nach und nach fanden sich jetzt welche ein, die das Wagestück nachzumachen Lust zeigten. Endlich kamen auch die fetten Söhne des heiligen Augustin herbei, sprachen den Segen über die neue Meerfrucht und verschlangen sie dann wohlgefällig und zu ganzen Hunderten. Bald aß die ganze Welt Austern.

Die Folge hiervon war, daß Benedict ein reicher Mann wurde. Er gab seine Korallen auf und fischte jetzt Austern. Hierbei begegnete ihm jedoch ein seltsames Abenteuer. In Benedicts Seele lag leider zuviel Gier und zuwenig Bescheidenheit. Er hätte sich sollen mit seinen Schätzen begnügen, die er schon erworben, allein er strebte ungebührlich nach mehr und fiel dadurch in eine böse Schlinge, aus der er sich nicht wieder herauswinden konnte.

Eines Abends, da er länger als gewöhnlich auf seinem Felsen saß und kratzte und schabte, hörte er plötzlich neben sich eine Stimme erschallen, die ihm völlig fremd war und die sehr hohl und abenteuerlich klang. Sie sprach die Worte: ›Nichtswürdiger Schwabewurm, so wagst du es, alle Tage wiederzukommen und meine Kinder und Untertanen zur Schlachtbank zu führen! Warte, mein Zorn erreicht dich jetzt, und keine Stunde weiter sollst du leben!‹ – Benedict wußte nicht, wie ihm geschah, er fühlte in der Dämmerung etwas nach ihm schnappen und preßte sich daher ängstlich an die Felsenwand. Da sah er im trüben Gewässer eine ungeheure Auster dicht an ihn heranschwimmen und vor ihm stillehalten. Aus ihren halbgeöffneten Schalen tönten dumpf die Worte hervor, die ihn eben so heftig erschreckt hatten. Sie gab sich die Mühe, noch einmal ihren weiten Rachen zu öffnen und dieselbe entsetzliche Drohung zu wiederholen, indem sie sich zugleich anschickte, ernst zu machen. Benedict schrie zu allen Heiligen, allein, keiner sprang ihm bei, und er wäre in seiner Not untergegangen, wenn sich nicht die Auster selbst plötzlich eines Besseren besonnen hätte. Sie nahm, so gut es gehen wollte, eine kleine freundliche Miene an und sprach: ›Du hast eine hübsche Tochter, Alter, ich weiß es. Sie kommt öfters mit dir und sammelt meine gefangenen Untertanen in einen großen Korb, den sie dann auf ihrem schönen Nacken nach Hause trägt. So geizig bist du, daß du trotz deines auf meine Kosten erworbenen Vermögens nicht einmal einen Esel halten magst, sondern lieber dein eigenes Fleisch und Blut befrachtest. Ich will dem elenden Schicksal dieser Armen ein Ende machen und sie zu meinem Weibe erheben. Versprich, daß du sie mir auslieferst, und du sollst nicht allein mit dem Leben frei ausgehen, sondern sogar reich belohnt werden.‹

Benedict fühlte sein Blut sich empören bei diesem unverschämten Anerbieten des Ungetüms, er nahm seinen Mut zusammen und schrie so laut, daß man es hier im Hafen hätte hören können, er wolle sein Kind lieber in die Hölle als einer Auster in den Rachen schieben. ›Nun gut‹, entgegnete diese und sperrte ihre beiden Schalen weit auf, indem sie sich zugleich einen Stoß auf Benedict zu gab: ›So komm, daß ich dich verschlinge!‹ Welch ein verzweifelter Augenblick! – Benedict wurde schwach, und ein schwacher Vater läßt schon mit sich handeln: er gab endlich sein Wort, die Tochter auszuliefern. Die Auster schwamm nach dieser Zusage, gleichsam wie beruhigt, während einer kleinen Pause am Felsen hin und wider und verzehrte ein paar Seespinnen, die gerade vorübergerudert kamen, dann sprach sie weiter: ›Unser Geschäft ist abgemacht, der Pakt geschlossen, wehe dir, wenn du nicht Wort hältst! Am Tage des heiligen Benedict komme ich, meine Braut heimzuführen.‹ Hiermit klappte sie zu und schwamm fort.

Im Nachhausegehen brach Benedict trotz seiner Trauer und des gehabten Schreckens in ein lautes Gelächter aus. Die ganze überstandene Brautwerbung kam ihm doch zu toll und lustig vor. ›Du Geck von einer Auster!‹ rief er einmal übers andere, ›du Spitzbube von einer Muschel! Seh mir doch einer den verliebten Meerschlamm an! Ist das Ganze doch kaum ein nicht fertig gewordenes Stückchen Schöpfung zu nennen und hat schon so überirdisch seine Gesinnungen und Gefühle! Liegt das Ding selbst doch so unaufgeputzt, verwirrt und liederlich in seiner Schale und will nun doch meinen Haushalt tadeln! Warte, du unreifer Bursche, werde erst etwas Ordentliches, Spinne, Wurm oder Fisch, ehe du daran denkst, ein Weib zu nehmen. Der Schelm ist dazu noch ohne Arme und Mund, womit will er denn in seinem Liebesrausch umarmen und küssen? – Aber Benedict!‹ rief er dazwischen ernsthaft, ›wie willst du denn deinen Schwiegersohn empfangen? – O ganz gehorsamer Diener, Herr Schlabberleib, werde ich sagen, Herr Seewassertrinker! Ergebenster Knecht, Herr Muschelmaul, wie befinden Sie sich? Wieviel Spinnen begehren Euer Gnaden zum Frühstück? Was macht Ihre Frau Muhme, die Seekröte, und Ihre Vettern, die kleinen Krabben?‹ So sprang Benedict leichtsinnig auf offener Landstraße hin und wurde nicht müde, seine eigenen Späße zu wiederholen, so daß die Vorübergehenden ihn für verrückt hielten und ihm scheu aus dem Wege wichen. Er kam noch lachend und singend nach Hause, wo die kleine Tesi mit dem Abendbrot auf ihn wartete.

Von Tesi will ich nichts weiter sagen, als daß sie ein schönes Mädchen war, das ist ganz genug. Da weiß man nun schon, daß sie viele lose Vögel zu Liebhabern und einen gesetzten, anständigen Burschen zum Bräutigam hatte. Hübsche Mädchen werden immer mit dergleichen geplagt, es ist Gott zu klagen.«

»Wie schlecht erzählt Casimir!« rief Susanne, indem sie sich von Tobbys umfangendem Arm losmachte.

»Tesis Bräutigam«, fuhr der Erzähler fort, »war der kleine Meister Jacques, ein sauberer Bursche mit kinderblondem Haar, das ihm in zwei dicken Zöpfen ums Haupt gebunden und mit einer großen, hochroten Bandschleife hinten aufgeknüpft war. In seinem Sonntagsputze trug er weite rote Hosen, unten am Knie mit handbreiten Spitzen, und ein kaffeebraunes Jäckchen mit gelben Püffchen. Meister Jacques war ganz der Mann, um einem jungen Mädchen warm zu machen, recht sehr warm. Er war der niedlichste Korse, den man jemals gesehen, und selbst in Paris fand man keinen so hübschen Burschen.

Benedict verschwieg ihm wohlweislich das Abenteuer mit der Auster, und Meister Jacques und Tesi lebten wie im Himmel, bis der Tag des heiligen Benedictus herankam. Ein fataler Tag! Frühmorgens erhob sich Benedict von seinem Lager mit der Miene eines Mannes, mit dem man sich einen schlechten Spaß erlaubt hat. Jetzt fiel ihm die Brautwerbung mit Zentnergewicht aufs Herz, und als die schöne Tesi ihm den Morgengruß brachte, murmelte er einige Worte, die den andern wie Unsinn klangen, die aber dennoch einen Sinn hatten. Er beschloß, an diesem Tage sich und seine ganze Familie eingeschlossen zu halten, damit es keinem einfallen möchte, einen Spaziergang am Meer zu unternehmen. Die Morgenstunden vergingen, es ward Mittag, und Benedict änderte jetzt seine Gedanken. Er machte oft heimlich das Fenster auf und sah die Gasse hinauf, ob nicht ein bewußtes fatales Ding angewackelt, angeschwommen oder angerutscht komme, aber immer schlug er das Fenster wieder verdrießlich zu. Endlich verlor er alle Geduld und schalt sich selbst einen Narren, indem er bei sich sprach: ›Es wird niemand kommen, guter Benedict, was im Meere, wird es deinetwegen nicht verlassen.‹

Da kommt auf einmal ein prächtiger Zug die Straße herauf. Voraus ein Trompeter, der auf einer langen wunderlichen Trompete bläst, so heftig, daß ihm die Backen platzen wollen, hinter ihm auf weißen Pferden sechs stolze Reiter, in wasserblaue Seide gekleidet, und mit weißen Federbüschen geziert, dann zwölf Pagen in glänzendem Rot, die gleich schlanken Korallenstäben aussahen. Sie tragen eine kostbare Sänfte in Form einer Muschel, in deren Silberpolstern ein kleines, zusammengekrümmtes, in gelbgrauen Atlas gekleidetes Männchen liegt, an dem nur zwei schwarze Augen und ein dünner, weißlicher Bart zu sehen sind. Als er sich emporrichtet und seine kleinen Glieder auseinanderwirrt, heben ihn die Pagen heraus bis dicht vor die Schwelle von Benedicts Wohnung. Die Menge hatte sich davor versammelt, und es ging schnell das Gerücht herum, ein fremder vornehmer Herr sei angekommen, um Tesi zu freien. Alle waren über dieses große Glück erstaunt, und ihr Erstaunen wuchs noch, als die schlanken roten Pagen Dinge austeilten, die ganz wie die schönsten echten Perlen aussahen, und es am Ende auch wirklich waren. In Bastia geschieht nicht alle Tage dergleichen, darum konnten sich die guten Leute vor Freude nicht fassen und griffen nach den gelbgrauen Rockschößen des kleinen Prinzen, um sie zu küssen, gerade als er zur Tür von seines Schwiegervaters Wohnung hineinwackelte.

Jetzt wußte der arme Benedict, wieviel die Glocke geschlagen hatte. Er nahm schnell seine Tochter beiseite, entdeckte ihr den eingegangenen Handel, ohne die eigentliche Natur des Bräutigams zu nennen, und schloß mit der Bemerkung, er könne nicht anders als sein Wort halten und sie ausliefern. Da rang Tesi die schönen Hände hoch über dem Kopfe, so daß die braunen Haarflechten wie ein paar dunkle Felsenbäche in den weißen Nacken hinabstürzten. ›O Vater, Vater!‹ rief sie, ›was habt Ihr getan? Euer Kind verkauft, Euer Fleisch und Blut verhandelt! Nun, so sagt mir doch wenigstens, wer ist mein Bräutigam, wo kommt er her, wes Landes Kind und wann hat er um mich geworben?‹

Benedict hatte wenig Lust, auf diese Fragen zu antworten. ›Albernes Mädchen‹, sagte er, ›siehst du nicht, daß ich trefflich gewählt habe? Ist's dir noch nicht genug, daß dein Liebster der reichste Mann auf der Insel ist? Du wirst mit ihm ein Götterleben führen, und jeder Wunsch wird dir gewährt sein!‹ – ›Ach, aber Jacques!‹ rief Tesi. – ›Oh, der Flachskopf, die Rothose! Laß ihn laufen, in meinem Leben hätte ich nicht zugegeben, daß das matte Gesicht dich als Frau heimführt.‹

So sprach Benedict zu seiner Tochter. Mittlerweile waren der Prinz und sein Gefolge sehr ungeduldig, aber noch ehe es völlig Nacht geworden war, hoben die roten Pagen die kleine zitternde Tesi in die zweite große, für sie bestimmte Muschel, und der ganze Zug ging in lautem Gebrause davon. Viele Leute liefen ihm bis ans Tor nach, Benedict jedoch ging in seine Kammer, um über sein Kind zu weinen, andere sagen aber, um die Säcke mit Perlen zu zählen, die er dort hingestellt fand und die ihm zum reichsten Mann in ganz Bastia machten. Gewiß ist's, daß Benedict sich bald tröstete; wer aber keinen Trost fand, war Meister Jacques, den man um seine Braut betrogen hatte.

Da der alte Sünder immerdar ein hartnäckiges Schweigen beachtete, so wußte Jacques nicht, wo er die Verlorene suchen sollte. Es gingen darüber vier Jahre hin, ohne daß er nur die geringste Spur entdeckte, bis er einst, der Himmel weiß wodurch veranlaßt, auf den Einfall kam, mit einem Boote hinauszurudern bis zu dem schwarzen Steine dort, der damals noch nicht so hoch aus der Flut hervorragte. Als er ganz nahe daran war, ließ er ermüdet die Ruder sinken und schaute vor sich hin, ohne zu wissen, was er tat, in die Tiefe hinab. Plötzlich sah er, und das Blut erstarrte darüber dem armen Burschen in den Adern, zwei Augen, die unverwandt ihn aus der Tiefe hervor anblickten. Er wurde fast sinnlos vor Freude, es waren die Augen seiner Tesi, ja, es waren in der Tat die Augen seiner Tesi. Sie saß dort unten, gerade so wie Tobby es beschrieben hat und wie man sie jetzt noch sehen soll, in einem gläsernen Haus, ganz allein auf dem Meeresgrund.

Jacques bedachte sich nicht lange, er sprang kopfüber aus dem Boot ins Wasser und stand, ohne daß er sagen konnte, wie es zuging, in wenigen Augenblicken vor Tesi, die ihn von Kopf bis zu Fuß betrachtete. Er hatte immer noch seine blonden Haarzöpfe, seine große, hochrote Bandschleife am Hinterhaupt, seine roten Sonntagshosen und sein kaffeebraunes Jäckchen. So stand er auf dem Meeresgrunde in dem gläsernen Häuschen und wollte eben sein Willkommen rufen, als die arme Tesi, zum Tode erbleicht, ihm Schweigen zuwinkte. Jetzt erst sieht Jacques, daß das ungeheure graue Ding, das auf ihrem Schoße liegt, eine Auster ist, und rund um Tesis Füße drei, vier ähnliche Austern. Tesi legt leise die Muschel nieder, nimmt ihn bei der Hand und verbirgt ihn in einem Verstecke. Als beide sich darin befinden, spricht sie: ›Armer Jacques, was für ein Einfall! Wie bist du hergekommen? Aber sprich, was machen sie dort in der Oberwelt? Wie geht's meinem lieben, bösen Vater? Was machen die Muhmen und Freunde in der Stadt? Ach, ich sterbe an meinen Tränen!‹ Damit lag sie an seinem Halse und weinte wie ein Kind. Aber wenn Jacques antworten wollte, hielt sie ihm den Mund zu, indem sie rief: ›Nein, ein andermal! Wenn mein Mann erwachte und dich hier erblickte, wäre es um dein Leben geschehen. Er ist ein verzauberter Prinz, elf Monde im Jahr muß er in Gestalt einer häßlichen Auster verbringen, im letzten Monde jedoch erhält er seine Menschengestalt wieder, die freilich auch nicht die schönste ist. Harre geduldig hier aus, wir haben nur ein paar Tage bis zu unserer Verwandlung zu überstehen, dann werde ich dich vor meinen Mann bringen und ihm sagen, daß du mein Bruder bist.‹

›Was das für dumme Geschichten sind!‹ brummte Jacques und zupfte sich die rote Bandschleife am Hinterhaupte zurecht. ›Und die kleinen Austern, Tesi, die um deine Füße herumlagen? – Wo kommen sie her?‹ Tesi wurde rot bis über die Ohren. ›O pfui!‹ rief Jacques und stampfte mit dem Fuße, daß das ganze gläserne Haus dröhnte, ›du bist immer ein Muster von einem Mädchen gewesen, und nun –‹

›Sieh sie nur in ihrer wahren Gestalt!‹ sagte Tesi bittend und wollte ihn umarmen, aber er wandte sich ab. Meister Jacques war in der allerschlechtesten Laune von der Welt. Sie konnte nichts Klügeres tun, als ihn in seinem Versteck allein lassen. Hier sah er nun durch eine kleine Spalte, wie sie die jungen Austern eine nach der anderen vom Boden nahm, mit frischem Seewasser tränkte und mit kleinem Gewürme aller Art speiste. Er hätte bersten mögen vor Ingrimm. Endlich kam der Tag der Verwandlung, und als Jacque an einem Morgen aus seinem Versteck erwachte, sah er vor sich –‹

»Tesi!« rief Etienne.

»Allerdings«, entgegnete der Erzähler langsam, »allein, nicht sie allein.«

»Gott sei Dank, sie allein!« rief Etienne heftiger. »Seht ihr denn nicht das arme Kind, das schon lange Zeit hinter euch steht?«

Die Mädchen waren so vertieft in die Angelegenheiten der fabelhaften Urgroßmutter, daß sie die lebende Tesi durchaus nicht bemerkten. Jetzt begrüßten sie sie, und fragten verwundert, was ihr geschehen, denn das Mädchen weinte heftig. Marion zog sie zu dich nieder, Susanne schlang den Arm um sie und beide baten auf das zärtlichste.

»Ach, läge ich doch auf dem Meeresgrund«, seufzte Tesi, »wo meine bezauberte Urgroßmutter lebt, mir wäre besser, als hier oben bei den grausamen Menschen und in dieser verkehrten Welt!«

»Sieh doch die Auster an!« sagte Tobby leise, indem er Etienne anstieß, der sich jedoch verdrießlich beiseite wandte.

»Was macht denn dein Bräutigam, Tesi?« fragte Marion.

»Wir sind geschiedene Leute«, antwortete das Mädchen unter Tränen. »Heute, als ich ihn zum ersten Mal sah, gab sein Alter, seine Häßlichkeit und sein widriges Wesen mir plötzlich den Mut, dem Vater zu erklären, daß ich eher ins Meer springen wolle, als den Müller heiraten. So springe ins Meer, sagte der Vater im Zorne, damit meine Augen dich nie wieder sehen. Vater, sagte ich, lebt wohl! Und somit faßte ich seine Hand, drückte einen heißen Kuß auf sie, rannte aus der Müllerwohnung fort, immer weiter, bis ich hierher gekommen bin. Nun will ich mein Wort halten. Ich will von den Menschen und der ganzen übrigen Welt nichts mehr, ich will zu meiner lieben Urgroßmutter ins gläserne Haus. Sie hat sich auch einem häßlichen Untier vermählen müssen, das im Grunde nur wenig schlimmer war, als mein alter Müller, sie wird Mitleid mit mir haben und mich bei sich aufnehmen. – Wer will mich im Boote hinüberbringen bis zum schwarzen Steine?«

Sie sprach diese Worte, indem sie sich erhob und frei und kühn auf die oberste Stufe stellte. Ihr schönes Auge, eben noch mit Tränen gefüllt, blickte jetzt glänzend und fast wild umher. Die jungen Burschen sahen sich an und schwiegen.

»Tesi!« riefen die Mädchen und umschlossen die Knie der Stehenden, »du wirst doch nicht toll und einfältig sein?«

»Ich will toll und einfältig sein!« entgegnete sie, indem eine dunkle Röte ihr Antlitz übergoß. »Ist nicht heute der Tag des heiligen Benedict? Haben sie heute vor zweihundert Jahren nicht meine Urgroßmutter ins Meer verstoßen in ihrem Brautstaat? Wohl, auch ich bin als Braut geputzt, auch mir haben sie all mein Liebes genommen, auch ich will jetzt ins Meer hinab! Ist den keiner so mitleidig und bringt mich hinüber?«

Etienne ging leise und ohne ein Wort zu sprechen hinab, indem er das Boot von seiner Kette löste und dann selbst hineinsprang. »Der da?« sagte Tesi, indem sie verächtlich und rot vor Zorn auf den Jüngling wies, »ich wollte, ein Besserer und einer, den ich weniger haßte, erwiese mir den Dienst. Doch gleichviel!« Sie neigte sich noch einmal herum, küßte die ihr am nächsten sitzenden Mädchen und sprang dann rasch von der untersten Stufe ins Boot.

Etienne ruderte fort. Schweigend blickten sich die Zurückbleibenden an. Casimir schien noch immer mitten in seinem Märchen zu stecken, denn er strich sich die roten Haare aus der Stirn und sah mit träumerischen Augen auf das Boot, das, sich auf der spiegelhellen Flut leise und fast furchtsam bewegend, immer weiter vom Ufer sich entfernte. »Was ist denn das?« fragte er endlich mit zögernder Stimme.

»Das will ich dir sagen«, rief Tobby, »es ist eine verliebte Auster, die ins Wasser zurückkehrt, von wo sie gekommen. Ist denn dabei so etwas Wunderbares? Erzähle nur deine Geschichte weiter.«

»Spotte nicht!« rief Susanne und hob den Finger drohend in die Höhe. »Etienne ist ganz der Bursche dazu, um die Arme ins Wasser springen zu lassen, und sie – ach! In ihren Augen lag etwas, das gar deutlich anzeigte, wie sehr ernst es ihr mit dem Vorsatz war.«

»Ich bemerke«, sagte Marion, »daß beide so weit wie möglich voneinander im Boote sitzen und daß sie vermeiden, einander auch nur flüchtig anzusehen.«

Tobby sprang auf, und die Hand übers Auge gegen den blendenden Sonnenglanz haltend, rief er: »Wer wettet mit mir, daß beide in einer halben Stunde heimkehren und daß sie dann ganz nahe beieinandersitzen, so nahe, daß eines notgedrungen den Arm um den Nacken des andern legen und eines das andere ins Auge fassen muß?«

»Wenn das geschieht«, riefen Marion und Susanne lebhaft, »so soll Tobby von mir ein schönes, neues Band – und von mir einen Blumenstrauß auf den Hut bekommen.«

»Und wenn es nicht geschieht«, bemerkte Tobby, »so will ich mich niemals mehr vor euern Augen sehen lassen.«

»Hörst du, Susanne?« lachte Pierre, »nimm nur Abschied von dem tollen Jungen, du wirst ihn auf diese Weise bald verlieren, denn Etienne und Tesi sind zu erbitterte Feinde, als daß sie sich jemals versöhnen könnten.«

»Ach!« rief Marion, »das Boot ist nicht mehr zu sehen, jetzt weiß man in der Tat nicht, was sie miteinander ausmachen. Und unterdessen könnte Casimir seine Geschichte beendigen.«

»Der Teufel mag hier das Ende zufügen!« brummte Casimir. »Ich finde, daß wir auf eine recht einfältige Weise in unserer Erzählung gestört worden sind. Wo blieben wir, Marion?«

»Deine letzten Worte«, antwortete diese, »waren: als Jacques eines Morgens erwachte, sah er vor sich —«

»Ganz recht. Da sah er vor sich das reichste fürstliche Landhaus mit den herrlichsten Gärten, den schönsten Gebäuden und den kostbarsten Verzierungen geschmückt, die man sich nur denken mag. Sein Auge ward geblendet von all dem Glanz, und er mußte sich eine Weile besinnen, ob er wache oder im Traum liege. In ganz Bastia und in der Umgegend hatte er nie von einem solchen Palast sprechen hören, auch wurde es ihm jetzt deutlich, daß er sich auf einer Insel befinde, denn rund umher sah man das Meer im Sonnenglanze funkeln und ganz bedeckt mit zierlichen Booten von allen Formen.

Meister Jacques war ein Mann, der sich nicht aus der Fassung bringen ließ; er tat nicht mehr, als daß er im nächsten Wasserspiegel eines klaren Marmorbeckens seinen Anzug musterte, die blonden Haarzöpfe in Ordnung brachte und sich dann anschickte, vor dem Prinzen und der Prinzessin, die diesen kostbaren Palast bewohnten, zu erscheinen. Wie erschrak er, als ihm aus den goldenen Pforten seine Tesi entgegentrat, an der Hand eines kleinen Mannes, der Jacques durchaus nicht gefallen wollte. Dennoch begrüßte man sich ziemlich freundlich, und der Austernprinz lud seinen vermeintlichen Schwager ein, längere Zeit zum Besuche in seinen Staaten zuzubringen. Jacques hütete sich wohl, sein wahres Verhältnis zu der ungetreuen Tesi zu verraten.

Im Austernstaate ging es nun auf die allerglänzendste Weise her. Ein Fest drängte das andere, und manche waren so belustigender und seltsamer Art, daß schwerlich der Gedanke dazu einem Zeremonienmeister oder Hofmarschall an unsern Höfen gekommen wäre. In den Gesellschaften gab es sehr kokette Austern, die es ordentlich darauf abgesehen zu haben schienen, Meister Jacques seiner Tesi ungetreu zu machen, allein der gute Bursche hatte nur einen Fehler, und dieser bestand darin, daß er seiner Liebsten treu war, selbst die größten Schönheiten des Austernstaates vermochten nichts über ihn.

Als die Zeit der Verzauberung wiederum nahe war und Jacques sich zur Abreise rüsten sollte, nahm er eines Abends Tesi an der Hand und führte sie in ein entlegenes Gemach, und als sie allein waren, küßten sie sich zärtlich und vergossen dabei die bittersten Tränen. ›Liebes Herz‹, sagte Jacques mit zitternder Stimme, ›obgleich du hier eine Königin geworden, ich aber meiner Mutter ärmster Sohn geblieben bin, so sei doch so gut und liebe mich noch ferner und folge mir und sei meine Hausfrau, aber in der schönen Gotteswelt.‹ Tesi verbarg ihr Haupt an seinem Halse, sie antwortete nicht, sondern öffnete nur eine Seitentür des Gemachs, und herein traten drei hübsche Fräulein, die sich zärtlich an die Mutter schmiegten. ›Sieh!‹ rief Tesi, ›soll ich diese verlassen?‹ – ›Aber bin ich dir nicht lieber?‹ fragte Jacques und sah mit seinen treuherzigen blauen Augen sie an, ›und dein Vater, Tesi, und die gute Stadt Bastia?‹ – ›Hoffe nur‹, sagte sie leise, ›vielleicht ist es mir möglich, heimlich zu euch ans Land zu kommen; doch ganz bei euch bleiben? – Ach, das fordere nicht!‹ – Sie schloß ihn hiermit nochmals in ihre Arme, indem sie ihn zur Abreise drängte.

Auf dem Meere bewegte sich eine herrliche Flotte schön geputzter Gondeln; der Austernprinz wollte sich's nicht nehmen lassen, seinem Gaste noch das Geleit zu geben. Bei Musik und Fackelschein bestieg man die Boote, und das alte Meer trug vielleicht nie ein so lustiges Völkchen als jetzt auf seinem Rücken. Zwölf Kammerherrn in größtem Putz, jeder in seiner besonderen Gondel, umgaben Jacques' Fahrzeug. Tesi hatte ihm vertraut, daß mit den ersten Strahlen der Morgensonne die Verwandlung vor sich gehen würde, aber schon ergraute der

Horizont im Osten und noch immer sah man in der Ferne die erleuchteten Paläste der Insel ragen, noch immer flimmerten tausend Lichter um ihn her. In schwermütigen Gedanken vertieft, setzte er sich am Rande seiner Gondel nieder und hatte bald alles um sich her vergessen. Plötzlich ward er durch einen harten Stoß, gleichsam als landete die Gondel, aus seinen Träumen geweckt. Wie erschrak er, als er ringsumher das Meer leer und öde, sich selbst aber auf dem schwarzen Felsen sitzen sah. Die Höflinge waren verschwunden, statt ihrer trieben zwölf fest geschlossene Austernschalen an die Klippen heran und setzten sich fest. Da rieb sich Jacques die Augen, und die Sonne schien ihm gerade ins Gesichte, und er mußte dreimal niesen, auf seiner einsamen Felsenspitze sitzend, und rundumher hörte er aus den Wellen leise ›Prosit!‹ rufen. Und das Märchen ist zu Ende.«

»Siehst du noch nicht das Boot?« fragte Marion leise die kleine Susanne.

»Ja«, entgegnete diese, »ich meine es zu sehen und den armen Jacques allein im Boote.«

»Närrin!« rief Pierre, »wer spricht von Jacques? Aber wahrlich, Casimir hat ihn da auf dem Felsen sitzen lassen, und wir wissen nicht, wie er wieder nach Bastia kam.«

»Wie wird er hergekommen sein?« rief Casimir, »gewiß auf sehr gewöhnlichem Wege. Man muß in einem Märchen nicht alles erschöpfen wollen. Es sei nur gesagt, daß Jacques niemals mehr Austern aß, denn er pflegte immer zu behaupten, daß er dieselben unscheinbaren Wesen einst als sehr wohlgekleidete Fräulein und hochachtsame Herrn kennengelernt habe und immer noch in einer gewissen zarten Beziehung zu ihnen stehe. Damit meinte der gute Junge seine Tesi, die wirklich ihr gegebenes Wort hielt und ihn oft in nächtlicher Stille besuchte. Benedict hatte zur Strafe ein unglückliches Ende, und Jacques, als er sein letztes Stündchen nahen fühlte, soll einen prophetischen Segen ausgesprochen haben, des Inhalts, daß, wenn einer von Tesis oder seinen Nachkommen sich in Gefahr, Not oder Kummer befinde, er nur zum schwarzen Steine hinauszurudern brauchte, um Trost und Hilfe zu finden.«

»Ja«, rief Susanne, »das hab ich auch gehört, und mit diesem Segen soll es seine völlige Richtigkeit haben. – Aber, Tobby, bist du von Sinnen? Weshalb reißt du das schöne Band und deinen Blumenstrauß vom Hute?«

Tobby hatte die höchste Brustwehr des Dammes erklettert, und wies statt einer Antwort nur vor sich hinaus auf das Meer. Alle erhoben sich von ihren Sitzen und erblickten jetzt das Boot, wie es hinter einem der Schiffe hervorruderte. Etienne und Tesi hielten sich eng umschlossen, ihre Blicke ruhten ineinander, und ihre Lippen fanden sich öfters zum Kusse. »Wie elend und schülerhaft sie rudern!« brummte Casimir, »lauter halbe und matte Schläge! Wenn ich das alte Meer wäre, ich würfe ihnen, ehe sie's dächten, das Boot überm Kopf zusammen. Ich habe so recht verliebte Wesen nie leiden können. Hat der Bursche nicht noch eben von Seewassergeruch und Austernähnlichkeit und sie vom Ins-Wasser-Springen gesprochen, und nun küssen sie sich, als wäre es nie anders gewesen!«

»Das ist der Segen der Urgroßmutter!« riefen die Mädchen.

»Das ist er auch!« fügten Etienne und Tesi hinzu, die jetzt an das Land sprangen.

»Als wir an dem schwarzen Steine anlangten«, sagte Tesi, »wurde es uns plötzlich ganz deutlich, wie wir uns so lange innig und treu geliebt, wie nur eigene Torheit und Zwang der Eltern uns ferngehalten.«

»Und meine Torheit war die größere!« rief Etienne, »wie konnte ich nur glauben, daß du den alten Müller wirklich liebtest?«

»Nein, die meinige war die größere«, sprach Tesi, »ich hätte es nicht übelnehmen sollen, daß du mich einmal im Unmut die Austernprinzessin genannt hast.«

»Der verliebten Auster die Ehre!« schrie Tobby und schwenkte seinen Hut, »sie hat mir ein neues Band und einen Blumenstrauß verschafft.«

»Und mir ein Weib!« rief Etienne, indem er seine Schöne umarmte. Die Mittagsglocke läutete auf den Schiffen, und die Burschen und Mädchen brachen auf.

Das Abenteuer mit den drei Fischen

Wer kennt nicht die Schicksale Achmet Ben-Alis? Wer hätte nie von ihnen gelesen in der Erzählung der Prinzessin Scheherezade? Aber nicht jedermann weiß, daß er in den letzten Jahren seines Lebens Abenteuer zu bestehen hatte, die noch viel merkwürdiger waren als alles Vorige und die wir hier erzählen wollten.

Als Ben-Ali, wie wir wissen, durch die Freigebigkeit des Derwisch in großen Wohlstand geraten war, tat er, was alle Leute zu tun pflegen, denen plötzlich ein hinreichendes Stück Geld in den Schoß fällt, das heißt, er ließ sich's wohl sein, kaufte ein großes Haus auf einem der schönsten Plätze in Bagdad, hielt offene Tafel und nahm noch dazu drei Tänzerinnen an, die von bewundernswerter Schönheit waren.

Alle diese Dinge lassen sich aber nicht wohl verheimlichen; eine Zeitlang sahen seine Neider, deren sich viele fanden, diese Anstalten ruhig an, in der Hoffnung, daß die Quelle der Üppigkeit bald von selbst versiegen werde. Als sie ihnen aber zu lange fortsprudelte, legten sie Hand ans Werk, und der Himmel weiß, wie es geschah, an einem schönen Morgen gehörte dem ehrlichen Ben-Ali von seinem prächtigen Haus und allem, was darin war, nicht so viel als ein rostiger Nagel Wert hat. Die Tafel verschwand, und was das Übelste war, die drei Tänzerinnen wanderten in den Harem des Kadis, von wo sie nie wieder zurückkehrten.

Man muß sehr viel philosophischen Sinn haben, um dergleichen ruhig zu ertragen. Achmet Ben-Ali war kein junger Bursche mehr, es ward ihm sauer, wieder das zu sein, was er früher war, das heißt ein ehrlicher Fischer, der ein paarmal täglich vergebens seine Netz auswirft und endlich zufrieden sein muß, wenn ein magerer Gewinn ihm sein kümmerliches Leben fristet. Indessen blieb nichts anderes zu tun übrig.

So ging er dann eines Morgens, schwer mit seinem Netze und seinem Kummer beladen, an den Fluß. Seine Gedanken hatten wieder den verwünschten Weg genommen und stellten ihm dar, welch ein vornehmer Mann er noch vor wenigen Monden gewesen und wie er es noch sein könnte, wenn es nicht in der Welt elende Schurken gäbe, die Häuser rauben, und Spitzbuben von Kadis, die an fremden Tänzerinnen Gefallen fänden. In der übelsten Laune warf er die Netze aus. Es währte nicht lange, so zappelte etwas darin, und zwar so ungestüm, daß das Wasser oben sich kräuselte. Der ehrliche Ali ließ seine bösen Grillen fahren und zog mit allen Kräften, denn das Netz war über alles Maß schwer. Im Ziehen gingen ihm in Blitzesgeschwindigkeit alle die tollen Geschichten durch den Kopf, von denen niemand in ganz Bagdad einen solchen Reichtum hatte als Ali. War es vielleicht das Armband der Königin Balkis, das einst böse Geister ihr abzogen und in den Tigris warfen, oder der Schatz der vierzig Wesire oder Aladins Wunderlampe? Oder waren es die verwünschten Pantoffel des Abu-Kasem, die so viel Lärm in der Welt gemacht haben? Was war es, was da zappelte und von dem guten Ali mit so viel Anstrengung aus dem Wasser gezogen wurde? Ach, nichts mehr als drei ganz gewöhnliche Fische! Achmet Ben-Ali sah sie mit verächtlichem Blicke an, als sie vor ihm auf dem Sande lagen, und nicht viel fehlte, so hätte er sie wieder ins Wasser zurückgeschickt. Die Fische rührten sich und machten kleine Sprünge, um sich wieder in den Fluß zurückzuschnellen. Als dieses nicht gelingen wollte, hob plötzlich einer, und zwar der größte, den Kopf in die Höhe und rief: »Guten Morgen, Achmet Ben-Ali, wie geht's?«

»Ich danke Euch, Herr, gut. Ich meine, Ihr befindet Euch ebenfalls wohl?«

»Nicht zum besten, Ali«, rief der Fisch, »ich dächte, du ließest uns wieder ins Wasser.«

»Nein, Herr, daraus wird nichts.«

»Ich dächte doch, Ali«, sagte der Fisch. »Wir sind ehrliche Leute und verlangen nichts umsonst.«

»O du Großmaul!« dachte Ali bei sich, »ein Kerl, der den ganzen Tag nichts als Wasser schluckt, will den vornehmen Herrn spielen? Und wenn ich Euch freilasse«, setzte er hinzu mit ehrerbietigem Tone, und indem er sich gegen den Fisch verneigte, »wieviel Dublonen wollt Ihr mir dafür geben, Herr?«

»Wir tragen keine Dublonen bei uns«, war die Antwort, »aber wir wollen dich reich, glücklich und angesehen machen durch eine magische Gabe, die wir dir verehren.«

»Allah!« schrie Ali, »da könnte ich ja wohl wieder auf den grünen Zweig kommen! Und ich will verdammt sein, wenn ich diesmal mich nicht besser darauf zu erhalten weiß. Sprecht, ihr Schelme, was wollt ihr mir geben, wenn ich euch freilasse?«

Die Fische taten sich zusammen, indem sie ihre Köpfe aneinanderhielten, gleichsam als zischelten sie sich etwas ins Ohr; darauf machte jeder eine Bewegung, als streifte er etwas vom Leibe. Dann sagte der Wortführer: »Hier hast du unser Geschenk!«

»Bei meinem Barte!« rief Ali, »ich sehe nichts.«

»Hier auf dem Sande liegt es!« rief der Fisch mit etwas ungeduldiger Stimme.

»Drei elende Fischschuppen.«

»Sie sind dein, Ali! Bewahre sie wohl. Wenn du in große Gefahr gerätst, so hast du nur nötig, eine Schuppe vor dich hin in die Luft zu blasen, und du wirst gerettet sein.«

»Ihr scherzt wohl, Herr?«

»Tue, wie wir dir sagen, und jetzt laß uns ins Wasser zurück, es ist die höchste Zeit.«

»Noch nicht«, rief Ali, »bevor Ihr mir sagt, wie ich zum Glücke kommen soll. Jene Gaben sind zu weiter nichts nütze, als mich vor Unglück zu wahren.«

»Du bist ein sehr schlechter Philosoph!« sagte der Fisch verdrießlich.

»Herr, werdet nicht böse«, bat Ali.

»Nun, so höre«, rief jener, »jenes dort sind die Gärten des Sultans, die läßt du links liegen und gehst geradezu auf die Moschee los, dort am äußersten Minarett wird dir, wenn der Ausrufer das vierte Taggebet absingt, ein Mann begegnen, der dir einen Vorschlag machen wird, in den du ohne weitere Bedenklichkeiten einwilligen mußt, um dein Glück zu machen. Hast du verstanden?«

»Ja, Herr, aber...«

»Was aber?« schrie der Fisch, »siehst du Narr denn nicht, daß ich kaum mehr schnaufen kann? Zum Teufel! Mache, daß ich ins Wasser komme, oder mein und dein Glück sind beide auf immer verloren.«

Der erschreckte Ali ließ die drei Fische schleunigst ins Wasser und sah ihnen nach, wie sie anfangs zögernd und dann sehr lustig davonschwammen. Bald waren die Fische fort, und das Netz war leer. Ali nahm kopfschüttelnd die drei Schuppen vom Boden, nestelte ein Ende seines Musselinturbans auf, wickelte sie vorsichtig hinein, nahm seine Netze wieder auf den Rücken und wanderte nach Hause. Im Gehen dachte er ernstlich daran, ob die Fische vielleicht der Prinz Agibab mit seinen beiden Brüdern oder ob es die bezauberten Untertanen des Königs der schwarzen Inseln seien. Er konnte hierüber trotz seines angestrengten Sinnens nicht einig werden.

Als die Stunde zum vierten Gebet nahte, machte er sich auf den Weg zu der großen Moschee. Er hatte sich, weil sein Schicksal hier entschieden werden sollte, so stattlich als es ihm nur möglich war, gekleidet. Eine gelbe Jacke, weite rote Beinkleider, ein Paar gestickte, aber zerrissene Pantoffeln und an der Seite im Gürtel ein altes Gartenmesser, das die Stelle des kostbaren Dolches vertreten mußte. So herausgeputzt, wandelte er auf dem großen Platze vor der Moschee unter den zahllosen Menschen, die teils zum Gebet, teils zu ihren Geschäften sich versammelten, auf und ab. Niemand achtete seiner, und er hatte vollkommen Muße, sich die Vorübergehenden anzusehen, um den herauszufinden, von welchem er sein Glück erwarten sollte. Doch sie gingen ihrer Wege, und als der Ausrufer seine Stimme erhob, um das vierte Tagesgebet herzusagen, war der ganze Platz leer und wie ausgestorben. Es ging schon stark gegen den Abend und Ali fing an, ungeduldig zu werden. Da richtete er seinen Blick auf einen Bettler, der am Boden saß und seine Krücken neben sich liegen hatte. Er schien äußerst schwach und dem Sterben nahe. Kaum hatten jedoch seine dunklen Augen Ali eine Weile betrachtet, als er plötzlich, ohne die Krücken zu brauchen, aufsprang, sich vorsichtig ringsherum sah und dann mit Kraft Alis Arm ergriff und ihn beiseite zog, indem er ihm die heftigen Worte zuflüsterte: »Wer Ihr auch sein mögt, Freund, wollt Ihr fünfzig Zechinen verdienen, die ich für Euch in der Tasche habe?«

Ali prüfte mit einem staunenden Blick den Bettler, der eben aus seinen Lumpen einen vollen Beutel mit Goldstücken emporzog. Er konnte noch nicht Zeit finden, ihm zu antworten, als er den Beutel schon in seinen Händen und sich zugleich vom kräftigen Manne in den Schatten einiger Mandel- und Olivenbäume gezogen fühlte, die den Seiteneingang zur Moschee bildeten. In demselben Augenblick erschien eine Frauensänfte, von einigen schwarzen Bewaffneten begleitet. Der Bettler packte wieder den Arm seines Begleiters, indem er ihm zurief: »Jetzt gilt's! Seht Ihr da die Sänfte? In ihr sitzt eine schöne Frau, wir müssen sie rauben und ohne großen Lärm die schwarze Wache niederstechen. Kommt, betragt Euch klug und mutig.«

Dem armen Ali ward übel zumute. Er vergaß, was ihm die verzauberten Fische geraten hatten, und indem er sich mühte, von der Faust des Bettlers sich loszuwinden, rief er einmal übers andere: »Ich kenne Euch nicht – macht Eure Sache selbst aus! – Die Favorite des Pascha – Allah soll mich bewahren!«

»Hund, der du bist!« schrie der andere, »du tust, was ich dir gebiete, oder mein Messer sitzt in deiner Kehle.« Er zog hier einen von Diamanten blitzenden Dolch aus seinen Lumpen hervor und brachte diese kostbare Waffe an den Hals des armen Achmet, der plötzlich jetzt Mut genug empfand, es mit dem Teufel selbst aufzunehmen. Beide stürzten sich jetzt aus ihrem Hinterhalt auf die Sänfte, ein Teil der Schwarzen fiel von den wütenden Stößen des Bettlers, ein anderer ergriff feige die Flucht und verbarg sich in der Moschee. Hinter den zerrissenen seidenen Vorhängen der Sänfte ward ein junges Weib von besonderer Schönheit sichtbar, die mit einem Ausdruck des Entzückens dem Bettler in die Arme sank, sich von ihm in ein nahes Gehölz tragen ließ und dort ein für sie bereitstehendes Pferd bestieg. Auf zweien andern nahmen Achmet und der Bettler Platz, und pfeilschnell sprengte der kleine Zug durch einen Teil des Abends und der Nacht, bis man die Meeresküste erreichte, wo eine Barke in einer Bucht vor Anker lag, in die man sich einschiffte. Dieses alles war so schnell gegangen, daß der gute Achmet zu träumen glaubte.

Auf dem Schiffe selbst fand sich schon mehr Zeit zu überlegen. Der verkleidete Bettler mochte sich jetzt so ziemlich für gesichert halten. Er streifte alsbald seine Lumpen vom Leibe und erschien in einer prächtigen, kostbaren Tracht, indem er den zahllosen Sklaven auf dem Schiffe seine Befehle erteilte und Achmet zu seinen schon erhaltenen Zechinen noch fünfzig zuzahlen ließ. Dieser war ganz glücklich. Er überzählte ruhig sein Geld und kümmerte sich wenig darüber, daß ihm einer der Schiffsleute zuflüsterte, der Herr des Schiffes sei ein kecker Pirat, der dem Sultan seine einzige Tochter geraubt habe und auf dessen Kopf ein hoher Preis stehe. Die Barke segelte mit gutem Winde so geschwind, daß an kein Nachsetzen zu denken war. Nach einigen Tagen jedoch setzte der Wind um und verwandelte sich alsbald in den fürchterlichsten Orkan, den man je erlebt hatte. Die ganze Mannschaft, obgleich sie aus kecken, geübten Burschen bestand, gab die Hoffnung auf und erklärte den Schiffbruch für unvermeidlich. Achmet war der erste, der den Kopf gänzlich verlor und nicht wußte, was nun zu machen sei. Er dachte hin und her, welche Fee oder welcher Zauberer dieses Unwetter könne angestiftet haben, und bei diesen scharfsinnigen Untersuchungen ging das Schiff unter. Ein fürchterliches Krachen entstand, als die Bretter und Balken voneinanderwichen, um dem Wasser Platz zu machen, dazu das Geheul der Mannschaft, das Zerreißen der Segel und das Gebrause der Wellen, die sich so heißhungrig über ihre Beute stürzten, als hätten sie monatelang gefastet.

In diesem Mißgeschick suchten die Beherztesten und Frechsten, indem sie ihre Kameraden fortdrängten und ins Wasser stießen, das Boot zu erreichen, aber ihrer waren dennoch so viele, daß das kleine Fahrzeug überladen wurde und untersank. Achmet erhielt sich mühsam auf einem Brette. Seine Kleider waren durchnäßt, und der Turban hing ihm halb aufgelöst um den Kopf. Der Zufall wollte, daß jener Zipfel, in dem die magischen Fischschuppen eingehüllt waren, ihm gerade auf die Nase fiel und ihn dadurch zum vollen Bewußtsein seiner Lage brachte. Mit Hast griff er nach dem Knoten, löste ihn, nahm eine der Schuppen hervor und blies sie in die Luft, gerade in dem Moment, als das morsche Brett unter ihm zusammenbrach und er in die empörten Wellen hinabglitt. Welch ein Wunder zeigte sich da. Die niedlichste Gondel von der Welt, mit Segel und seidnen Gehängen so schön aufgeputzt, als hätte der Sultan darin

Platz nehmen sollen, befand sich im Nu unter den zitternden Gebeinen des armen Ali. Er sah sich, er wußte nicht wie, ausgestreckt auf seidenen Polstern, neben sich eine Pfeife mit dem allerfeinsten goldgelben Tabak, noch rauchend, als hätte sie eben der frühere Besitzer aus dem Mund getan. Vor ihm auf einem festen Marmortischchen schwankte leise in einer milchweißen Bechertasse das dunkelgoldbraune Naß des duftendsten Mokka-Kaffees. Gewiß eine angenehme Überraschung für einen armen Schelm, der sich eben gefaßt gemacht hatte, an einem Schluck faulichten Seewassers zu ersticken. Ali ließ sich nicht bitten, so naß wie er war, tat einige derbe Züge aus der Tasse und nahm dann das köstliche Rohr zwischen die Lippen, indem er wollüstig den heißen Dampf heraussog und ihn in prächtigen Nebelringen an die seidene Decke des Baldachins emporblies. Auf diese Weise beschäftigt, kümmerte er sich um den ganzen Schiffbruch weiter nicht.

Wenn die Geister sich einmal damit abgeben, Schiffe auszustatten und Zimmer geschmackvoll einzurichten, so muß man ihnen den Ruhm lassen, daß sie es weit besser verstehen als wir. Leider geben sie sich nur viel zu selten damit ab. Alis Gondel war ein Beweis, was sie in diesem Fache zu leisten imstande waren. Obgleich sie in unglaublich kurzer Zeit entstanden war, so fehlte ihr doch nichts, was man nur irgend in dem Prunkzimmer eines orientalischen Großen erwarten kann; und alles dieses in einen kleinen Raum gedrängt und auf die bewegliche glatte Welle des Ozeans gesetzt, der es, ganz verändert von seinem vorigen Ungestüm, in eine kaum bemerkliche sanfte Bewegung setzte, gleich geeignet, ein poetisches Nachdenken wie einen süßen Schlummer hervorzurufen.

Als Ali seine Kleider gewechselt und einen prächtigen goldgestickten Kaftan angezogen hatte, warf er sich von neuem auf die Polster, schlug die seidenen Vorhänge zurück und schaute auf die Stelle, wo seine Kameraden untergingen, von denen noch einige aus den Wellen auftauchten und vergeblich sich zu erhalten strebten. Bald war das Meer völlig ruhig, und so weit er auch ausschaute, sah er nichts als den unendlichen glatten Spiegel, dem der wolkenlose Himmel eine klare blaue Farbe mitteilte. Näher an seiner Gondel ergötzte er sich an dem Widerschein der bunten Farben, die die Teppiche, die goldenen Gefäße im Zelte sowie die prächtigen Stoffe des Baldachins bildeten. – So schwamm er in der Einsamkeit dahin, ohne daß ein Laut in seiner Nähe rege wurde. Eine Stunde nach der andern verging, die Sonne, die anfangs gerade über dem Baldachin gestanden, sah jetzt seitwärts in hellen Streiflichtern durch die Vorhänge. Bald schwamm sie wie eine zitternde brennend rote Flüssigkeit über dem jetzt milchweißen Wasser, und endlich sog sie ein duftiger Nebel ein, der über die unabsehbare Wasserwelt aufstieg und die Nähe der Nacht verkündete.

War es früher schon stille, so wurde es jetzt noch einsamer. Die Gondel behielt ihren geheimnisvollen leisen Gang. Sie glitt durch die Massen von Nebel hindurch, die sich oft in seltsamen Gestalten zusammenstellten, oft Häuser und lange Straßen bildeten, oft riesenhohe Gruppen von Figuren, die miteinander zu wandeln und zu sprechen schienen. Das Meer erschien wie ein belebter ungeheurer Saal, dessen Kuppel der Himmel mit seinen zahllosen Sternen bildete. Den guten Ali packte ein Schauer, er zog die Vorhänge seiner Gondel eng zusammen, hüllte sich in seinen Kaftan, und indem er sich zugleich tief in die Polster seines Sitzes eingrub, verfiel er bald in einen sanften Schlaf.

Am Morgen weckte ihn das leise Plätschern der Wellen an die Wände der Gondel. Wieder stand vor ihm die schwankende Tasse Kaffee und die lange Pfeife. Er öffnete schnell die Vorhänge und wieder war nichts zu sehen als das weite unbegrenzte Meer. So gingen fünf Monde dahin, ohne daß sich nur das mindeste in der Umgebung geändert hätte. Jetzt fing Achmet ernstlicher an, seine Lage zu überdenken. Die Speisekammer der Geister schien unerschöpflich, Hunger und Durst brauchte er also nicht zu fürchten, ebensowenig, daß die Stürme seiner Gondel etwas anhaben könnten, aber sollte er ewig in der Einsamkeit so umherschwimmen? Seine Jahre beschließen in diesem prächtigen schwimmenden Käfig? In dieser peinigenden Vorstellung fiel ihm ein, von den noch zwei übrigen Schuppen Gebrauch zu machen, allein, wie er eben daran war, den Knoten zu lösen, besann er sich, daß ihn die Zaubergabe nur in Gefahr schützen könnte und daß er sich ja in großem Glücke und Überflusse befände. Der Spott, der in dieser Überzeugung zu liegen schien, brachte ihn dergestalt in Zorn, daß er in die heftigsten Verwünschungen gegen die drei Fische ausbrach.

»Ihr elenden Großsprecher!« rief er, »ist das das Glück, das ihr mir zugesichert habt? Oh, ihr nichtswürdigen Schelme, hätte ich euch doch nicht vertraut! Seht doch, darf ein liederlicher Fisch so mit einem ehrlichen Manne umspringen? Was nutzt mir hier euer elendes Gold und Silber? Da, nehmt es und bewahrt es in eurer Teufelsküche, wo ihr es hergenommen habt!«

Mit diesen Worten warf er heftig alle goldenen und silbernen Geschirre über Bord und sah mit einem boshaften Lächeln sie in den Abgrund des Meeres versinken. Als dieses geschehen war, warf er sich erschöpft nieder und seufzte: »Ach, wenn ich doch jetzt eine meiner Tänzerinnen hier hätte, doch, was sag ich, der niedrigste Sklave wäre mir willkommen, ja, ich könnte glückselig sein, wenn ich auch nur in die Gesellschaft elender Affen käme!«

Kaum hatte er diesen Seufzer ausgesprochen, als sein Auge, das immerdar begierig umherspähte, ein Schiff entdeckte, welches in nicht geringer Entfernung mit gespannten Segeln gerade auf seine Gondel zusteuerte.

Wer war froher als Achmet, er zupfte sogleich seinen Kaftan zurecht, schob seinen Turban gerade und machte sich bereit, nach so langer Einsamkeit wieder in menschlicher Gesellschaft zu erscheinen. Allein, welch eine seltsame Gesellschaft mochte die sein, welche sich auf dem Verdeck des Schiffes herumtrieb? Wahrlich, wenn das Auge nicht trügt, so tragen die Leute dort oben Pelze, die ihnen auf den Leib gewachsen sind, dazu haben sie lange haarige Schweife, mit denen sie sich an die Taue und Masten anhängen und in der Luft schaukelnd erhalten können, und Gesichter, die – nein, es ist kein Zweifel, es ist ein Schiff, gänzlich über und über mit Affen bemannt. Hat man je dergleichen gesehen? – Affen, nichts als Affen! Die boshaften Geister hatten in der Tat den armen Achmet am Wort genommen. Wie liefen die Gesellen zusammen auf dem Verdeck, wie fochten die haarigen Arme in der Luft, wie boshaft blitzten die kleinen Augen und wie fürchterlich verzogen sich die Mäuler, um ein Geschrei auszustoßen, wovon das Schiff erbebte. Da hockten sie alle in langer Reihe, und jeder zog an dem Seil, mit dem sie die Gondel geentert hatten. Ali stieg fluchend die Treppe hinauf.

Oben angelangt, brachten ihn die Bestien vor einen großen gelbbraunen brasilianischen Affen, mit einem ellenlangen Backenbarte geziert, der sich Kapitän des Schiffes nennen ließ und dem Ankömmling ein boshaftes Gesicht zuschnitt.

»Guten Morgen, Ali!« rief er, »wie geht's dir?«

»Ich danke Eurer Herrlichkeit«, entgegnete Achmet, »ganz wohl. Ich will hoffen, daß Ihr Euch ebenfalls wohl befindet.«

»Ich muß dir ankündigen, Ali«, sagte der Affe, »daß du täglich zwanzig Stockprügel bekommen wirst. Das wird fürs erste genug sein. Dann mußt du zweimal am Tage den ganzen Schiffraum von oben bis unten scheuern. Und das alles nicht mehr wie billig. Warum unterstehst du dich, auf dem Meere herumzufahren, und noch dazu in einer so prachtvollen Gondel.«

»Aber Herr –«

»Gut, Ali!« rief der Affe, indem er dreimal in die Hände klatschte, »ich sehe, du willst von den zwanzig Stockprügeln gleich einige auf Abschlag nehmen. Du sollst sie haben.«

Bei diesen Worten erschienen vier handfeste Affen von einer abscheulichen Größe, zogen Achmet den Kaftan aus, banden ihn an den Mast und schlugen tüchtig auf ihn los. Die übrigen stampften mit Händen und Füßen, indem sie wie toll vor Freude schienen. Als Alis Rücken von den Schlägen ziemlich wund war, kamen ein paar andere, rieben ihn mit Sand und Meerwasser ein und spritzten ihm eben solches in die Augen. Nachdem dies geschehen war, sagte der Kapitän:

»Jetzt, Ali, zweifle ich nicht, daß du dich sehr wohl befindest. Es wird nun Zeit sein, daß du an die Arbeit gehst.«

Der arme Bursche, der mit zerfetztem Rücken und halbblind weder gehen noch stehen konnte, wurde in den untersten Schiffsraum geworfen. Hier gab man ihm einen Schiffsbesen in die Hand, und er mußte wohl oder übel scheuern. Von Zeit zu Zeit kam eine kleine graue Meerkatze, und indem sie ihm ein Stück schimmeligen Zwiebacks und eine Schale fauligen Wassers hinsetzte, sah sie nach, daß es mit der Arbeit vorwärtsging. Sie machte ihm sogar Komplimente über sein Äußeres, indem sie hinzusetzte: »Seid versichert, sowie es mit Euren Wunden besser geht, wird man gleich Euch die versprochenen Stockprügel, die noch rückständig, auszahlen.«

Und so geschah es auch. Die Affen führten ein ganz verwünscht strenges Regiment auf dem Schiffe. Acht Tage hindurch mußte Ali das Schiff scheuern und Stockprügel ertragen. Dazu erlaubten sich die Affen jeden nur erdenklichen Schimpf gegen ihn, wenig fehlte, so hätten sie ihn zu Tode geplagt. Am neunten Tage machte er eine seltsame Entdeckung. Als bei einer völligen Windstille die ganze Mannschaft schlief, gelangte er zufällig an einen wohlverwahrten Raum im Innern, aus dem, kaum hörbar, Stimmen von Gesang hervortönten. Er legte sein Ohr an die Bretterwand, er suchte eine Öffnung fürs Auge, beides lange vergeblich. Endlich fiel auf einen Druck seines Fußes ein kleines Gitterfenster nieder, und schnell fuhr Alis Kopf hindurch. Allah! Was sah er da? – Der ganze Raum steckte voll der allerhübschesten Mädchen, die man sich denken kann, Kopf an Kopf eng zusammengedrängt. Einige lagen auf den Polstern, die rund an den Wänden sich hinzogen, andere standen mit wehmütiger Miene da, wieder andere sangen und spielten. Es war ein Anblick, um einem ehrlichen Mann den Kopf zu verwirren, so viele schöne Augen, schlanke Leiber, reizende Gesichter auf einmal zu sehen, und das tief unten im Schiffsraum.

Kaum hatten die Mädchen Alis Kopf gesehen, als sie alle durcheinander einen hellen Schrei taten. »Ach!« riefen sie, »da kommt der Affen-Kapitän, um uns allen den Hals umzudrehen!« – Mit diesen Worten flüchtete der ganze Haufe eng in einen Winkel zusammen und barg die Köpfe eine hinter der andern, indem sie dazu fortfuhren, einen abscheulichen Lärm zu machen. »Bei Gott«, rief Ali vor sich hin, indem er den Kopf hin- und herwandte und sich bestrebte, soviel als möglich von den Reizen der erschreckten Mädchen zu erspähen, »diese Affen sind gar nicht so einfältig, wie sie aussehen, sie haben sich hier ein ganz allerliebstes Serail angelegt.« Er tat hierauf sein möglichstes, die Mädchen zu besänftigen, die da drohten, ihm die Augen auszukratzen, wenn er nur einen Schritt in ihren Käfig täte. Endlich nach vielen Bemühungen gelang es ihm, sie davon zu überzeugen, daß er ein Mensch wie sie sei.

Die Mutigsten wagten sich jetzt ans Gitter heran, und indem sie die andern nachzogen, fand sich's alsbald, daß der ganze Haufe vor dem Fenster versammelt stand.

»Bei Gott«, rief Ali, »es war nicht fein von euch, mich für einen Affen zu halten.«

»Wenn du wirklich keiner bist«, riefen die Mädchen, »so solltest du uns aus dieser widerwärtigen Gefangenschaft befreien.«

»Ja«, setzte eine andere hinzu, die die schönsten mutwilligsten Augen hatte, »wenn du dich bemühen und ein paar Stufen niedriger steigen wolltest, so fändest du dort den alten Mustapha, der dir alles sagen kann, was zu unserer Rettung nötig ist.«

»Ach!« rief Ali, »was geht mich euer alter Mustapha an? Glaubt ihr, daß ich mit den zwanzig Stockprügeln täglich nicht zufrieden bin und daß mir nach mehr gelüstet? Ich rühre keine Hand in dieser Sache!«

»Du wirst doch wohl, Ali«, rief das Schwarzauge, indem sie eine sanfte weiße Hand zwischen das Gitter durchstreckte und damit schmeichelnd an den Wangen und dem Bart des guten Knaben niederfuhr. »Nicht wahr, du wirst doch wohl?«

»Allah strafe mich, da ich werde«, brummte Ali. »Es ist kein Auskommen mit Mädchen und Affen, außer daß man ihnen den Willen tut.«

Er ließ sich hierauf umständlich beschreiben, wie er den gefangenen Alten finden könne. Die Unterhaltung am Gitter dauerte so lange, bis man die Schläfer oben erwachen und auf dem Schiffe herumpoltern hörte. Es war daher keine Zeit zu verlieren, Ali schloß das Fenster wieder und begab sich an seine Arbeit, indem er darüber nachdachte, was für seltsame Dinge in der Welt vorgehen.

Er grübelte nach, ohne ein Ende zu finden, als die Meerkatze erschien, um ihm sein kärgliches Mahl zu bringen. Sie hielt sich diesmal länger auf wie gewöhnlich, und endlich sagte sie: »Nicht wahr, Ali, du findest, daß ich von Gesicht und Gestalt nicht so übel bin?«

Ali, dem nie ein häßlicheres Geschöpf vorgekommen war, erwiderte mit einer artigen Miene: »Ich finde, Dame, daß Ihr von einer unvergleichlichen Schönheit seid.«

»Ach!« rief die Meerkatze, »so könntest du dich wohl entschließen, mich zu heiraten?«

Ali war so erstaunt über diesen Antrag, daß er nicht gleich wußte, was er antworten sollte. Er scheuerte darum weiter fort und ließ die Meerkatze beiseite stehen. Diese, die sich vorgenommen hatte, die Sache zu Ende zu bringen, fuhr fort mit etwas leiserer Stimme: »Wenn ich mein jungfräuliches Zartgefühl hintansetze und über diese Dinge mit dir spreche, so geschieht es, um dir einen Dienst zu tun. Wir könnten dann das Schiff für uns gewinnen und die verwünschten Affen beiseite schaffen. Denke über diesen Vorschlag nach.«

Nach diesen Worten entfernte sie sich wieder. Das Tagewerk auf dem Schiffe ging seinen Gang fort, und die Affen übten von Stunde zu Stunde eine unleidlichere Tyrannei aus. An einem Abend, als sich alle in starken Getränken etwas zugute getan hatten und daher wieder in tiefem Schlafe lagen, fand Ali Mittel, den alten Mustapha in seinem Gefängnisse aufzusuchen. Er fand einen Greis in elendem Zustande, mit zerzaustem Bart und Fetzen von Kleidern in einem Behälter sitzen, der nicht viel größer war als ein gewöhnlicher Papageienkäfig. Nachdem er ihm den Gruß der gefangenen Mädchen ausgerichtet hatte, fragte der Alte: »Mein Sohn, wie kommst du auf dieses Schiff, das ohne Zweifel der heilige Prophet in seinem Zorn verwünscht hat?«

»Guter Vater«, entgegnete Ali, »meine Geschichte läßt sich in wenig Worte fassen. Wie du deinen Bart verloren, so hat man mich um ein hübsches Haus und um drei niedliche Tänzerinnen gebracht. Darauf hat ein Schurke von Fisch mir alles mögliche Glück versprochen. Ich traute ihm, half, dem Großsultan seine einzige Tochter entfuhren, litt auf einem nichtswürdigen Piratenschiff Schiffbruch, schwamm darauf in einer verzauberten Gondel mehrere Monde herum und ward dann von den Affen hier gefangen, die mir täglich zwanzig Stockprügel geben. Außerdem hat sich noch eine Meerkatze in mich verliebt, die mich zu ehelichen denkt. Da habt Ihr alles.«

»Allah beschütze mich!« rief der Alte, indem er den Kopf schüttelte und die wenigen Barthaare, die ihm noch übriggeblieben, mit den dürren Fingern strich. »Aber auf welche Weise hast du dich aus dem Schiffbruch in die Gondel gerettet?«

»Ihr meint wohl, daß ich zaubern kann?« fragte Ali.

»Es kommt fast darauf heraus«, sagte der Alte. »Wenn das so ist, teilte mir die geheimnisvollen Kräfte mit, es könnte sein, daß wir uns mit ihrer Hilfe alle retten könnten.«

»Wen nennt Ihr alle?«

»Nun, ich, du und die zwanzig Mädchen«, entgegnete Mustapha verdrießlich. »Oder willst du dein Leben lang hier auf dem Schiffe bleiben?«

Ali zeigte jetzt die zwei ihm noch übriggebliebenen Schuppen vor, indem er ihren Gebrauch erklärte. »Aber«, setzte er hinzu, »sie können uns nur retten, wenn wir in einem unzweifelhaften und wirklichen Unglück stecken.«

»Zum Teufel«, schrie der Alte, »nennst du das kein Unglück, wenn einem der Bart ausgerauft wird, man Prügel bekommt und eine Meerkatze sich in einen verliebt? Ich, meines Teils, Ali, weiß nicht, welches von diesen dreien das größte Unglück ist, die Fische werden uns auslachen, wenn wir noch auf größeres warten. Gib her, und laß mich machen.«

Er war hiermit willens, sich der zwei Fischschuppen zu bemächtigen, die Ali jedoch nicht aus der Hand gab. Er behauptete, man müsse sie noch durchaus auf ein entschiedeneres Unglück aufsparen. Der Alte lachte ihn aus. Ali bat ihn, seine Geschichte zu erzählen, doch er erwiderte: »Hierzu, mein Sohn, wird sich immer noch Zeit finden, laß uns jetzt daran denken, wie ich mein Schiff, meine Schätze und mein ganzes Serail aus den Händen der abscheulichen Affen wiederbekomme, denn alle diese Dinge, mußt du wissen, gehören mir als ihrem rechtmäßigen Besitzer. Wenn du drei Tänzerinnen verloren hast, so habe ich deren mehr als zweihundert eingebüßt, die alle ganz vortrefflich tanzten und die jetzt auf dem Boden des Meeres liegen. Die Affen fanden sie nicht schön genug. Diese nichtswürdigen Geschöpfe sind so große Schönheitskenner, daß ihnen kaum der auserlesenste Teil meines Harems, der hier gefangen sitzt, gut genug schien, um erhalten zu werden.«

»Ach!« seufzte Ali, »zweihundert Tänzerinnen! Und alle ins Meer geworfen! Hat man je eine teuflischere Bosheit gesehen? Schon dieses Grundes wegen müssen wir notwendig die Affen vertilgen.«

»Das wollen wir auch«, erwiderte der Alte, »nur müssen wir einen gewissen Angriffsplan machen, sonst scheitert unsere Unternehmung, noch ehe sie recht begonnen wurde.«

»Zum Beispiel, wir drehen allen Affen die Köpfe um«, schrie Ali.

»Ach, das geht nicht«, rief der Alte. »Sie sind tausendmal stärker als wir und könnten uns übles Spiel machen, wenn wir sie mit offener Gewalt angriffen.«

»Also müßten wir zur List unsere Zuflucht nehmen?«

»Das ist auch meine Meinung, Ali. Aber einen listigen Angriffsplan zu machen ist nicht jedermanns Sache, ich wette zum Beispiel, daß sie nicht die deinige ist. Deshalb verlasse dich auf meine Klugheit und Erfahrung und melde fürs erste den Mädchen diesen Auftrag. Ich weiß aus sicherer Quelle, daß die Affen morgen ein großes Fest begehen werden, bei welcher Gelegenheit sie mich und dich ins Meer werfen wollen. Das ist nichts Neues, wir sind ihnen schon lange zur Last, und keiner von denen, die unglücklicherweise auf dieses Schiff geraten sind, hat ein anderes Schicksal gehabt.«

»Mächtiger Prophet!« schrie Ali außer sich. »Aber da sollen mir die Fischschuppen ihre Dienste leisten; denn wer wagt es zu leugnen, daß ersäuft zu werden zu den wirklichen wahrhaftigen Unglücksfällen gehört?«

»Gewiß niemand«, entgegnete der Alte, »aber höre nur aufmerksam meinen Rat an. Ohne Zweifel werden die Affen die Mädchen zu diesem Fest einladen. Sage ihnen, daß sie sich nicht weigern mögen zu erscheinen, und zwar mit den freundlichsten und zärtlichsten Mienen von der Welt. Nebenbei müssen sie jedoch von diesem Fläschchen, das ich dir hier gebe, einige Tropfen jedem Affen in seinen Becher schütten. Der Genuß dieses Mittelchens wird die Unholde alsbald ihrer Besinnung berauben, und dann wird es Zeit sein, daß wir uns zu Herren des Schiffes machen.«

»Wenn wir nicht dann schon im Grunde des Meeres liegen!« rief Ali.

»Freilich wohl, wenn wir dort noch nicht liegen!« entgegnete der Alte mit höhnischer Miene. »Dieser Einwurf zeugt von vieler Klugheit. Nun geh, mein Sohn, und laß mich allein, denn nächst dem Umgang mit Affen scheint mir der deinige am stärksten auf die Geduld zu fallen.«

Als Ali den Alten verlassen hatte, konnte er vor Bekümmernis, Schrecken und Angst keinen Augenblick ruhen. Das Schiff kam ihm wie der gefräßige Rachen eines Ungeheuers vor und er wie zwischen den Zähnen liegend, um zermalmt zu werden. Er drehte das Fläschchen, das er eben erhalten hatte, zwischen den Fingern, und immer wieder fielen ihm die Worte des Alten ins Gedächtnis: »Morgen wird man dich und mich ins Meer werfen.«

Gleichwohl war keine Zeit zu verlieren. Die Mädchen mußten notwendig von der nahen Gefahr für den Alten gewußt haben, sonst hätten sie sich nicht so besorgt um ihn gezeigt. Ali hatte also kaum sein tägliches Geschäft beendet, als er an die bewußte geheime Tür eilte und seinen Auftrag ausrichtete. Sie versprachen zu tun, was man von ihnen verlangte.

Er schwitzte Todesangst, als er es am andern Morgen ärger als gewöhnlich oben poltern hörte. Man hatte ihm seine gewohnten Prügel nicht gegeben, auch war die Meerkatze nicht erschienen, das waren sichere Zeichen, daß es mit ihm zur Neige gehen sollte. Als gegen Abend der Lärm am ärgsten wurde, nahm er seine Fischschuppen in die Hand und stieg leise und unbemerkt aufs Verdeck hinauf.

Die Affen saßen hier an langen Tischen und berauschten sich an herrlichem Wein, und mitten unter ihnen in bunter Reihe die Mädchen. Es war toll genug anzusehen, zwischen den braunen, faltigen, behaarten, großmäuligen, ganz abscheulichen Fratzen die feinsten lächelnden Mädchengesichter, wie unter einem Haufen erdiger Wurzeln ein Dutzend frische Rosenknospen. Und wie sie nickten und wie sie grinsten und wie sie die haarigen Arme um die schönsten Nacken schlugen. Oh, es konnte einem ehrlichen Manne übel werden, so viel ungereimtes Zeug mitanzusehen. Der Mond stand gerade hoch über dem Schiffe, rund umher stille Nacht, weites dunkles Meer und nur die tolle Gesellschaft der berauschten Affen und Mädchen. Da klang es und zischte es und klatschte und wieherte durcheinander. Die vollen Humpen wurden umgeworfen, der rote Wein floß in Strömen herab, die Mädchen schrien, und die Affen schlugen Purzelbäume. Zwei der geschicktesten Kletterer rollten sich mit ihren Schweifen oben an den Seilen fest und schwangen sich mit lodernden Fackeln in den Fäusten in der Luft auf und ab, die andern ergriffen die Mädchen und rasten im wildesten Tanze mit ihnen um den Mastbaum herum, dazu kreischte die lahme Geige Jockos, des Unterbootsmanns, eines alten geschickten Affen, der sich auf die Musik gelegt hatte. Überall Zeter und Gelächter. Nun trat Kristaldo hervor, der Ballettänzer, ein schlanker dünnleibiger Pavian. Alle machten ihm Platz, und er ergriff die braunäugige, weißarmige Fatime. Der Tanz begann. Jocko stimmte seine Geige zu den sanftesten Tönen, daß Fatimes zarte Füßchen ihn accompagnieren konnten. Kaum aber fiel Kristaldo mit seinen Purzelbäumen, mit seinen Luftspringen und Tollheiten ein, so tobte Jockos Geige und quiekte und schnarrte, um das Ohr zu zerreißen. Dann flog Fatimens Schleier, und Kristaldos Schweif rollte sich in Lust, und immer toller stampften und hüpften die Füße durcheinander, bis endlich nach dem tobendsten Kampfe Fatime hoch auf Kristaldos Schultern hockte und er mit ihr davonrannte. Gleich darauf trat die Meerkatze auf. Sie hatte zuviel getrunken und taumelte etwas, dennoch sang sie in den höchsten Tönen eine kleine verliebte Arie, über die das ganze Schiff in ein tolles Gelächter ausbrach. Sie wurde fortgedrängt und eine kleine Truppe Komödianten erschien, ein paar Alte, die sich um ein hübsches Mündel stritten, die sie beide heiraten wollten. Jeder hatte einen vollen schönen Arm des Mädchens, jeder flüsterte ihr Schmeicheleien in das ihm zugekehrte Ohr und so, daß das lächelnde rote frische Gesichtchen zwischen den nußbraunen faltigen Fratzen mitten inne. Ihre dunklen Augen leuchteten im Fackelscheine und flogen bald in den einen, bald in den andern Winkel, indes der laut lachende Mund die schönsten Zähne zeigte.

So trieben es die Affen. Da rief der Kapitän, der oben an der Tafel saß und die hübscheste Tänzerin auf seinen Knien schaukelte: »Nun, ihr Burschen, der Hauptspaß!« – Alis Herz schlug hörbar, als diese Worte erschollen, denn ganz ohne Zweifel waren sie auf ihn gemünzt. Ein paar Spürhunde fanden ihn auf und brachten ihn und den alten Machmut vor den lärmenden Kreis. Hier wurden sie beide zusammen in einen Sack gesteckt, den man mit Steinen beschwert hatte.

»Allah schütze uns!« schrie Ali.

»Sei nur ruhig, du Narr!« rief der Alte, »und gib acht, was kommen wird.«

Unterdes warfen sich die Mädchen über die betrunkenen Affen her, deren keiner mehr seine Besinnung hatte, und stießen ihnen ihre Messer in die Brust. Es gab ein abscheuliches Blutbad. Ein wahrer Knäuel packte sich zusammen, die umgestürzte Tafel, die toten Affen, die silbernen Geschirre und die abgeworfenen Turbane und Schleier der Mädchen durcheinander, ein tolles Schlachtfeld, das der Mond beschien und das das Schiff ganz ruhig durch die Nacht fortführte, als wären es Ballen Baumwolle und Kisten voller Zucker. Man muß gestehen, daß dieses ein höchst auffallendes Abenteuer war. Die beiden Freunde drehten sich in ihrem Sacke um und erwarteten, daß die Mädchen nun zu ihrer Befreiung herbeieilen würden, aber diese nichtswürdige Schar hatte ganz andere Absichten.

Sie rannten auf den Sack zu, schnürten ihn noch fester zusammen und stürzten ihn in das Meer. Das geschah mit einer solchen Geschwindigkeit, daß weder Ali noch der Alte Betrachtungen darüber anstellen konnten. Der erstere war selbst nicht imstande, an seine Zaubergaben zu denken, und beide wären untergegangen, wenn nicht durch den Druck der Hand, in der sie gepreßt waren, die magischen Schuppen von selbst ihre Schuldigkeit getan hätten. Kaum berührte also der Sack die Oberfläche des Meeres, als er auseinanderriß und seinen Inhalt behutsam auf eine einsame Küste niedergleiten ließ, von der früher nichts zu sehen gewesen war.

Ali und der Alte erwachten, als die Sonne ihnen ins Gesicht schien. Sie blickten sich um, und von den Affen, den Mädchen, selbst von dem Schiffe und dem ganzen Spuk der Nacht war durchaus nichts mehr zu sehen, statt dessen erblickte ihr erstauntes Auge eine Ebene vor sich, die mit Bäumen bedeckt war, an denen große weiße Früchte hingen, so groß wie Mühlsteine und so weiß wie frisch gefallener Schnee.

Ali sah sich dieses Wunder an, dann schlug er die Hände zusammen und schrie: »Ach, wir sind gestorben, und büßen nun für unsere Sünden in der Hölle!«

»Schweig, du Narr!« rief der Alte. »Das ist nicht die Hölle, sondern der Himmel, und jenes da sind die goldenen Früchte in silbernen Schalen, von denen jeder Gläubige ein ganzes Dutzend zum Imbiß bekommt.«

»So wünsche ich Euch guten Appetit«, sagte Ali, »ich für mein Teil möchte lieber die Leber meiner drei nichtswürdigen Fische hier haben, um sie zu zerreißen.«

Der Alte zuckte die Achseln und lachte.

Ali raufte sich den Bart und zerrte an seinem Kaftan. »Wo sind nun die Schätze, die sie mir versprochen haben?« schrie er. »Bis jetzt habe ich noch nichts bekommen als Prügel, ich habe noch nichts erlebt als Schiffbruch, man hat mir noch keine andere Freundlichkeit erwiesen, als mich in einen Sack zu stecken und ins Meer zu werfen.«

»Vielleicht«, bemerkte der Alte, »haben die Fische die Absicht, Euch Klugheit und Verstand beizubringen, damit Ihr dereinst Eure Schätze, wenn Ihr welche erhaltet, desto besser anzuwenden und zu bewahren wißt.«

»Ihr seid ein lästiger Schwätzer«, rief Ali wütend, »und wenn Ihr noch einen Bart hättet, so würde ich Euch den ausraufen. Es geschieht Euch recht, daß die Mädchen Euch betrogen haben und mit dem Schiff durchgegangen sind.«

»Alles das wäre nicht geschehen«, sagte der Alte ruhig, »wenn du mir die Fischschuppen gegeben hättest, als ich sie verlangte.«

Die Erwähnung der Fischschuppen brachte Ali darauf, nachzusehen, ob er sie beide noch beisammen habe. Als eine fehlte, sprang er auf und schrie laut: »Hört, Alter! Wir sind weder im Himmel noch in der Hölle, sondern noch auf der Erde, und das Glück kann mich noch zum reichsten Manne machen. Seht, die Fische haben uns, ohne daß wir beide etwas dazu getan haben, gerettet. Ich habe nur noch eine Schuppe übrig.«

»Bewahre sie mit Klugheit«, rief Machmut, »und nun laß uns gehen, um uns das Land näher zu betrachten, vielleicht finden wir ein Mittel, wie wir unsere verlorenen Schätze wiedererlangen können.«

Sie gingen jetzt landeinwärts und kamen an den Bäumen vorbei, an denen die ungeheuren weißen Früchte hingen. Aber wie erstaunten sie, als sie die Früchte sich bewegen und eine nach der andern vom Baum herabsteigen sahen. Nach einer kleinen Weile war von ihnen die ganze Wiese voll, und sie umringten die Ankömmlinge. Jetzt bemerkte man, daß es Zwerge waren, die sich so mißgestaltet zeigten, daß sie fast aus nichts als aus großen Gesichtern bestanden, denen ein paar kleine Arme und Beine angeheftet waren. Auf dem Kopfe trugen alle jene ungeheuren weißen Turbane, die auf dem Baum, in der Sonne glänzend, wie Riesenfrüchte ausgesehen hatten.

Sie begrüßten die Fremden mit einem stolzen höhnischen Wesen und traten dann zusammen, um miteinander Rat zu pflegen. Ali sah ihnen starr nach und konnte sich nicht genug verwundern über die wandelnden kleinen Eisberge, wie sie auf der grünen Wiese sich bald so, bald anders zusammenstellten und dadurch die sonderbarsten Figuren bildeten. Oft schmolzen sie in einen Ungeheuern weißen Klumpen zusammen, dann fuhren sie wieder auseinander, gleich einer großen silbernen Sternblume, dann bildeten sie einen Kreis und dann wieder eine lange Linie, endlich, nachdem genug beratschlagt worden war, kam die ganze Schar auf unsere Reisenden zu, schloß sie in ihre Mitte und führte sie zu dem Palast des Königs, indem sie zugleich ihnen andeuteten, daß es auf dieser Insel Sitte sei, die Ankömmlinge lebendig zu braten und dann öffentlich zu verspeisen.

Ali brach bei dieser Neuigkeit in ein lautes Geschrei aus, und der Alte hatte viel zu tun, ihn zu beschwichtigen, indem er ihm vorstellte, daß man fürs erste sich der Gewalt ruhig fügen müsse.

Der Zug langte vor dem Palast des Königs an. Aus dem Fenster schaute gerade die Prinzessin, seine Tochter, ihr Blick fiel auf die Fremdlinge, sie winkte sie heran, und während das Gefolge in ehrfurchtsvoller Entfernung auf den Knien liegend zurückblieb, hatte Ali die besondere Auszeichnung, mit der vornehmen Dame einige Worte zu wechseln. Sie galt für eine große Schönheit auf der Insel. Ihr Gesicht war noch größer als bei den übrigen, dennoch wurde es von dem ungeheuren weißen Turban so in Schatten gestellt, daß man wenig mehr sah als ein Gemenge von vielen braunen Fältchen durcheinander, aus denen eine lange spitzige rote Nase hervorschoß. Die Augen saßen wie die schwarzen glänzenden Kerne der Wassermelone in den Falten fest und blitzten dicht unter der weißen Musselinwolke des Turbans hervor. Der kleine Körper war nicht imstande, die Last des Kopfes samt dessen Schmuckes zu tragen, deshalb stand die Prinzessin zwischen zwei Hofdamen, die das beschwerliche Geschäft hatten, sie aufrecht zu erhalten.

Als die Unterredung beendet war, führte man die Fremdlinge in einen Kerker, wo sie sorgfältig eingeschlossen und bewacht wurden. Man ließ ihnen hier einige Zeit, über ihre Lage zur Besinnung zu kommen. Sie erfuhren, daß die ganze Insel unter der Herrschaft des Zwergkönigs stehe und von dem Zwergvolke bewohnt werde, das großes Ansehen und viele Schätze und das noch dazu die Eitelkeit besaß, sich für die schönste Menschenrasse der Erde zu halten. Bevor man die Gefangenen vor den König führte, ließ man sie ein Bad nehmen und zugleich kostbare Kleider anlegen.

Bei dem König war der Turban von einer solchen Größe, daß, wie unter einem Baldachin, ein Teil seines Hofstaats unter demselben Platz hatte. Er war dadurch zu einer ewigen Gefangenschaft verdammt, da er sich nicht von der Stelle rühren konnte, ohne an den Ecken des Saales anzustoßen. Dieser Umstand machte die hohe Würde, die er bekleidete, ziemlich lästig, dennoch hätte er lieber auf der Stelle den Thron aufgegeben als das Recht, einen Turban zu tragen, der der größte auf der ganzen Insel war.

Er nahm den untertänigen Gruß der Gefangenen mit so viel Gnade und Huld auf, daß der ganze Hof darüber in Erstaunen geriet. Nach den üblichen Zeremonien redete er sie auf folgende Weise an: »Fremdlinge, obgleich das Gesetz dieses Landes euch den Tod zuspricht und schon meine Untertanen von euch ein schmackhaftes Mahl sich versprechen, so habt ihr dennoch dem Himmel eure Rettung zu danken, der das Herz der erhabensten Person auf dieser Insel euch zugewendet hat. Meine Tochter, die Prinzessin, ist entschlossen, Euch, Achmet-Ali, mit ihrer Hand zu beglücken.«

»Gehorsamer Diener!« rief Ali und kratzte sich hinters Ohr.

»Du wirst doch nicht – Einfaltspinsel!« drohte der Alte leise und stieß ihn in die Seite.

»Ich werde wohl«, entgegnete Ali mit wilder Miene, »die Ehre von mir ablehnen. Zum Teufel, war es nicht genug, mir eine Meerkatze auf den Leib zu hetzen, soll ich es nun noch mit einer Zwergprinzessin aufnehmen?«

Der ganze Hof war über diese freche Rede entsetzt, und der König rief zornig: »Nun gut, so bleibt es beim Braten und Aufspeisen.«

Die Gefangenen wurden wieder abgeführt, und Machmut konnte sich nicht zufriedengeben über Alis Widersetzlichkeit.

»So heiratet sie doch selbst«, rief dieser. »Ihr habt gut schwatzen, mit aller Eurer Klugheit habt Ihr uns noch aus keiner bösen Grube herausgeholfen.«

»Aber bedenke doch«, sagte der Alte, »du bist der erste nicht, der eine häßliche Frau heiratet und mit ihr Schätze und Ansehen gewinnt. Als Gemahl der Prinzessin wirst du über die ganze Insel herrschen, und der König wird uns ein Schiff ausrüsten, mit dem ich meinen entflohenen Mädchen nachsetzen kann.«

Die Worte »der Herr der ganzen Insel werden und Schätze gewinnen« hatten für Alis Ohr einen so guten Klang, daß sie unmöglich ganz ohne Wirkung abgleiten konnten. Er dachte die ganze Zeit darüber nach, daß er im Gefängnis saß, und je länger er dachte, desto weniger häßlich erschien ihm die Prinzessin. Indessen wurden alle Anstalten zur Hinrichtung getroffen, die Bratspieße zurechtgelegt und die Scheiterhaufen angeordnet. Das Geräusch davon drang auch in den Kerker zu den Gefangenen. Man hörte das Volk sich versammeln und in ein Freudengeschrei ausbrechen.

»Was soll ich tun?« rief Ali bei sich und die Angsttropfen standen ihm auf der Stirne, »verbrauche ich auch die einzige Schuppe, die mir noch übriggeblieben, um mich aus der Feuergefahr zu retten, so bin ich so weit, wie ich war, und ganz ohne Aussicht, etwas zu gewinnen; lieber heirate ich die Prinzessin und mache mich zum Herrn der Insel so gut es gehen will. Wahrhaftig, das wird das Vernünftigste sein. Der Alte hat recht.«

Als der König von diesem Entschluß hörte, ließ er ihn vor sich kommen und redete ihn an: »Wie geht's, Achmed-Ali, willst du meine Tochter nehmen?«

»Ja, Herr, ich nehme Eure Tochter, aber Ihr müßt mir ein gutes Stück Geld dazugeben.«

»Daran soll es nicht fehlen«, entgegnete der König, »mache dich nur fertig, alsobald Hochzeit zu halten, denn meine Tochter liebt das lange Warten durchaus nicht.«

»Noch eins«, rief Ali, »wenn die Hochzeit vorüber ist, so müßt Ihr uns ein gutes Schiff ausrüsten, daß ich mit meiner jungen Frau eine Reise machen kann und die Welt besehen kann. Zudem müssen wir auch einem Räuber, der uns unser Schiff gestohlen hat, als wir auf diese Insel kamen, nachsetzen.« Der König versprach auch dieses.

Jetzt schob man eiligst die Scheiterhaufen beiseite und machte Anstalten zur Vermählung. Das Fest wurde mit einer grenzenlosen Pracht begangen, aber je näher es dem Ende desselben ging, desto mehr sank Alis Mut, und als man endlich nach den langweiligsten und ermüdendsten Zeremonien die beiden Verlobten allein ließ, stieg seine Angst auf den höchsten Gipfel. Die Häßlichkeit der Prinzessin war von der Art, daß durchaus nicht damit zu spaßen war. Sie sah im Hochzeitsputze noch tausendmal abscheulicher aus als in ihrem gewöhnlichen Kleide, und die reizende Miene einer Braut war bei ihr nur eine Verzerrung mehr.

Ali nahm zu seinem gewohnten Erleichterungsmittel seine Zuflucht, über die Fische zu schimpfen. »Betrüger«, schrie er, »konntet ihr, wenn ihr mir wohlwolltet, nicht geradezu reines Glück geben, muß noch so viel Beiwerk von dem nichtswürdigsten Unglück daranhängen? Aber, ihr Lumpe, hilft es wohl, wenn ich mich über euch beklage, muß ich nicht jetzt durch, ich mag mich nun stellen, wie ich will?« Die Kammerfrau kam, um ihm zu melden, daß die Prinzessin schon zu Bette sei. Ali fing an allen Gliedern zu zittern an. Er lief im Zimmer auf und ab, und endlich kam ihm ein Gedanke, den er mit Freuden festhielt.

»Wie«, rief er, »gibt es wohl ein größeres Unglück, als mit einem Gespenste zu Bette gehen? Was ist die Gefahr, ersäuft und verbrannt zu werden dagegen? Geschwind, die Fischschuppe her! Hat mich jemals ein wirkliches und wahrhaftiges Unglück betroffen, so ist es jetzt.«

Durch diesen Entschluß kam ihm sein Mut wieder. Er löste die Fischschuppe, die er immer bei sich trug, aus dem Zipfel des Turbans und begab sich dann zur Prinzessin, die ihm mit einem zärtlichen Lächeln aus dem Bette entgegensah. Ihr Mund spaltete sich bei diesem Lächeln und zeigte eine Reihe ungeheurer Zähne, die einer Fischotter Ehre gemacht hätten. Die feuerrote Nase zitterte mit der Spitze, und die kleinen schwarzen Augen im Riesenkopfe verschwanden im Meer von Runzeln. Als sie ihm einen ihrer kleinen dünnen Arme entgegenstreckte, warf sich Ali auf das Polster und zerrieb in dem Augenblicke die magische Schuppe.

Die Prinzessin stieß einen Schrei aus, das Zimmer verfinsterte sich, eine kleine Pause entstand, während Ali nicht wußte, was um ihn geschah. Als er wieder aufblickte, sah er neben sich in Schlummer gewiegt die größte Schönheit der Welt. An das dunkelrote Polster geschmiegt, blühten in weicher Rundung die süßesten Blumenwangen, beschattet von langen schwarzen Wimpern, die zum Kusse reizten. Am Halse und an der runden nackten Schulter hatte sich das schwarze glänzende Haar in großen Locken gesammelt, den weißen Busen hob der leiseste Atemzug.

Ali wollte die Besinnung verlieren über dieses Wunder. Er setzte sich in den Polstern auf, nahm die Lampe herab und schaute unverwandt in die himmlischen Züge. Er schaute noch immer, und Tränen rannen in seinen Bart und tröpfelten auf seine Brust herab. Er trocknete sie eiligst ab, aus Furcht, sie möchten die Geliebte erwecken, und doch brannte er vor Begierde, sie aus ihrem Schlummer zu stören. Oft war er mit seinen Lippen schon ganz nahe ihren geschlossenen Augen, immer wieder wich er zurück mit dem Gedanken, der reizende Traum könne entschwinden. Er hob einen Zipfel der purpurnen Decke auf und hielt ihn vor die helle

Flamme, um das schöne Bild in Schatten zu hüllen. Dann zog er zögernd die Decke wieder fort und ergötzte sich, wie das gelbliche Licht langsam erst die Stirn, die Wangen und dann den Busen küßte. So spielte er wohl eine Stunde, bis er sich überzeugte, daß alles, was er sah, Wirklichkeit war, und die Fische diesmal ein allerliebstes Stückchen ihrer Zauberkunst hatten ausgehen lassen.

Ali hatte jetzt die schönste Prinzessin zur Frau, und was noch mehr des Wunders war, mit der Königstochter hatte sich auch das ganze Zwergenvolk in wohlgestaltete Menschen verwandelt, der König und sein Hofstaat mit eingeschlossen. Dieses Ereignis verbreitete aber lange nicht die Freude, die man hätte erwarten können. Die Zwerge waren so eingenommen von ihren dicken großen Köpfen und ungestalteten Turbanen gewesen, daß sie ihre neue Gestalt anfangs nur mit Verwünschungen betrachteten.

Der Alte, der indessen immer seine entlaufenen Mädchen im Kopfe hatte, mahnte an das Versprechen des Königs. Sogleich wurde ein Schiff ausgerüstet, und Ali, die Prinzessin und Machmut mit einer Menge bewaffneten Gefolges nahmen darin Platz. Da man nicht wußte, wohin die Flüchtlinge sich gewendet hatten, so bekam der Steuermann Befehl, bald rechts, bald links im Meere herumzukreuzen, bis man auf eine leitende Spur träfe.

Da es das schönste Wetter der Welt war und Ali und die Prinzessin bei all ihrem Glücke und ihrer Zärtlichkeit doch manchmal Langeweile empfanden, so saß man öfters bis tief in die Nacht auf dem Verdecke zusammen und erzählte sich Geschichten. Bei dieser Gelegenheit erinnerte Ali den Alten an sein Versprechen, die Abenteuer seiner Gefangenschaft unter den Affen mitzuteilen, und jener hub an.

»Ich bin ein Handelsmann aus Balsora. Meine Geschäfte, deren ich anfangs nur geringe betrieb, mehrten sich in den ersten Jahren meiner Reisen bald so sehr, daß sie mir einen ansehnlichen Erwerb abwarfen. Ich besaß den echt kaufmännischen Sinn, mit dem, was ich erworben, nie zufrieden zu sein und immer auf größere Gewinne auszugehen. Das Glück begünstigte meine Verwegenheit und reizte immer mehr meine Habgier, so daß zuletzt mein Charakter und meine moralischen Eigenschaften dabei heftig litten. Im Bewußtsein meiner Schätze achtete ich die Not und das Elend meiner Mitbrüder geringe und verletzte dadurch eines der heiligsten und wichtigsten Gebote unseres göttlichen Propheten, der da gebietet, unser letztes Stück mit dem Elenden zu teilen. Ich war von einem so nichtswürdigen Stolz erfüllt, daß ich in Balsora als der reichste Mann glänzen wollte und zu dem Ende kostbare Paläste und Gärten baute, in denen ich einen fast königlichen Aufwand trieb. Zu gleicher Zeit verschmähte ich es aber auch nicht, auf den Gewinn auszugehen und eine Gelegenheit, wo sich solche fand, mit Begier zu ergreifen.

So nahm ich denn auch den Auftrag an, aus entfernten Küsten Gegenstände des Luxus und Putzes herüberzuschaffen. Ich kam nach Indien gerade zur Zeit; als eine große Anzahl seltener Affen feilgeboten wurden. Dieser Kauf reizte meine Gewinnbegier, ich glaubte mit diesen halbwilden, halbpossierlichen Geschöpfen einen guten Handel zu machen.

An der Küste, wo mein Schiff hielt, war schon einige Monde früher ein heftiger Aufstand ausgebrochen; die siegende Partei wütete mit Feuer und Schwert auf das fürchterlichste gegen die Armen, die schon alles verloren hatten und nur noch für das nackte Leben kämpften. Diese Bilder des tiefen Elends hatten mich gerührt, aber doch nicht tief genug, um dadurch meiner nichtswürdigen Habsucht Zügel anzulegen. Ich kaufte die Affen und ließ sie zu Schiffe treiben. In dem Augenblicke als dieses geschah, wälzte sich ein Strom jener Unglücklichen auf mich zu. Ich sah Weiber von Blut triefend, ihre sterbenden Säuglinge im Arm und noch dazu die verwundeten Männer auf dem Rücken mit sich schleppend, sie flehten mich an, sie auf das Schiff zu nehmen, sie beschworen die ewige Gnade des Propheten, um mein Herz zu rühren, aber vergebens, ich ließ sie von meinen Knechten forttreiben, um den Affen Platz machen zu lassen. Da stieß ein elendes halbtotes Weib, das am nächsten am Schiffe stand, einen Fluch über mich aus. Monde lang, rief sie, sollte ich auf dem Meere herumirren, mein Hab und Gut verlieren, und da ich die Affen aufnähme und die Menschen verstieße, so sollte ich unter die Herrschaft dieser Bestien kommen und lange Zeit vergeblich nach einem Menschenantlitz seufzen.

Ich spottete dieser Worte und lichtete guten Mutes die Anker. Die Affen, deren ich wenigstens fünfzig von den seltensten Sorten und Rassen an Bord führte, waren in den inneren Raum gepackt. Außerdem hatte ich noch einen ganzen Harem von den schönsten Sklavinnen gekauft, weil ich sie gerade billig bekommen konnte. Mit diesen Schätzen trat ich nun den Rückweg an. Mir ahnete nicht in meinem verstockten Gemüte, daß des Propheten stets wachsames Ohr jenen Fluch des Weibes vernommen hatte und seine strafende Hand schon über mir schwebte.

Wir waren nicht lange gefahren, als die wütendsten Stürme uns verfolgten und das Schiff aus seiner Bahn brachten. Ich mußte an einer Küste unterwegs landen, und hier hörte ich von einem befreundeten Kaufmann, daß daheim durch die niederträchtige Treulosigkeit meiner Beamten meine Paläste geplündert und meine Gärten verwüstet worden waren. Im Schrecken über diese Nachricht wollte ich nun meine Reise beschleunigen, allein, der Himmel baute mir noch mehr und noch größere Hindernisse in den Weg.

Was ich als leere Drohung verspottet hatte, traf wirklich ein. Meine sämtlichen Affen empörten sich, zerrissen ihre Bande und metzelten in einer Nacht die ganze männliche Schiffsmannschaft nieder, nur mich und meinen Harem ließen sie leben. Dieser Schlag traf mich doppelt hart, da ich nun bald in meiner Vaterstadt anzukommen hoffte. Die Affen waren nicht dieser Meinung, nachdem sie sich zu Herren des Schiffs und meiner Mädchen gemacht und mich gefangengesetzt hatten, steuerten sie auf gut Glück ihre eigene Straße. Ich erfuhr während mehrerer Monde nicht, was auf dem Schiffe vorging, die beschwänzten Gesellen hatten uns Menschen so gut das Regieren abgesehen, daß sie ganz in der Ordnung unter sich die verschiedenen Ämter verteilten, und wie es mir unten vorkam, ging das Schiff ziemlich regelmäßig seine Straße. Oh, ich Unglücklicher! Da saß ich nun, und der Fluch war an mir in Erfüllung gegangen, mein Hab und Gut hatte ich verloren und schmachtete nun unter dem Joche der unwürdigsten Sklaverei, die sich denken läßt.

Während dieser Leidensepoche ging ich in mich und tat dem Propheten ein Gelübde, daß, wenn er mich wieder befreien und zu Ehren kommen lassen würde, ich nicht allein drei Wallfahrten nach der heiligen Stadt unternehmen, sondern auch mein ganzes Leben von Grund auf bessern wollte.

Allah sei Dank, meine Freunde, der Prophet hat das Seinige getan, es liegt mir ob, auch das Meinige zu tun, und daran soll es nicht fehlen. Das Abenteuer unserer Befreiung ist euch bekannt, Prinzessin, ebenso, welche Strafe die aufrührerischen Affen erreicht hat. Gelingt es nun, meine Mädchen wieder einzufangen, so will ich mich mit dem Teile meiner geretteten Habe begnügen und der Habgier vergönnen, meinem Seelenheil ferner Fallstricke zu legen. Der Prophet lenke übrigens alles zum Besten!«

Mit dieser frommen Betrachtung schloß der Kaufmann von Balsora seine Geschichte. Ali fand sie sehr merkwürdig, und die Prinzessin vergoß bei dem rührenden Teile derselben viele Tränen. Man fügte noch einige moralische Betrachtungen über die Habsucht und die Wohltätigkeit hinzu, und dann dachten alle an andere Gegenstände. Nach einer Weile erschien der Steuermann und meldete, daß man schon seit langem etwas Auffallendes im Wasser schwimmen sähe, einige aus der Schiffsmannschaft hielten es für eine besondere Art Seetiere, andere für etwas anderes. Ali, der Kaufmann und die Prinzessin liefen sogleich hinzu, und der erstere gab Befehl, daß man von diesen Merkwürdigkeiten eine an Bord bringen solle. Als dieses geschehen, erkannten alle mit Verwunderung das feine Gespinst eines Schleiers, wie sie in dem Harem getragen werden. Der Alte schrie laut auf, indem er behauptete, der Schleier gehöre seinen Mädchen, und diese könnten nicht mehr ferne sein. Wirklich schwamm das ganze Meer von abgeworfenen Schleiern, Turbanen, Halstüchern und Gürteln. Es schien, daß die Schönen jetzt, da keine Männer mehr bei ihnen waren, es sich möglichst bequem gemacht hatten. Der Steuermann erhielt Befehl, den abgeworfenen Halstüchern nachzusteuern.

Diese Spur lenkte so sicher, daß kein halber Tag verging, und man hatte schon das Schiff der Mädchen vor Augen. Ali ließ jetzt, was nur an Segeln da war, aufspannen, es ging pfeilgeschwind, und der Alte, der oben im Mastkorbe Platz genommen hatte, erhob einmal übers andere ein lautes Freudengeschrei. In einiger Entfernung legte man bei, und es wurden Boote ausgesetzt. Die Mädchen, die sich keines Überfalls versahen, badeten gerade im spiegelhellen Meere und wurden nun zu Dutzenden gefangen und aufs Schiff gebracht. Es war lustig zu sehen, wie die Matrosen sich mit den nackenden Mädchen herumschlugen. Kampf und Sieg folgten schnell aufeinander, und die Sache war in wenigen Stunden vollkommen abgetan. So schnell hat noch kein Admiral seine Schlacht gewonnen. Der Alte konnte jetzt als Sieger in sein Eigentum einziehen. Anfangs wollte er allen Mädchen die Köpfe abhauen, aber Alis und der Prinzessin Fürbitte machten, daß er seinen Racheplan aufgab. Er bot dem ersteren einige der schönsten Tänzerinnen zum großmütigen Geschenk an, doch dieser, trotz seiner Liebhaberei für dergleichen Gaben, schlug sie ebenso großmütig aus, sei es nun, weil die Schönheit der Prinzessin alle anderen Frauen in ihrer Nähe verdunkelte oder weil er ihre Eifersucht fürchtete und lieber ein solches Geschenk hinter ihrem Rücken im geheimen empfing.

Beide Schiffe kehrten jetzt auf die Zwergeninsel zurück. Hier entschied sich bald Alis Glück vollständig. Der König trat ihm die Regierung ab; er hatte alle Lust an seinem Throne verloren, weil ihm nicht mehr gestattet war, den haushohen Turban zu tragen. Eine Eitelkeit der Art ist vielen höheren Herren eigen. Ali erbte Schätze und Ansehen in Fülle, er gab einiges von seinem Reichtum dem heruntergekommenen Kaufmann, der lange Zeit mit seinem Gewissen zu Rate ging, ob er sie annehmen dürfte, und endlich das Doppelte davon annahm.

In seinem Glücke vergaß Ali der großmütigen Fische nicht, die er so oft und so unverdient gescholten. Die Weisheit, mit der er jetzt sein Land beherrschte, seine Untertanen glücklich machte und seine Reichtümer zusammenhielt, war ein Beweis, daß jene Unglücksfälle nicht ohne Nutzen ihn betroffen hatten. Er wachte jetzt auf das sorgsamste über das Benehmen seiner Unterbeamten, denn er wußte aus Erfahrung, daß es Kadis gibt, die Tänzerinnen stehlen, Vögte, die unrechtes Gut an sich raffen, Piraten, die Sultanstöchter entführten, und Kaufleute, die auf eine hartherzige und unbillige Weise sich bereichern. Das sind Kenntnisse, die einem König von großem Nutzen sind.

Im hohen Alter und am Ende seiner weisen Regierung machte es Ali möglich, seine Vaterstadt wieder aufzusuchen. Sein erster Gang war an den Fluß, wo er einst sein Glück gefischt hatte. Hier setzte er sich nieder und legte das Kostbarste seines Schatzes, drei herrliche Edelsteine, in den Sand am Ufer und bat die Fische zu erscheinen, um seine Gabe in Empfang zu nehmen. Es währte nicht lange, so kamen auch die drei Wohltäter aus den Fluten hervor, aber sie nahmen sich wohl in acht, wie damals auf den trocknen Sand sich zu begeben, ihr Körper blieb in der Flut, und nur ihre Köpfe guckten zu Ali empor. Dieser erkannte sie und warf sich mit über die Brust gekreuzten Armen ehrfurchtsvoll vor ihnen nieder. Der mittelste der drei erhub seine Stimme und rief:

»Ei, schön' guten Morgen, Achmet-Ali! Wie geht's?«

»Gut, Herr, und ich hoffe, Euch ebenfalls.«

»So, so«, entgegnete der Fisch, »etwas kühl, man wird nachgerade alt, und das Blut war nie sehr warm. Auch die Augen werden etwas trübe.«

»Ach«, rief Ali, »so seht Ihr wohl nicht, lieber Herr, daß ein kostbarer Diamant, fast so groß wie Euer Kopf, vor Euch im Sande liegt, den ich Euch zum Geschenke gebe aus dankbarem Herzen, weil Ihr mich glücklich, reich und weise gemacht habt.

»Das letzte ist wohl das Beste«, sagte der Fisch. »Was deinen Diamanten anbetrifft, so nimm ihn nur wieder mit, wir Fische lieben dergleichen nicht, hättest du eine dickleibige Spinne oder einen Wurm zum Frühstück gebracht, so wäre uns das willkommen gewesen. Übrigens sind wir dir ebenfalls Dank schuldig, denn wir haben deine Abenteuer so gelenkt, daß du uns an dreien unserer ärgsten Feinde gerächt hast.«

»Wunder über Wunder!« schrie Ali, »und wie ging denn das zu?«

»Ich will es dir erzählen«, nahm der Sprecher das Wort. »Du wirst wohl schon längst dahintergekommen sein, daß wir nicht gewöhnliche Fische sind, sondern in einer Verzauberung stecken. Das ist nichts Besonderes, nachdem, was du erlebt hast, muß dich dergleichen nicht in Verwunderung setzen. Heutzutage geht es einmal ohne Verzauberungen nicht ab, und man mag noch so sehr streben, seinen Lebenslauf ruhig und natürlich zu führen, ehe man sich's versieht, steckt man dennoch bis an den Hals im Unnatürlichen drin.«

»Oh, ihr Schelme!« sagte Ali leise bei sich, »nun denkt ihr euch wohl wie die unschuldigen Kindlein zu gebärden, die nie noch ein Wasser getrübt haben, und doch steckt euch unter jeder Schuppe ein Teufelskunststück.«

»Wie du uns hier vor dir siehst«, fuhr der Fisch fort, »sind wir alle drei mächtige Sultane. Wir begingen die Unvorsichtigkeit, es mit einem bösen Zauberer zu verderben, und dieser, nicht zufrieden, uns selbst in die elende Lage zu versetzen, brachte auch Unglück über unsere Freunde und Genossen. Mein Nachbar zur Linken, der Sultan von Indien (Ali machte eine tiefe Verbeugung), hatte eine schöne Tochter, jener Zauberer reizte einen ehrsüchtigen tückischen Sultan, sie ihm zu entführen. Diese Nichtswürdigkeit ist nun bestraft, denn den Elenden hat gleiches Schicksal getroffen, seine Tochter war es, die der Pirat entführte und mit ihr in den Wellen unterging.«

»Allah ist gerecht!« rief Ali.

»Mein Nachbar zur Rechten war der Sultan von Persien (wiederum Verbeugungen). Durch Künste des Zauberers hat er sein Reich verloren, dafür ist aber auch die einzige Tochter des Magiers auf eine elende Weise umgekommen. Sie war die Meerkatze, die sich in dich verliebte und später von den Mädchen erwürgt wurde.«

»Allah ist weise!« rief Ali.

»Was endlich mein Schicksal betrifft«, begann der Fisch mit einem wehmütigen Tone, »so war ich berufen, einen der größten Throne einzunehmen, ich war Sultan von Babylon. (Ali bückte sich dreimal und bis zur Erde.) Ich hatte alle Schätze, die man sich nur wünschen konnte, mein höchster Schatz war jedoch eine reizende Prinzessin, ein Wunder der Schönheit, das ich bis zur Abgötterei liebte. Ach, wenn ich an jene Zeit der Jugend und Schwärmerei denke, so fühle ich mich seltsam bewegt und Tränen kommen mir ins Auge. Ich will mich kurz fassen. Der neidische Zauberer raubte mir meinen Schatz, und wie ich erst später erfuhr, brachte er die holde Prinzessin, zur häßlichen Zwergin verwandelt, auf eine Insel, wo er sie mit einem ebenso widrig gestalteten Zwergenprinzen verheiratete. Oh, mein Unglück war grenzenlos. Es gelang mir, Nachricht von meiner Verlorenen einzuziehen, sie war bald nach ihrer Verheiratung gestorben und hatte eine Tochter hinterlassen, die womöglich noch ungestalteter als die Mutter auf die Welt kam. Diese Tochter meiner Geliebten aus ihrem Elend zu befreien, dahin ging mein Sinnen und Trachten. Ich faßte Hoffnung zu dir, und der Erfolg hat gelehrt, daß ich mich nicht getäuscht habe.«

»Allah ist mächtig!« rief Ali.

»Das ist er, mein Sohn«, schloß der Fisch seine Worte. »Das lange Sprechen hat mir die Kehle trocken gemacht. Lebe jetzt wohl, kehre in dein Land zurück, und wenn du und die Deinigen Langeweile haben, so erzähle Ihnen ›das Abenteuer mit den drei Fischen‹.«

Dieses sagend verschwanden die drei Sultane wieder unters Wasser.

9 788027 311477